FUSION FANTASTIC STORY

가프 장편 소설

9급 공무원
포에버
Forever

9급 공무원 포에버 6

가프 장편 소설

초판 1쇄 찍은 날 § 2015년 4월 3일
초판 1쇄 펴낸 날 § 2015년 4월 10일

지은이 § 가프
펴낸이 § 서경석

편집부장 § 권태완
편집책임 § 한준만

펴낸곳 § 도서출판 청어람
등록번호 § 제387-1999-000006호
등록일자 § 1999. 5. 31
어람번호 § 제1-2095호

주소 § 경기도 부천시 원미구 부일로 483번길 40 서경B/D 3F (우) 420-822
전화 § 032-656-4452 팩스 § 032-656-4453
http://www.chungeoram.com
E-mail § chungeorambook@daum.net

ISBN 979-11-04-90186-7 04810
ISBN 979-11-04-90071-6 (세트)

FUSION FANTASTIC STORY

가프 장편 소설

9급 공무원 포에버

Forever

도서출판 청어람

6

9급 공무원 포에버

Forever

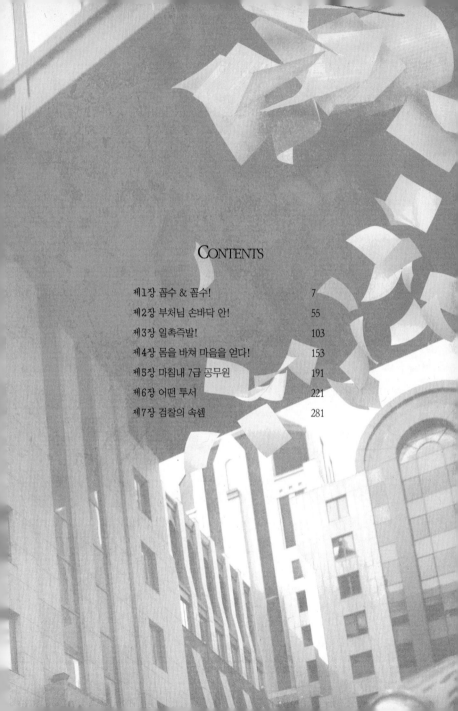

CONTENTS

1장

꼼수 & 꼼수!

"무슨 얘기요?"

탁대는 눈을 끔벅거리며 물었다.

"나 좀 봐요."

맹대우가 탁대를 방호실로 끌었다. 안에는 아무도 없었다.

"나도 들은 얘긴데 승진 후폭풍으로 암투가 있나봅니다."

"천천히 말씀하세요."

탁대는 맹대우를 진정시켰다.

"어제 우리 후배가 술 약속에 갔다가 본 일인데……."

맹대우는 물을 한 모금 마신 후에 말을 이어갔다.

"권 팀장하고 서항우 팀장이 술집에서 언성을 높이며 싸우더라는 겁니다."

"술집에서요?"

"그게 그런데 가만 들어보니 그냥 싸움이 아니고……."

맹대우는 탁대를 당겨 귀에 대고 남은 말을 속삭였다.

"승진직행비요?"

"쉬잇!"

놀란 탁대가 소리치자 맹대우가 입을 막았다.

"잘못 들은 거 아니고요?"

"나도 그렇게 말했는데 거기 또 한 사람이 가세해서 난장판이 되었다는 겁니다."

"또 한 사람이라면?"

"총무과 방규식 팀장."

'방규식?'

탁대는 입을 쩌억 벌렸다. 방규식이라면 이번 인사에서 사무관 승진 하마평이 돌던 직원이었다. 하지만 그 역시 시장이 마지막에 생각을 바꾸는 바람에 물을 먹은 사람.

"좀 자세히 말씀하시죠."

"알았습니다. 그럼 아예 문을 잠궈 버리고."

맹대우는 방호실 안으로 장소를 바꾸더니 문을 잠그고 깊은 숨을 토했다.

"그러니까 승진 청탁비를 냈다는 거로군요."

"그렇지요. 한동안 잠잠했지만 전에는 왕왕 있는 일이었습니다. 승진 때면 수백 수천만 원씩 오갔다는 뒷소문이 무성했거든요."

"액수도 나왔나요?"

"그게 말이죠……."

맹대우는 확실하지 않은 듯 조심스러운 표정을 지었다.

"괜찮으니까 들은 대로만 말씀해 주세요."

"방규식은 모르지만 서항우는 3천만 원이라고……."

'3천?'

푸헐!

기가 찼다. 민간 기업도 아니고 공무원이다. 그런데 매관매직이라니? 지금이 썩은 세도가가 득세하던 조선시대란 말인가?

"그걸 권 팀장이 받았던 모양인데 준 사람은 승진이 물 건너가니까 돌려달라고 하는 모양이고 받은 사람은 당장 돌려주지 못하고… 그런 것 같다고 하더군요."

"어이가 없군요. 그 어떤 공무원에게도 있어서는 안 될 이야기지만 다른 사람도 아닌 감사실 주무팀장이라는 사람이……."

"그런데 사실은 처음이 아닙니다."

"네?"

"저저 지난번 승진 인사 때도 그런 말이 돌았거든요. 사무관은 3천, 팀장은 천만 원. 그렇지 않으면 물 먹는다고 말입니다."

"그때도 권해관 팀장이었나요?"

"그 양반하고 이형민이 인사팀장으로 가기 전에는 그런 말이 별로 없었지요."

"요직에 앉아서 짜고 치는 고스톱 판을 벌인 거로군요."

"쉬잇, 난 간이 떨려서… 자세한 건 아니지만 그래도 조 주사에게는 말해야 할 것 같아서 말이죠."

"잘하셨습니다. 고맙습니다."

"이런 거 말했다고 나 짤리는 거 아니죠?"

"절대 아니죠. 제가 모르는 척 따로 알아보겠습니다."

탁대는 가벼운 목례를 남기고 방호실에서 나왔다. 몇 발 걸어 청사 마당으로 나오자 부아가 치밀었다.

'개자식!'

권해관의 얼굴이 떠오르자 욕부터 튀어나왔다. 권세를 떠는 것도 좋다. 좋은 자리에 앉았으니 목에 힘을 주는 것도 이해할 수 있었다. 하지만 누구보다 깨끗해야 할 감사팀장. 그런 자리에 앉아 최악의 비리를 행사한 건 용납할 수 없는 일이었다.

인도를 걸으며 천천히 생각했다.

권해관은 승진 청탁비를 받았다. 그것도 소액이 아니라 거금이다.

승진은 권해관 혼자 결정할 수 없다.

인사팀장 이형민의 적극적인 협조가 필요하다.

그 윗선의 협조와 협력도 필요하다.

결론은 어렵지 않게 나왔다. 거액의 인사 청탁비는 권해관 혼자서 먹을 수 없었다. 그런데 인사가 어긋나 그들 뜻대로 되지 않았다. 공돈으로 받은 청탁비. 그렇다면 벌써 다 쓴 사람도 있을 수 있다. 뿐만 아니라 청탁을 위해 끼리끼리 모여 모의를 하자면 술값 같은 진행비도 꽤 나갔을 것이다.

그래서 권해관이 궁지에 몰렸다. 돌려주고 싶어도 돌려줄 수 없다. 그 청탁비는 벌써 여러 사람의 주머니로 쪼개져서 들어갔다. 주는 건 한 번에 끝나지만 돌려받는 건 그렇지 않다. 더구나 고위직에게 준 돈은 더욱 그렇다. 어떻게 그 돈을 다시 게워내라고 한단 말인가?

'그래서 MV건설사 등을 만나는 걸 서두르는 건가?'

탁대의 생각이 한곳으로 모이기 시작했다. 돈을 돌려주려면 돈이 필요했다. 하지만 이런 부류의 인간들은 절대 자기 주머니를 열지 않는다.

'그렇게 꼬리가 길면 잡힌다니까.'

탁대는 아랫입술을 꽉 깨물었다.

"안전진단 공개하라!"

"공개하라!"

"공개하라!"

아침부터 시위대의 구호 소리가 청사 마당을 울렸다. 시민단체가 실력 행사에 나선 것이다. 봉황대교 안전점검 때문이었다. 시 자체 점검에서는 문제가 없는 것으로 나왔지만 시민단체의 생각은 달랐다.

덕분에 김 시장은 후문으로 출근했다. 안전을 위해 방호원과 감사실 직원이 동원되었다. 정복을 차려입고 도열한 방호원들은 듬직했다. 그들이 가장 빛나는 시간이었다.

"수고하셨습니다."

시장이 무사히 청사에 들어서자 황천수는 방호원들에게 인사를 잊지 않았다. 그 한마디에 맹대우를 비롯한 방호원들의 피로가 싹 가시는 게 보였다.

"조탁대, 나 좀……."

사무실에 들어서자 용 팀장이 탁대의 어깨를 찔렀다.

"시키실 일 있습니까?"

복로로 따라 나온 탁대가 물었다.

"나랑 국장님 방에 좀 가자고."

"도 국장님요?"

"그래. 인사드려야 하는데 자네랑 같이 오라고 하셨거든."

"그래요?"

"데쓰!"

복도를 걷던 용 팀장이 웃으며 말했다.

"타로 카드요?"

"응. 자네 이후로 그 카드가 행운의 상징이 되었지 뭔가? 이번 인사 전에도 은 과장님에게 카드 점을 봤는데 내가 데쓰를 뽑았거든. 그랬더니 떡하니 감사실로 왔지 뭔가?"

"그러셨군요."

"그러고 보니 내 안목도 기가 막히지?"

"네?"

"자네를 교통과로 스카우트한 게 나라고 했잖나? 그만하면 대단하잖아?"

"그러네요."

"뭐, 그동안 자네에게 추한 꼴도 많이 보였지만 결과적으로 다 좋아서 다행이네. 나도 공직자로 거듭나게 되었으니 말이야."

"팀장님은 잘하실 겁니다."

탁대는 웃으며 말했다. 의욕이 넘치는 용 팀장. 그건 전에는 느낄 수 없는 일이었다.

"이어, 조탁대!"

도 국장은 탁대를 먼저 반겼다. 손을 어찌나 세게 잡는지 탁대는 손바닥이 아플 지경이었다.

"용 팀장도 영전을 축하하네."

"다 국장님 덕분입니다."

"아니야. 나야 솔직히 한 일이 뭐 있나? 밀려나기 직전에 조탁대 씨처럼 능력 있는 직원을 만나 기사회생한 거지. 앉자고."

도 국장이 자리를 권했다. 자리가 사람을 말한다더니 국장이 되고나니 모든 게 달라보였다.

"부탁인데 용 팀장도 우리 조탁대 좀 밀어주라고. 이 친구, 우리 시의 보물이야."

"여부가 있습니까? 저도 교통과에서 탁대 씨 도움 많이 받았습니다."

"그래?"

"부끄럽습니다만 저도 눈치나 보고 줄이나 서지 않았습니까? 그런데 조탁대 덕분에 공직이 무엇인지 다시 생각하게 되었습니다."

"고무적이군. 조탁대의 전방위 효과라……."

"국장님, 왜 그러십니까? 낯 뜨겁게스리……."

탁대는 얼굴을 붉혔다. 두 사람이 대놓고 칭찬을 하니 얼굴이 화끈거리지 않을 수 없었다.

"아무튼 그런 마음가짐이라면 감사실이 말쑥해지겠군. 그렇지 용 팀장?"

"예. 열심히 하겠습니다."

"그럼 용 팀장은 나가봐. 아까 보니 총무과에서 찾는 거 같던데."

"알겠습니다."

용석봉이 목례를 남기고 일어섰다. 문소리와 함께 국장실에는 탁대와 도상욱만이 남았다.

"고맙네."

도 국장은, 탁대를 바라보며 따뜻한 미소를 지었다.

"무슨 말씀인지."

"한두 가지가 아니네. 감사실의 뒤틀린 기강을 잡게 해준 것도 그렇고 시의 골칫덩이 사건들, 나아가 자네가 귀감이 되어주니 용 팀장 같은 사람도 개과천선했지 않나?"

"국장님……."

탁대가 고개를 들었다. 방금 한 말에는 많은 암시가 숨어 있었다. 그건 곧 도 국장도 용석봉에 대해 알고 있다는 뜻이기도 했다.

"낸들 용석봉을 모를까? 염불보다는 잿밥에 관심 있는 사람 베스트 텐 안의 인물인데……."

도 국장은 탁대의 궁금증이 뭔지 다 안다는 듯 씨익 웃으며 말을 이었다.

"자네 기록을 보니까 도서관학과 출신이던데 혹시 예전 대우회장 김우중이 쓴 '세상은 넓고 할 일은 많다' 라는 책 읽은 적 있나?"

"죄송합니다. 곧 읽어보겠습니다."

"거기 보면 김우중 회장이 거듭나는 계기가 있네. 바로 담임 선생님이 그때까지 멋대로 놀던 김 회장을 선도부장에 앉혀 버린 거지. 그러자 놀라운 일이 일어났다네. 자기가 명색이 선도부장이니 먼저 모범을 보일 수밖에 없어서 모범생으로 거듭나더니 결국 공부에도 몰입하여 명문대에 진학하게 되었지."

"그럼 용 팀장 전보도 국장님이?"

"아니지. 마음은 있었지만 자네가 알다시피 나는 퇴직 종용을 받는 처지가 아니었나?"

"그럼?"

"표강일 사장님!"

"……?"

도 국장의 입에서 익숙한 이름이 나오는 순간 탁대는 얼어붙고 말았다. 표강일. 표강일…….

"이번 인사 드라마는 그분이 연출하신 거나 마찬가지네."

"……!"

"참 절묘한 시기에 절묘한 분위기를 만들어서 우리 시장님을 압박한 거지. 덕분에 무소불위의 권해관 일파가 철퇴를 맞은 거고."

"그럼 국장님도 표강일 사장님과?"

"그분을 존경하는 건 사실이네!"

'아!

탁대의 입에서 신음이 튀어나왔다. 아련하게 튕겨 나오는 도 국장의 눈빛에서 표강일이 아른거렸다. 과에서 일어난 일 때문에 어느 정도 짐작은 하고 있던 일. 하지만 막상 직접 확인하게 되니 그느낌은 사뭇 달랐다.

"하지만 오해는 하지 말게. 인간적으로 그분의 인품을 좋아하는 건 사실이지만 그렇다고 공직자인 내가 정치적으로 그분의 편인 건 아니니까."

"멋진 말이군요."

탁대는 도 국장을 바라보며 은은한 미소를 지었다.

"이제 시작이야. 좌도 우도 아닌, 어느 특정한 시장이 아니라 오직 우리 봉황시의 발전을 위해 함께 진격하세나."

도 국장이 손을 내밀었다. 탁대는 주저 없이 그 손을 잡았다.

나는 대한민국 공무원으로서 헌법과 법률을 준수하며 국가를 수호하며 국민에 대한 봉사자의 임무를 성실히 수행할 것을 엄숙히 선서합니다.

탁대의 마음속에 공무원의 선서가 짜릿하게 스쳐 갔다. 동시에 의욕이 활화산처럼 솟아올랐다.

*   *   *

점심시간, 탁대는 외식을 하게 되었다. 초대자는 여직원들. 약속 장소인 냉면집에 들어서자 여직원들이 박수로 탁대를 맞아주었다. 그녀들은 바로 의회 여직원들. 탁대 덕분에 악마의 손에서 벗어난 그녀들이 추렴하여 탁대를 초대한 것이다.

짝짝짝!

이어 폭죽도 터졌다. 탁대는 옷에 주렁주렁 늘어진 꽃술을 걷어 냈다.

"우와. 살다 보니 이런 날도 있네요?"

탁대는 몸 둘 바를 몰랐다. 원래 공무원은 남자든 여자든 다들 수수한 차림이다. 여직원 역시 튀는 복장을 즐겨 입지 않는다. 그런데 여직원만 열두 명이 모이니 느낌이 달랐다. 더구나 서너 명은 미니

스커트까지 입고 있지 않은가?

"미안, 사실 돈 좀 많이 모아서 근사한 한정식집 갈까 했는데 다들 애 엄마고 그러다 보니 저녁에 모일 시간이 마땅치 않아서 대충 자리를 마련했어."

인사말은 차성희가 대표로 했다. 그녀 옆에 이유안이 보였다. 강애자도 있고 박은주도 있었다. 이제는 하나도 구김 없는 그녀들의 모습. 탁대는 그게 맛집이라는 일품냉면보다 좋았다.

"그 후로는 별일 없죠?"

냉면을 한입 문 탁대가 물었다.

"그럼. 의회 분위기도 확 바뀌었대. 나도 다시 의회로 가고 싶은 거 있지?"

차성희가 웃었다.

"다행이네요."

"그런데 탁대 씨, 미혼이라며? 애인 있어? 없으면 여기 미스도 있으니까 한 번 골라 봐."

이번에는 강애자가 나섰다.

"에? 제가 감히 어떻게……."

탁대가 얼굴을 붉히자 이유안이 비밀을 폭로해 버렸다.

"언니, 탁대 씨 애인 있대요. 아주 미인이라는데요?"

"그래? 역시 쓸 만한 남자들은 다 임자가 있다니까."

애자가 눈을 흘기자 여직원들은 모두 웃음바다가 되었다.

식사가 끝나자 커피는 탁대가 쏘았다. 여직원들은 원두커피를 좋아했다. 그래도 다행히 2000원짜리 커피가 있어 지출은 많지 않았다.

"우리가 신세졌으니까 혹시 도움이 필요하면 말해. 할 수 있는 거라면 뭐든지 나서서 도와줄게."

헤어질 무렵 차성희가 말했다. 여직원들은 똘망한 시선으로 차성희의 말에 동의했다. 정말 탁대가 부르기만 하면 언제든 달려와 편이 되어줄 것 같았다.

"쳇, 지금 뭐 하렘 건설합니까? 나는 커피집에다 무슨 아방궁 차린 줄 알았네?"

여직원들을 보내고 돌아설 때 팔호의 목소리가 들려왔다. 돌아보니 팔호도 테이크아웃 커피를 들고 있었다.

"너도 커피집에 있었냐?"

"그럼요. 안쪽에서 손 흔들어도 쳐다도 안 보고……."

"미안. 나도 여자 좀 누리다 보니……."

탁대는 히죽 웃어넘겼다.

"그리고 보면 형은 인복이 있는 것 같네요. 가만 보면 주변에 사람이 끓잖아요?"

"헛소리 말고 아무튼 잘 만났다. 권 팀장 말이야, 아무래도 승진 청탁을 빙자해서 거금을 꿀꺽한 거 같아."

"거금요?"

"아직 분명하지는 않은데 가능성이 높아."

"아, 그건 그렇고 권 팀장님, MV건설이랑 약속 잡혔어요."

"언제냐?"

"이번 금요일 저녁요."

*   *   *

목요일까지는 좀 한가했다. 인사이동이 끝나고 업무 인수인계 기간이라 출퇴근 점검이나 근태 점검도 하지 않았다.

그 기간에 탁대는 그동안 들어온 투서나 진정서 등에 대한 자료를 취합해 통계를 내보았다. 결과는 실망스러웠다. 막연한 투서와 비방이 상당수를 차지한 것이다.

사실 공무원의 업무는 맞비교가 곤란하다. 이건 군대보직과도 일맥상통한다. 군인에게 물어보라. 제아무리 땡보직을 받은 사람도 자기 업무가 가장 고달프다고 생각하는 경향이 압도적이다. 남의 눈의 들보보다 내 눈의 티끌이 더 큰 게 바로 사람의 본능인 것이다.

그러니 상호 인정하는 풍토가 별로 없다. 누가 공을 세워도 마찬가지다. 예산 같은 걸 다루는 보직 외에는 딱히 혁혁한 공을 세울 기회가 없다.

민원실에서 무슨 큰 공을 세울 수 있는가?

수납창구에서 무슨 공을 세울 수 있단 말인가?

접수창구는 말할 것도 없다.

게다가 단속업무는?

제아무리 단속을 잘해도 돌아오는 건 원성뿐이다. 이러니 업무 자체로 논공행상을 논하는 것 자체가 모순일 수도 있었다.

'그래서 투서가 끊이질 않는 거야.'

구체적이고 신빙성이 있는 투서를 골라내니 더욱 그런 생각이 들었다. 이게 더욱 나쁜 것은 권 팀장 같은 사람이 악용한다는 사실이었다.

누구든 털어서 먼지 안 날 사람은 없다. 몇 년씩 한 가지 일을 하다 보면 하다못해 기간 삽입이라든가 소소한 예산집행에서 실수를 할 개연성이 높았다. 하지만 이런 것조차 문제를 삼으면 문제가 되었다.

다행스럽게도 때를 맞춰 매력적인 지시가 떨어졌다.

〈규제개혁 타파!〉

이번 정권의 키워드인 모양이다. 지난 정권에서는 예산 빨리 쓰기가 유행이었다고 한다. 덕분에 공무원들은 무조건 초봄에 사업을 벌여야 했다. 예외 같은 건 인정되지 않는다. 까라면 까야 하는 것이니 괜히 이유대고 핑계대고 하면서 사업 시기에 적절하게 예산을 집행해 봤자 실적 순에서 밀려 가산점도 못 받고 근평점수만 낮아진다. 그러니 멋모르는 중앙정부의 지시가 독이 되는 사업도 부지기수였다.

'게다가 규제개혁 잘하면 특진까지?'

정권이 내거는 당근은 달콤했다. 규제개혁 우수 공무원은 승진제한연한을 1년 앞당겨 준다니 탁대의 경우에는 1년 만에 7급을 달수도 있었다.

"권 팀장님!"

탁대는 권 팀장 앞으로 다가갔다. 권 팀장은 주무팀장에서 밀려나 탁대의 직속상관이 되었기 때문이었다.

"뭐야?"

뭔가를 메모하던 권 팀장이 메모지를 덮으며 바라보았다. 아주 성가시다는 눈빛이었다.

투시!

그냥 넘어갈 리 없는 탁대였다. 메모지에는 숫자가 가득했다.

120,000,000.

90,000,000.

40,000,000.

그중에서 세 개의 숫자가 탁대의 마음을 끌었다. 1억 2천과 9천만 원, 그리고 4천만 원.

"규제개혁 말입니다. 평시 감사 대상도 규제를 줄이면 어떨까요? 특히 마구잡이로 들어오는 투서나 진정 건 등은……."

"너 짤리고 싶냐?"

탁대의 말을 들은 권 팀장은 냉소적인 눈빛을 튕겨냈다.

"네?"

"그건 일 안 하겠다는 거잖아? 그리고 감사 대상을 줄이면 감사실 밥그릇은 뭘로 챙길 건데?"

"그게 아니라……."

"오라. 규제개혁 한 건 올려서 특진하려고?"

"너무 질러가시는군요. 저는 그냥 대승적인 차원에서……."

"대승적? 야, 솔직히 네가 감사에 대해 뭘 알아? 감사실 짬밥이 얼마나 됐다고?"

"팀장님……."

"아아, 어차피 그건 개인적으로 제출하는 거니까 네 마음대로 해. 나한테 물어볼 필요도 없으니까."

권 팀장은 짜증 섞인 말을 내뱉고는 사무실을 나갔다.

"아, 그 양반 되게 빡빡하네. 부하 직원이 물으면 그냥 들어주면 될 것을."

들고 있던 용 팀장이 탁대를 거들고 나섰다. 그러자 양미림 주임도 탁대 편을 들었다.

"그거 좋은 생각 같아. 그렇잖아도 남발되는 투서는 문제가 있거든. 그것 때문에 직원들이 위축되기도 하고."

"옳거니. 감사실에 한 번 불려갔다 오면 괜히 동료들도 색안경을 쓰고 보고?"

용 팀장이 그 말을 받았다.

"네. 우리 동기도 그러더라고요. 솔직히 소소한 실수까지 감사실에서 오라 가라 하면 어떻게 일 하냐고요."

양미림이 한마디 더 보태자,

"조탁대, 그거 한 번 잘 짜서 제출해 봐. 혹시 알아? 시장님이 칭찬해 줄지? 더구나 공문 보니까 감사원에서도 열심히 일한 공무원에 한해 고의성이 없는 과실은 불이익을 주지 않기로 명문화할 거라며?"

용 팀장은 탁대를 격려해 주었다.

그 말을 밑천으로 탁대는 '공직감사개선안—규제개혁을 바탕으로'라는 제목으로 규제개혁 개선안을 만들기 시작했다.

이 생각에는 지난번 성실 공무원들 사건도 계기가 되었다. 다른 건 몰라도 열심히 일하다 일어나는 소소한 실수가 흠이 되지는 말아야 한다는 게 탁대의 신념이었다.

골자는 크게 세 가지.

하나는 법령 정한 감사의 한계를 명백히 밝혀 관행으로 굳어진 엄포용 자술서 등의 관행 폐지!

또 하나는 공무원 집중근무실제도 설치.

마지막으로 시장, 부시장과 하위직의 핫라인 신설.

전자는 감사실에 근무하면서 기관별 권력부서의 권력 남용을 막아 자유스러운 근무 분위기를 조성하기 위한 것이고 후자의 두 가지는 근무 능률을 높이기 위한 개혁안이었다.

탁대가 보니 공무원은 업무 효율이 기대 이하였다. 어떤 직원은 공문서 하나 만드는 데 일주일을 허비하기도 한다. 그런데 거기에는 이유가 있었다.

우선 사무실 분위기였다. 여기저기 전화기가 울리고, 심지어 시도 때도 없이 민원인이 찾아와 난장판을 만드는가 하면 허구한 날 회의가 겹쳐 몰입이 불가능했다. 그러니 집중근무실을 만들어 몇 시간만이라도 집중할 수 있으면 업무 효율이 높아질 것 같았다.

거기서 땡땡이치면 어쩌냐고? 그건 문제없다. 그 방 자체를 투명하게 만들고 도서관 같은 분위기를 유지하면 별로 어렵지 않다.

마지막으로 시장과의 핫라인도 절실하다. 왜냐면 각 부서에서는 소위 꽉 막힌 팀장이나 과장이 매사 독단적으로 업무를 지휘하기 때문이었다.

금요일에는 아침부터 비가 내리기 시작했다. 사업소의 근태를 점검하고 돌아온 탁대는 완성된 규제개혁안 서류를 소관부서에 제출했다.

"어, 이거 조탁대 씨 아이디어예요?"

규제개혁업무를 담당하던 여직원이 반갑게 맞이했다. 간간이 양미림 주임을 찾아오던 직원이었다.

"많이 들어왔어요?"

"웬걸요? 첫 주자예요."

"에? 설마……."

"진짜예요. 아직 마감이 좀 남긴 했지만……."

첫 접수!

그러나 놀라지 마시라. 이건 결코 조크가 아니다. 사실 공무원은 창의적 업무 발상에 익숙하지 못하다. 늘 주어진 법만 집행하면서 생긴 일이다. 법규로 업무를 제한해 놓고 창의적으로 살라는 거 자체도 모순 중의 모순이었다.

—저녁 8시, 일식 사이고마데.

오후가 되어서도 비가 그치지 않는 가운데 팔호의 문자가 들어왔다.

사이고마데—최후까지!

'술집 이름 한 번 끝장이다.'

탁대는 피식 웃었다. 그걸 바라본 팔호도 피식 웃음으로 화답했다. 권 팀장은 또 자리를 비웠다. 원래도 바쁜 사람이었지만 인사 단행 후에는 빈도가 더 심했다. 그걸 보는 황 과장의 눈빛이 곱지 않았지만 그는 닦달하지 않았다. 다음 주부터 전주에서 열리는 사무관 리더십 교육을 6주 동안 받으러 가야 하기 때문이었다.

—너도 가냐?

—네.

—이따 보자.

—전략은 뭐죠?

—내가 알아서 할게. 넌 그냥 하던 대로 하면 돼.

문자를 그것으로 마감했다. 비밀스러운 문자를 나누다 보니 마치 무슨 검찰수사관이라도 된 기분이었다. 바로 그때 검찰청 어 계 장이 들어섰다.

"조탁대!"

그는 탁대를 지나치지 않았다.

"안녕하세요?"

"권 팀장은?"

"잠깐 자리 비웠는데요?"

탁대의 말을 들은 어 계장은 안쪽으로 휘적휘적 걸어들어 갔다.

"승진 축하드립니다."

어 계장은 황 과장을 향해 인사부터 건넸다. 그런 다음 용 팀장에게도 영전을 축하한다는 말을 빼먹지 않았다.

"이쪽으로 앉으시죠."

용 팀장은 어 계장을 소파로 안내하고는 황 과장에 뒤이어 의자를 당겨 앉았다.

"시청에는 무슨 일로?"

찻잔을 든 황천수가 물었다.

"무슨 일이라뇨? 감사실 수장이 바뀌었으니 인사차 들린 거죠."

"하핫, 검찰청 살림꾼 어 계장님이 무슨 인사입니까? 인사는 내가 드려야죠."

황천수는 가벼운 웃음으로 어 계장의 말을 받았다.

"이번 인사에는 잡음이 좀 있겠군요. 예상외의 인사가 단행되었으니……."

어 계장이 슬쩍 뼈 있는 말을 던졌다. 그가 시청에 들린 이유가 나오는 것이다.

"인사에는 늘 예외가 있었지 않습니까? 잘 아시는 분이……."

황 과장은 어 계장의 미끼를 물지 않았다.

"하긴 그래야죠. 봉황시도 이제 많이 깨끗해졌으니……."

"앞으로는 더 깨끗해질 겁니다."

"아무렴요. 이거 명망 높은 황천수 과장님이 감사실을 떡 차지하고 앉았으니 저도 기대가 큽니다."

"별말씀을. 전임 도상욱 국장님이 워낙 살림을 잘 꾸리신 후광을 받고 있을 뿐입니다."

"아이고, 그럼 저는 갑니다. 수고하세요!"

슬쩍 운을 떼는 것으로 간을 본 어 계장은 자리를 털고 일어섰다. 그러고는 다시 탁대에게 다가와 어깨를 툭 치며 말을 건넸다.

"자네를 검찰로 데려가야 하는데 말이야."

"그런 말씀 마십시오. 검찰에야 인재가 넘치지 않습니까?"

배웅을 위해 뒤를 따르던 용 팀장이 손사래를 쳤다.

"아무튼 수고하게. 소주 한잔 생각나면 언제든 전화하고."

그 말을 끝으로 어 계장은 감사실을 나갔다.

빈말인 줄은 알지만 탁대는 기분이 나쁘지 않았다. 그런데 이겸수 팀장의 입에서 뜻밖의 말이 튀어나왔다.

"저 양반, 조탁대를 달라는 눈치 같은데요?"

황천수를 바라보는 이겸수의 눈빛은 제법 진지했다.

'응?'

탁대는 귀를 쫑긋 세웠다. 내가 무슨 물건인가? 달라고 말고 하게 하는 마음으로.

"그러니까 정신 바짝 차리고 임하시게. 고참인 우리가 조탁대에게 질 수는 없잖나?"

황 과장은 탁대를 보며 웃었다.

탁대는 나중에야 알았다. 공무원 조직에는 파견이라는 게 있었다. 그러니까 어떤 필요에 의해 전혀 소속이 다른 기관으로 옮겨갈 수가 있는 것이다. 예를 들면 검찰청이나 경찰에서 청와대로 가는 게 그랬다. 마찬가지로 지방 공무원도 청와대에 파견을 나가기도 한다.

'그럼 내가 검찰공무원이 되는 건가?'

즐거운 상상 속에서 퇴근 시간이 지났다.

"잘 다녀오십시오."

월요일부터 사무관 리더십 교육을 떠나는 황천수. 감사실 직원 일동은 그를 배웅했다. 이어 이겸수와 용석봉이 퇴근하고 주임들도 가방을 들고 일어섰다.

"조탁대 씨는 또 시간 외입니까?"

7시가 되자 팔호가 까칠하게 말했다. 앞에 앉아 시계를 들여다보는 권 팀장 들으라는 속셈이었다. 아직 탁대와 팔호의 결탁을 모르는 권 팀장은 서류 가방을 챙기더니 일어섰다. 팔호는 말없이 그 뒤를 따랐다. 탁대에게 찡긋 윙크를 날린 후에!

'8시……'

탁대는 시계를 보았다. 일식집은 시청에서 20분 거리. 그렇다면 탁대가 서두를 이유는 없었다.

'아주 재미난 밤이 되겠어.'

탁대는 슬슬 책상을 정돈하기 시작했다.

질척한 봄비가 세상을 온통 물속에 빠뜨려 버렸다. 한마디로 술 마시기 좋은 날이었다. 일식집 건너편 패스트푸드 가게에 자리 잡은 탁대는 몇 가지 방안을 떠올렸다.

그 첫째는 고동길 기자였다.

그는 믿을 만했다. 더구나 손발도 맞춰본 상태였다. 그에게 소스를 던져 주면 어떨까? 계산기를 두드려 보자 아쉬운 점이 부각되었다. 증거 수집 능력이 딸리는 것이다. 승진 청탁은 은밀한 거래다. 즉 양자가 잡아떼면 알 길이 없었다.

두 번째로 검찰청 어 계장을 떠올렸다. 이유야 어쨌든 그는 탁대의 능력을 인정하고 있다. 소스 정도는 제공할 수 있는 안면이 되었으니 슬쩍 던져 주면 알아서 수사할 것이다.

하지만 그 역시 문제가 있었다. 그렇잖아도 뭐 한 건 없나 하고 코를 들이미는 터에 이런 소스가 들어가면 그 파장을 가늠하기 힘들었다. 자칫하면 봉황시가 승진 비리의 메카로 비칠 수도 있었다.

그건 안 될 말이었다. 미꾸라지 한두 마리 때문에 전체 봉황시 공무원을 욕되게 할 수는 없었다.

탁대가 결정을 내리지 못하고 있을 때 두 대의 자가용이 일식집 앞에 도착했다.

권 팀장.

이팔호.

정 이사.

먼저 일식집으로 들어간 사람은 셋이었다. 정 이사를 내려놓은 건설사의 기사는 다시 차 안으로 들어갔다. 오래지 않아 팔호에게 전화가 왔다.

"여보세요."

—형, 어디예요?

팔호의 목소리는 다소 긴박해 보였다.

"길 건너야. 왜?"

—내가 거기로 갈게요.

팔호는 금세 가게를 건너왔다.

"끝난 거야?"

"아뇨. 둘이 할 얘기가 있다고 자리 좀 비워달라고 해서……."

"누가? 권 팀장?"

"예."

"눈치는 어때?"

"돈 얘기 하는 거 같아요. 그럴 때마다 나보고 자리를 비켜달라고 했거든요."

"돈이라?"

그때 세단의 기사가 차에서 내렸다. 그는 일식집 옆에 위치한 24시간 은행 문을 열고 들어갔다.

"돈을 인출하나 본데요?"

"너 먼저 일식집으로 가라."

"형은요?"

"금세 뒤따라갈게."

팔호를 보낸 탁대는 은행을 주시했다. 잠시 후에 기사가 문을 열고 나왔다. 그의 품에는 들어갈 때 없던 봉투가 보였다. 탁대는 그걸 놓치지 않았다.

순간 투시!

마법이 날아가자 봉투 안의 정체가 밝혀졌다. 그건 오만 원권 다발 여섯 개였다. 탁대는 고민하던 두 개의 답안에서 하나를 택했다.

기사가 일식집에 들어갔다 나온 직후에 탁대도 일식집으로 들어갔다. 안쪽 카운터 옆에서 팔호를 만났지만 다른 손님의 일행인 척 내실 쪽으로 향했다.

"맨 끝 방이에요."

슬쩍 따라온 팔호가 나지막이 말을 건넸다.

권 팀장의 내실 앞에 선 탁대는 다시 투시 마법을 펼쳤다. 선명하지는 않아도 내실 안의 풍경이 훤히 보였다. 테이블을 두고 은밀하게 마주보던 권 팀장과 정 이사. 권 팀장이 종이 하나를 내밀었다. 무슨 내용인지 정신을 집중할 때 정 이사가 돈 봉투를 건네주었다. 탁대는 투시 마법의 방향을 가방 쪽으로 돌렸다.

바로 그때 탁대의 전화기에 문자가 들어왔다. 원하는 사람이 원하는 시간에 도착한 것이다.

왈칵!

은밀한 방을 열어젖힌 사람은 다름 아닌 고동길 기자였다. 두 사람이 뭐라고 말하기도 전에 고 기자는 찰칵 인증샷을 찍었다.

"당신 뭐요?"

정 이사가 단박에 각을 세우며 물었다.

"나 봉황 타임스 고동길 부장입니다."

고동길은 보란 듯이 기자증을 꺼내보였다. 질문을 날린 정 이사의 표정이 구겨지는 게 보였다.

"두 분의 오붓한 시간을 방해해서 미안하지만 제보가 들어와서 말이죠. 이거 좀 확인해도 될까요?"

고 기자의 손이 봉투를 잡으려하자 권 팀장의 손이 그 길목을 막았다.

"이러시면 경찰을 부를 수도 있습니다. 권 팀장님!"

고 기자는 묵직한 목소리로 권 팀장을 압박해 들어갔다. 하지만 권 팀장은 눈도 까닥하지 않으며 받아쳤다.

"그럼 불러!"

권 팀장의 목소리에 떨림 따위는 없었다. 방 안의 분위기는 팽팽했다. 누구 하나 시선을 흩트리지 않은 것이다.

그 긴장은 권 팀장이 깨뜨렸다. 술잔을 집어 원샷을 하며 가소롭다는 듯한 말투를 쏟아냈다.

"대체 어떤 개자식이……."

술을 마신 권 팀장이 정 이사에게 눈짓을 보냈다. 정 이사의 손이 품으로 들어갔다. 잠시 후 그가 꺼내놓은 것은 차용증이었다.

일금 3천만 원을 차용함.

차용인 란에는 권해관이라는 이름이 버젓했다.

"……!"

고동길이 흠칫 흔들렸다. 차용증이 있다면 사인 간의 금전 거래다. 그게 비록 시청 공무원이라도 해도 불법이 될 수는 없었다.

"불손한 거래로 오해받을 소지가 있는 일이군요."

그래도 고동길은 기자였다. 순발력 있게 뼈 있는 말로 에둘러 말했다.

"불손한 거래?"

권 팀장의 눈빛이 따가운 빛을 발했다.

"이분은 시청 공사를 하는 업자가 아닙니까? 더구나 팀장님 같으면 공무원이니 신용이 좋아 은행권 대출도 환영받을 거 같습니다만."

"그거야 각자 취향 아닙니까?"

"뭐 그렇다는 겁니다. 그렇게까지 각을 세우실 필요야……."

"어떤 놈이오? 제보 날린 인간."

"그걸 말하면 기자가 아니지요."

두 사람의 신경전은 계속 팽팽하게 이어졌다.

"아무튼 오해가 밝혀졌으면 나가주시오. 여기 정 이사는 나와 중학교 선후배 사이로 만나고 있는 것이니."

"그런 만남이었군요."

"하지만 이 일은 없는 것으로 하겠소. 당신이 괜한 기사를 써대면 괜한 억측이 난무할 것이니."

권 팀장은 차용증서를 찢어버렸다.

"실례했습니다."

고동길은 가벼운 목례를 남기고 나왔다. 곧 이어 권 팀장과 정 이사도 나왔다. 복도로 돌아온 팔호는 황당한 모습으로 권 팀장을 바라보았다.

쫙!

권 팀장의 손이 바람을 갈랐다.

"팀장님."

따귀를 맞은 팔호가 한 걸음 물러섰다.

"너 대체 뭐하는 놈이야? 저런 자식이 문을 열도록 뭐한 거냐고?"

한강에서 뺨 맞은 권 팀장이 팔호를 윽박질렀다.

"죄송합니다. 잠깐 화장실에 다녀오는 사이에……."

"닥쳐!"

이번에는 조인트가 날아왔다. 제대로 맞은 팔호는 그 고통에 풀썩 무너졌다.

"에잉!"

권 팀장은 짜증을 퍼붓고는 먼저 나가 버렸다.

"오늘 느낌 안 좋은데요?"

권 팀장의 뒤통수를 보며 정 이사가 중얼거렸다. 그 역시 계산을 하고는 서둘러 자리를 떴다.

일을 망친 권 팀장은 음주를 한 상태로 차를 몰고 가버렸다.

그걸 바라보는 팔호 옆으로 탁대가 다가왔다.

"아프냐?"

구석진 곳에서 팔호가 맞는 걸 보았던 탁대가 물었다.

"좀 그런데요?"

"쪼잔한 인간. 온갖 잡일 다 시켜먹으면서 웬 손찌검?"

"그러게 말입니다. 저런 인품일 줄은 몰랐습니다."

팔호의 눈에는 억울함과 섭섭함이 가득했다.

"아무튼 눈치 하나는 귀신이다. 차용증을 쓴 바람에 미꾸라지처럼 빠져나갔어."

"잔머리 하나는 국대급이거든요."

팔호의 입에도 가시가 돋쳤다. 인간적인 배신감을 느낀 목소리였다.

"우리 저 인간 좀 골려먹고 어디 가서 맥주나 한잔 때리자. 기분도 꿀꿀한데."

"골려먹는다고요?"

"술 처먹고 운전대 잡았잖아? 이런 건 전화 한 통이면 끝나는 거 아니야?"

"경찰서에도 아는 사람 많아서 누가 제보했는지 캐낼 텐데요?"

"저기서 해도 그럴까?"

탁대는 공중전화기를 가리켰다. 거리에 골동품처럼 서 있는 공중전화 부스. 이렇게 요긴하게 써먹을 줄은 몰랐던 탁대였다.

"아, 예. 술 엄청 먹었고요, 지금 봉황로 방향 사거리로 나가고 있습니다. 차종하고 차량번호는……"

전화를 걸고 오래지 않아 경찰차 사이렌 소리가 들렸다.

공무원의 음주는 비교적 처벌이 엄격하다. 봉황시에서도 음주운전 기록이 경찰에서 넘어오면 승진에 불이익을 주고 있었다. 물론 권 팀장처럼 핵심인물의 경우에는 별지장이 없겠지만 그렇다고 해도 개쪽을 당하는 것만큼은 피할 수 없는 일이었다.

"마시고 풀자. 첫술에 배부르겠냐?"

생맥주집으로 들어간 탁대가 잔을 들었다. 자존심이 상한 팔호는 500잔을 단숨에 비웠다. 그러더니 안주도 집지 않은 채 탁대를 향해 말했다.

"형, 고마워요."

"뭐가?"

"권 팀장 말입니다. 나를 자기의 개로 부리는 인간인 줄도 모르고 충성을 다하려고 했다니."

팔호의 입에서 한숨이 밀려 나왔다.

"그런데도 멍청한 나는 그 인간이 자기 후계자로 키워주겠다는 말에 속아서……."

"나도 저런 인간인 줄은 몰랐다."

탁대가 쏩쓸히 웃었다. 부하 직원을 수단으로 이용하는 상사. 그러면서도 마치 자기의 후광을 입는 것만으로도 황공한 줄 알라는 마인드의 소유자. 그게 바로 권해관의 인품이었다.

"우리 저 인간의 비리와 부정부패, 다 까발려 내자고요."

새로 가져온 잔을 든 팔호가 결의를 불태웠다.

첫 사냥은 절반의 성공!

왜냐면 소득이 전혀 없는 게 아니기 때문이다. 팔호의 칼이 자의적으로 권 팀장을 겨누기 시작한 것이다. 인간은 어떤 계기에 의해 변한다. 그러니 이번 사냥의 의의도 결코 작지 않았다.

하지만!

권해관이 그냥 넘어갈 인간은 아니었다. 다음 날 아침, 용 팀장이 일찌감치 국장실로 불려갔다. 국장실에서 돌아온 용 팀장은 긴급 지시를 하달했다.

승진인사 관련 잡음 원천봉쇄.

한마디로 그 일에 대해 신경을 끄라는 의미였다. 탁대의 입장에서 보면 한마디로 '어이상실'이었다. 다행히 용 팀장과 이야기를 나눌 기회가 생겼다. 점심시간 직전, 용 팀장이 러브콜을 날린 것이다.

"점심에 시간 좀 비워."

탁대는 기꺼이 콜을 받았다. 전 같으면 비웃음을 날려줄 제안이었지만 용 팀장은 이제 선량한 공무원 중의 한 사람이니까.

팔호도 권 팀장의 콜을 받았다. 아무래도 어제 무리한 것에 대한 위로 차원으로 보였다.

"여기 어때?"

용 팀장이 간 곳은 허름한 기사식당이었다.

"이런 데도 오세요?"

탁대가 묻자,

"한동안 못 왔었지. 높은 양반을 챙겨줄 때는 수준이 안 맞아 못 오고 내가 얻어먹을 때 역시 폼 나는 곳으로 갔으니까."

용 팀장이 솔직하게 말하며 웃었다.

"요즘 팀장님이 자꾸 새롭게 보입니다."

"그래?"

"솔직히 전에는 무지 비호감이었는데요."

"이해하네. 전엔 나도 빠끔이였으니까."

백반이 나왔다. 전문 백반집에 못지않았다. 게다가 소소한 잔반 찬도 제법 맛이 좋았다.

"좋은데요?"

"그럼. 이 집 할머니가 종갓집 출신이거든."

용 팀장이 엄지를 세워보였다.

"그나저나 아까 하신 지시 말입니다. 국장님 지시입니까?"

"승진인사 잡음 봉쇄?"

"예."

"뭐 국장님만 그렇겠나? 부시장님, 시장님 다 같은 심정일 거야. 인사는 잘하든 못 하든 꼭 부작용이 있거든."

"매관매직이어도 말입니까?"

"매관매직?"

꽁치를 집던 용 팀장이 고개를 들었다.

"이번 인사에 뒷돈이 오갔다는 말을 들었습니다."

"그럼 그 지시의 진원지가 탁대 씨야?"

"진원지야 돈을 준 사람과 그 돈을 먹은 사람이지 제가 어떻게 진원지가 되겠습니까?"

"증거가 있나?"

용 팀장은 눈치가 빠른 사람이다. 탁대의 말 몇 마디로도 분위기를 파악하는 눈치였다.

"증거를 확보하는 일만 남았습니다."

탁대가 잘라 말했다.

"누구? 혹시 권 팀장?"

"아니라고 말 못 합니다."

"……."

놀란 용 팀장이 들었던 젓가락을 내려놓고 물을 찾아 마셨다.

"너무 대어인가요?"

"혹시 서항우 팀장이 발원지인가?"

"팀장님도 알고 계세요?"

"쉬잇!"

용 팀장은 손가락으로 입을 가리며 말을 이었다.

"밖에 나가서 얘기하세."

서둘러 식사를 마무리한 용 팀장이 카드 결제를 했다.

둘은 아파트 뒤편에 자리한 공원으로 자리를 옮겼다. 탁대는 카페 모카 두 잔을 뽑아 한 잔을 건네주었다.

"어이쿠, 이 커피는 내 입맛에 딱 이라니까."

용 팀장이 반색을 하며 말했다.

"팀장님!"

"아아, 천천히 먹으면서 얘기하세나. 여긴 말이 샐 곳도 아니니."

"……."

"어허, 커피 맛 죽이네. 이게 이름이 뭔가?"

"카페 모카입니다."

"카페 모카라? 요즘은 커피 이름은 또 왜 이렇게 복잡한지."

"실은 제가 어제 권 팀장님 뒤를 털다가 실패했습니다."

탁대는 조금 질러갔다. 이제 적은 아닌 용 팀장. 더구나 감사실을 실질적으로 지휘하는 주무팀장의 자리에 있으니 영 비밀로 할 수도 없는 일이었다.

"역시 자네였군."

용 팀장은 빙그레 미소를 머금었다.

"그것도 알고 계셨습니까?"

"그건 몰랐지만 자네 말고 누가 호랑이 발자국을 추적할 수 있겠나? 유상길과 노장무는 어림도 없고 양 주임과 하채린도 마찬가지. 아, 시간이 좀 지나면 조윤아 주임은 가능하겠지."

"그럼 국장님 지시는?"

"그전에 몇 가지 묻겠네. 소스는 어디서 받았나?"

"하위직 고참 직원에게 들었습니다."

"풍문이라… 나도 막역한 왕고참 선배에게 들었지."

"권 팀장님 행동에서도 단서를 좀 잡았고요."

"액수도 알고 있나?"

"네!"

"얼마야?"

"확실한 건 아니지만 총 1억에 가까운 것 같습니다."

"1억?"

액수를 들은 용 팀장은 들고 있던 커피를 떨어뜨렸다. 그러고도 한동안 벌린 입을 다물지 못했다. 그에게는 상상 이상의 액수가 분명했다.

"제기랄, 올해도 그 짓을 한 모양이군."

커피 잔을 집어 휴지통에 던진 용 팀장이 미간을 찡그렸다.

"그 짓이라면?"

"이거 말하기 부끄럽네만……."

"그래도 듣고 싶습니다."

탁대는 빠른 음성으로 재촉을 대신했다.

"이건 아는 사람만 아는 일이고 풍문으로만 돌던 거라 확실한 건 아니네만, 승진 카드에 따라서 청탁비가 오가는 경우가 있네. 말하자면 꼼수 인사라고나 할까?"

'꼼수 인사?'

"몇 차례 제대로 인사를 하다가 슬쩍 식구를 챙기는 거지. 그러다 보니 실력과 능력이 부족한 후보자들은 자연스레 돈으로 미는 수밖에 없는 거야."

"전에도 그런 일이 있었단 말입니까?"

"우리 시장님 당선되던 해의 연말에 한 번 소문이 돌았고 지금이 두 번째인가 그래. 그때도 사무관 네 명이 수천만 원씩 디밀고 승진했다는 말이 있었거든."

"그런데도 그냥 넘어갔단 말입니까?"

"그게 공무원이라네. 워낙 다양다종한 직종이 있다 보니 처음부터 공정한 인사는 불가능하네. 예를 들면 소수의 기술직은 6급 팀장자리조차 조례에 없으니 7급이 된지 12년이 지나 자동으로 승진하는 케이스도 한둘이 아니야."

"그럼 외람되지만……."

"말해보게. 괜찮으니까."

"팀장님도 승진하실 때 청탁비를 냈습니까?"

"냈지!"

용 팀장은 스스럼없이 대꾸했다. 탁대의 입에서 헐 하는 탄식이 저절로 나왔다.

"내 경우에는 주로 승진 이후의 인사비였네. 자넨 모르겠지만 승진 시기가 되면 운동하는 사람이 한둘이 아니라네. 그런데 더 재미난 사실은 누군가 승진을 하면 말이야, 다들 자기가 도왔다고 한마디씩 해대거든. 그럼 나중을 생각해서라도 인사를 안 할 수 없지."

"좀 슬프군요."

"맞아. 좋게 보면 정이라고도 할 수 있는데 문제는 그 액수지. 사사롭게 식사 한 끼 하는 정도야 인간사는 세상이니 어쩔 수 없는 것 아닌가? 아무튼 나 역시 그 길을 충실히 걸었으니 청탁비가 없었다고는 말할 수 없어."

"모든 공무원이 직급이 오를 때마다 매번 그럽니까?"

"뭐 7급까지는 그냥 있어도 대충 올라가네만 6급부터는 경쟁이 심하지. 누구도 12년 자동승진을 하고 싶지는 않거든. 그건 곧 사무관될 꿈도 꾸지 말라는 것과 같으니까."

"그럼 고참 선배님들은 대부분 이 상황을 이해한다는 얘기로군요?"

"다들 공정하게 인사가 단행된다면야 굳이 돈을 쓰고 싶은 생각은 없지. 하지만 지자체가 실시되면서부터 인사의 공정성은 더욱 금이 가기 시작했거든. 걸핏하면 바뀌는 시장에다 외부의 입김도 만만치 않고……."

"그건 이해할 것 같습니다."

"그럼 본론으로 돌아가 볼까?"

"……."

"승산은 있나? 자네가 증거를 잡을……."

"물론입니다."

"그럼 단행하게. 뒤는 내가 받쳐 줄 테니!"

"팀장님!"

흔쾌한 제안에 놀란 탁대가 고개를 들었다. 그러자 용 팀장이 씨익 웃으며 뒷말을 이었다.

"실은 황 과장님 특별 지시라네. 혹시 이와 유사한 일이 생기면 자네를 시켜 은밀하게 조사를 진행하라고 하고 가셨거든!"

오래지 않아 기회가 다가왔다. 팔호가 권 팀장의 스케줄을 알아온 것이다.

"조수윤, 너 나가서 커피하고 생수 한 통 사와라."

서고에서 자료를 뒤질 때 팔호가 들어와 공익에게 특명을 내렸다. 공익은 입을 삐죽거리며 나갔다. 권 팀장이 밀려나고 강 주임이 전보된 후로 공익의 위상도 추락했다. 그 첫 타는 조윤아에게서 시작되었다. 멋도 모르고 깝쭉거리던 공익이 윤아에게 호되게 당한 것이다. 매사가 정확한 윤아가 다그치자 공익은 숨도 제대로 쉬지 못했다. 덕분에 이제는 아무나 심부름을 시켜도 꼼짝 못 하는 신세가 되었다.

"정보 나왔습니다."

팔호는 탁대와 약간의 거리를 두고 서류철을 뒤졌다.

"언제야?"

"다음 주 일요일 11시에 골프장에서 만날 모양입니다."

"골프장?"

"요즘 골프가 붐이잖습니까?"

팔호가 웃었다. 그건 사실이었다. 공무원도 나름 유행에 민감하다. 십여 년 전에는 야간 스키가 대유행이더니 얼마 전에는 인라인 스케이트 붐이 일었다. 그 뒤를 이은 게 골프였다. 스키만큼 폭발적이지는 않지만 6급 이상 고참 중에는 골프를 치는 사람이 꽤 되었다.

"너는?"

"저는 뺀찌네요. 아마 이형민 팀장님과 갈 모양입니다."

"전 인사팀장님?"

"쌍두마차잖아요? 같이 다니는 게 한두 번도 아닙니다."

"그럼 뇌물도 쌍으로 먹었겠군?"

"아마 그럴 가능성이 많지요."

팔호가 맞장구를 쳤다.

"눈치 깐 거 같아?"

"아직 잘 모르겠습니다. 여기저기 수소문하면서 내부 고발자를 찾는 모양인데 그건 MV건설에서도 새나갈 수 있으니까요."

"나쁘진 않군."

"그런데 형."

"응?"

"이거 그냥 검찰에 찔러 버리는 게 어떨까요? 저번에 용 팀장님이 말하는 뉘앙스 봐서는 윗선에서 단단히 누르는 거 같은데……."

"기껏 알아내 봤자 위에서 무시하면 개털이다?"

"네. 솔직히 그 돈 먹은 사람이 한둘이겠어요? 잘못하면 시장님도 먹었을지 모르는데."

"설마……."

"권 팀장님이 그 라인이잖아요? 나도 믿고 싶지 않지만 가능성은 있다고요."

"그렇게 인맥이 빵빵하면 더욱 검찰에 찌를 수 없어."

"왜요? 검찰은 강제 압수도 할 수 있고……."

"반대로 서로 결탁하고 별문제없다고 하거나 빽을 동원해서 수사 대상이 아니라고 하면?"

"……?"

"그럼 공식적으로 면죄부 주는 거야."

"젠장, 듣고 보니 그러네요."

"아무튼 일단 증거부터 잡고 보자. 처분은 그 다음이야."

"나는 좀 걱정입니다. 형이 일을 잘하는 건 알겠는데 그렇다고 수사관은 아니잖아요?"

"맞아."

"알면서 왜……."

"가만 보면 나 형사 DNA인 것 같지 않냐? 어떨 때면 그냥 신들린 듯이 필링이 콱 꽂힌다니까."

탁대는 자신의 능력을 숨기고 얼렁뚱땅 둘러댔다.

"하긴. 형 어떨 때 보면 진짜 무슨 능력이 있는 것 같기도 하고……"

"그렇지? 그러니까 한 번 믿어봐라."

분위기가 막 좋아지고 있을 때 권 팀장이 서고 문을 열고 들어섰다. 그러자 탁대와 팔호는 언제 그랬냐는 듯 서로를 외면한 채 서류철을 뒤져댔다.

"조탁대, 좀 비키지."

권 팀장이 까칠하게 말했다. 탁대는 서고에 몸을 붙이며 통로를 열어주었다. 권 팀장은 구석의 서류철을 뒤지더니 몇 장을 꺼내들었다.

'순간 투시.'

탁대는 권 팀장이 들고 나가는 서류를 엿보았다.

'응?'

그러다 눈을 휘둥그레 뜨는 탁대. 그 서류는 놀랍게도 서항우와 방규식의 자술서였다.

"자술서 칸인데?"

탁대 곁으로 다가온 팔호가 중얼거렸다.

"자술서 맞아. 슬쩍 봤더니 서항우 팀장과 방규식 팀장 거였어."

"저걸로 뭐 하려는 거죠?"

공익이 돌아온 건 그때였다. 팔호는 물을 받으며 공익에게 핀잔을 주었다.

"넌 물을 생수회사에 가서 받아 오냐?"

"아, 씨. 그게 아니고 제가 후임에게 시켰는데 그 자식이 땡땡이 치다가 와서……."

"뭐, 후임?"

"총무과 쫄따구 말이에요. 이 자식 군기 좀 잡아야겠네."

"얌마, 너나 잘해라. 네가 지금 누구 교육시킬 인성이냐?"

팔호가 공익의 머리를 쥐어박았다.

"아, 진짜. 좀… 뒤통수 맞은 것도 성질나는데 너무 그러지 마세요."

공익은 거스름돈을 서고 선반 위에 놓고 나가 버렸다.

"저 자식이 그런데… 탁대 형이 시킬 때는 찍소리도 못하는 게!"

팔호가 부아를 낼 때 탁대의 머리에 불이 번쩍 들어왔다.

"뒤통수다."

"예?"

"뒤통수라고. 권 팀장이 빼간 자술서들 말이야!"

"뒤통수라면?"

"승진인사가 자기들 뜻대로 안 되는 바람에 권 팀장은 골치가 아파졌어. 그러니 뭔가 반격거리를 만들어야지. 저쪽에서 지나치게 나오면 한 방 먹일 거리 말이야."

"아!"

"이거 일이 진짜 재미나게 돌아가게 생겼는데?"

"어휴, 뭐가 재미나요? 난 간이 다 벌렁거리는데."

웃는 탁대와 달리 팔호는 가슴을 쓸어내렸다.

*　　　*　　　*

"저 먼저 퇴근합니다!"

6시 40분, 탁대가 책상을 정리하고 일어섰다. 그 말을 들은 권 팀
장이 탁대를 우묵한 시선으로 태클을 걸었다.

"월요일 보고할 건은 다 끝냈나?"

"예. 아까 전자결재 올려놨는데요."

"……"

"그럼 다들 주말 잘 보내세요."

탁대는 명랑한 인사를 남겨주고 사무실에서 나왔다. 다른 날보
다 적어도 한 시간은 빠른 퇴근이었다. 주요 부서의 퇴근은 다른 부
서보다 늦었다. 돌발 업무 때문이다. 나아가 그때그때의 현안에 대
해 고위직의 지시를 받기 때문이다.

하지만 가장 큰 이유는 분위기다. 공무원들은 대개 늦게 퇴근해
야 능력을 인정받는다. 그 때문에 낮에는 출장이니 현장 확인이니
하고 헐렁하게 보내다가 퇴근 이후에야 본 업무에 매달리는 경우도
많다. 그건 바로 시간 외 근무 때문이다.

시간 외 근무를 하면 수당이 나온다.

그런데 이 명제 때문만은 아니다. 어떤 공무원이 자기 업무가 많
다는 걸 입증하려면 부수적으로 시간 외 근무나 휴일근무 실적이
필요하다. 내 일은 너무 많아서 매일 야근하고 휴일에도 나온다라
는 증명이 되는 것이다.

반대로 나인 투 식스까지 미친 듯이 바쁜 공무원은 일 많이 한다
고 주장하기 어렵다. 이러니 농땡이 공무원과 성실 공무원을 구분

하기 어렵다.

더 웃긴 건 고참 간부 공무원이다. 이들은 집에 가도 환영받지 못한다. 대개 아이들이 고등학생이라 입시 준비 때문에 발소리도 내지 못하고 다녀야 하거나, 혹은 대학생이 되어 부모와 어울리지 않기 때문이다. 그러니 이 양반들은 사무실을 좋아한다. 여기 있으면 술자리도 생기고 부하 직원이 챙겨주기도 하기 때문이다.

이 문제를 없애기 위해 더러 시간 외 근무 자제나 휴일 출근 자제 같은 지시가 내려가기도 하지만 소용이 없다. 공무원 사회의 인식을 바꾸지 않는 한 공염불에 불과한 일이다.

그렇거나 말거나 탁대는 오늘 시간 외 근무를 할 마음이 없었다. 설령 국장님이 와 있다고 해도 마찬가지였다. 고참 공무원에 비해 신규 공무원은 돈보다 자유를 원한다.

더구나 오늘은!

바로 혜자의 집이 비는 날인 것이다.

'우후!'

계단을 내려가면서도 저절로 신바람이 솟았다. 오늘을 위해 아침부터 샤워까지 마친 탁대였다. 샤워야 어디서든 못 할까마는 그만큼 기대감이 큰 것이다.

"조 주사, 오늘은 일찍 가네?"

현관으로 내려오자 맹대우가 반갑게 맞이했다.

"방호장님은 오늘 또 당직이세요?"

"우리야 뭐 늘 그렇지요."

맹대우는 성실한 미소를 지었다. 방호장이라 예우 차원에서 당직을 하지 않아도 되지만 그는 그런 특혜를 원치 않았다. 그저 어떻게 하면 특혜를 찾아낼까 혈안이 된 간부와는 아주 달랐다.

"휘이휘이!"

차를 몰고 청사를 나설 때는 휘파람이 절로 나왔다.

딱 오늘만큼은!

탁대가 꿈꾸던 공무원, 바로 그것이었다.

정시에 퇴근해 차를 몰고 애인을 태우고 바다로 달리는 주말. 그리하여 그 바다에서 젊음을 활화산처럼 불태우고 레저를 만끽하고 사랑을 이루며 돌아오는 여유로운 직장 생활. 그걸 오늘에 실현하는 것이다.

'준비물은 기름 만땅, 그리고……'

테이크아웃 커피!

이건 임자가 따로 있었다. 두 가지를 모두 구비한 탁대는 도서관을 향해 달렸다. 오늘은 혜자의 부모님이 부산으로 가는 날. 혜자의 집으로 가서 밥도 먹고 사랑도 나눌 수 있지만 탁대가 택한 건 동해 바다였다.

부모님 없는 집에 가는 것도 살짝 찜찜하거니와 이제 시험이 코앞으로 다가온 혜자의 머리를 하루쯤은 비워주고 싶었다.

"오빠!"

혜자는 바로 나왔다.

"선물!"

탁대가 커피를 내밀자,

"와아, 완전 땡큐입니다!"

하며 혜자가 받아 들었다.

"오빠도 한 모금!"

그리고 다시 탁대에게 내밀어진 빨대. 크크큭! 지구의 솔로들이
어, 경악하라. 행복에 겨운 탁대는 빨대 하나로 커피를 쪽쪽 빨며
나눠 마셨다.

너 한 모금, 나 한 모금.

사랑에 가득한 모습으로 커피를 내미는 혜자는 천사에 다름 아
니었다. 결국 탁대는 출발도 하기 전에 혜자를 당겨 딥키스를 나누
었다.

"어우, 누가 보면 어떡해?"

혜자는 사랑스럽게 눈을 흘겼다.

"볼 테면 보라지 뭐. 내 여자랑 키스하는데 누가 뭐랄 거야?"

"네, 알았으니까 출발이나 하시죠."

혜자가 안전벨트를 매며 말했다.

차가 달린다. 탁대의 마음도 달린다. 도시가 멀어질수록 마음은
가벼워졌다. 길이 조금 밀렸다. 그래도 괜찮았다. 옆에는 혜자가
있고 시간은 널널했다. 그러니 밤새 달린다고 한들 어쩌랴?

속초에 도착한 탁대와 혜자는 해수욕장 근처의 민박집에서 내렸
다. 동해 바다가 훤히 보이는 콘도의 야경은 가슴을 탁 트이게 만들
었다.

"오빠, 바다가 한눈에 보여요."

"괜찮지?"

탁대는 짐짓 시치미를 떼며 딴전을 부렸다. 이 방은 미리 준비해
두었다. 전망 좋은 방을 수배해 준 건 양미림 주임이었다. 그녀의
이모부가 이 콘도의 총지배인인 덕분이었다.

"고마워요. 이런 데 데려와 줘서……."

착한 혜자의 눈에 바다가 들어찬 건지 습기가 어려 보였다. 탁대는 말없이 그녀를 당겨 안았다. 따뜻하다.

그녀를 안으면 탁대는 빈 곳이 채워지는 느낌이 들었다. 전에 만나던 초희하고는 딴판이었다. 만약 초희하고 왔다면 탁대는 벌써 여자를 침대에 자빠뜨렸을 것이다.

바다고 나발이고 그런 건 죄다 수작에 지나지 않았다.

목적은 오직 하나.

여자의 안으로 남자의 뿌리를 집어넣는 것이다. 탁대는 그때 네다섯 번은 그 짓을 해야 겨우 직성이 풀렸다. 그러고 나면 만사가 귀찮았다. 잠이나 자고 집으로 가면 그뿐이었다.

하지만!

직장 생활을 하면서, 혜자를 진지하게 사귀면서 그 마음은 변했다. 쉽지 않게 온 여행, 게다가 공부로 머리가 갈라졌을 그녀와의 좋은 시간. 탁대는 그 안에서 조화를 원했다.

"배고프지? 뭐 먹으러 갈까? 회? 한우?"

혜자의 볼을 만지며 탁대가 물었다.

"오빠 마음대로 해요."

"아니야. 오늘의 주인공은 수험생 반혜자 님입니다."

"그럼 회 먹으러 가요. 바다에 왔는데 무슨 고기야?"

혜자가 탁대의 손을 끌었다. 밖으로 나온 둘은 백사장을 걸었다. 바닷바람은 더 없이 시원했다. 주말이라 연인도 많았다. 여기저기서 사진을 찍고 깔깔거리는 소리가 들렸다. 솔로일 때는 저주의 땅 같던 주말의 해변. 이제 그 땅은 탁대의 눈에도 천국으로 보였다.

꼭 잡은 손으로 혜자의 체온이 건너왔다. 바다를 향해 서자 혜자
는 탁대의 몸에 바짝 달라붙었다.

"시원하지?"

"네."

"파도가 무지 힘차네. 혜자도 저 힘 받아서 꼭 합격했으면 좋겠
다."

"그럴게요."

"남은 시간은 더 힘들지도 몰라. 잘 참고 넘겨."

"걱정 말아요. 꼭 합격할 테니까."

혜자가 탁대를 올려보며 말했다. 그녀의 입김에서 아늑한 향이
끼쳐 왔다. 눈은 하늘의 별을 옮겨왔는지 보석처럼 반짝거린다. 탁
대는 더 참지 못하고 그녀를 당겨 키스를 했다.

"자, 오늘은 머리 확 비워 버리자."

회집으로 자리를 옮긴 탁대가 잔을 들었다.

"오빠도 골치 아픈 거 있으면 다 비우고 가요."

쨍!

작은 술잔이 맑은 소리를 내며 부딪쳤다. 회 접시에서는 산오징
어 다리가 꿈틀거렸다. 다른 회도 더 없이 싱싱해 보였다. 행복해서
였을까? 아니면 바다라서 그랬을까? 탁대와 혜자는 주량보다 술을
더 마셨다. 그래도 썩 취하지는 않았다.

깊은 밤, 해변에서 별을 센 두 사람은 자정이 훌쩍 지나서야 다시
숙소로 돌아왔다.

"커튼 열고 자요. 별빛이 들어오게."

혜자가 반쯤 처진 커튼을 밀었다. 한 캔씩만 더 마시고 자려고 사

온 맥주를 꺼내던 탁대는 혜자의 몸에 내리는 별빛을 보았다. 그게 화근이었다. 그녀의 볼륨에 심박동이 불규칙해진 탁대는 더 참을 수가 없었다.

"나 샤워해야 하는데……."

혜자의 목소리는 파도가 지워 버렸다. 소파에 앉아 혜자를 당긴 탁대는 거칠게 그녀의 옷을 벗겨냈다.

"오빠……."

"사랑해."

탁대는 그녀의 가슴을 찾아 얼굴을 디밀었다.

"나도 사랑해요."

혜자의 목소리와 함께 그녀의 부드러운 속살이 입술에 닿았다. 그건 참을 수 없는 유혹이었다. 마지막 잎사귀까지 벗겨낸 탁대는 기어코 그녀의 뜨거운 살 속으로 자신의 뿌리를 집어넣었다.

테이블 위의 캔 맥주가 흔들렸다. 바닷바람에 밀린 커튼도 소리 없이 춤을 췄다. 바다 위의 하늘에서는 별들도 총총 아름다운 춤을 추며 밤을 노래하고 있었다.

2장
부처님 손바닥 안!

　일요일 아침, 탁대는 모처럼 단잠을 자고 일어났다. 마더가 차려준 아침밥을 먹은 탁대는 두툼한 심리학 책을 넘겼다.

　이번에는 독일의 게슈탈트가 쓴 폐쇄성의 법칙이었다. 이 법칙은 달리 완결성의 법칙이라고도 불린다. 핵심은 인간은 날 때부터 불완전한 정보를 완전한 형태로 해석하려는 심리적 경향을 가진다는 것. 예를 들면 점선으로 이루어진 원이 있다면 틈 없이 이루어진 완전한 원으로 기억하는 경우가 그렇다.

　이 때문에 인간은, 정보가 불완전하면 밤새 고민을 하게 된다. 정보의 빈틈을 메우려는 본능 때문이다.

　'대체 그 인간이 왜 그런 말을 했을까?'

　하고 곰곰 고민하고 답을 찾고서야 잠을 자는 것이다.

　순간 독심!

이 마법은 정말 매력적이다. 다른 사람의 생각을 읽을 수 있다는 건 엄청난 능력이기 때문이다. 동시에 애로 사항도 많았다. 원하는 생각을 읽으려면 그 생각을 하게끔 유도해야 하기 때문이었다.

'권해관 팀장.'

탁대의 뇌리에 능글맞은 한 얼굴이 스쳐 갔다. 봉황시 공직 사회의 물을 흐리는 미꾸라지 한 마리. 아니, 몇 마리인지는 모르지만 현재는 그랬다.

이 모든 일은 시장 이하 성골의 이해타산이 맞아떨어지기에 가능하다. 그럼에도 불구하고 권해관이 문제인 것은 그가 비리의 시발점이기 때문이다.

'오늘은 기필코!'

시계를 보았다. 시간은 9시. 이제 탁대가 움직일 시간이었다.

골프장 가는 길은 일찌감치 밀렸다. 봉황시에는 골프장이 많았다. 서울에서 가깝다는 이유로 예전 정권부터 다투어 골프장이 생긴 까닭이다. 탁대는 일단 팔호에게 전화를 걸어 상황을 체크했다.

"약속 변경되거나 하지는 않았겠지?"

─그런 거 같아요. 지금 거기 가는 거예요?

자다가 받았는지 팔호는 통화 중에 하품을 해댔다.

"응. 나중에 도움 필요하면 전화할게."

─그러세요.

통화를 끝낸 탁대는 언덕 위의 샛길에 차를 세웠다. 그런 다음에 선글라스를 쓰고 모자를 눌렀다. 이럴 때면 로르바흐의 로브와 후드가 부러웠다. 긴 로브를 입고 후드를 쓰면 간편하고 폼도 나지 않을까?

뽁!

캔 커피를 타고 아래를 내려다보던 탁대는 캔을 입에서 떼었다.

'왔다.'

저만치 골프장 주차장에 주차된 두 대의 차에서 권해관과 한 기업 간부가 내리는 게 보였다. 둘은 환한 미소를 지으며 골프장으로 향했다. 탁대는 어슬렁 주차장으로 다가갔다. 그런 다음 두 대의 차량을 살펴보았다. 차 안에 특별한 건 없었다.

그러나!

간부의 트렁크 안에서 원하는 게 나왔다. 그건 돈가방이었다.

'2천만 원?'

투시를 하자 5만 원권 네 뭉치가 보였다. 그때였다. 골프에 열중하고 있을 간부가 차 쪽으로 다가왔다. 탁대는 얼른 다른 차 뒤로 몸을 낮췄다.

덜컹, 철컹!

트렁크를 따고 닫는 소리가 네 번 들렸다. 자기 차를 열고 닫고, 이어 권 팀장의 차를 여닫는 소리였다. 간부가 다시 골프장으로 가자 돈뭉치의 자리가 바뀌어 있었다. 어느새 돈이 권 팀장의 트렁크로 옮겨진 것이다.

'제사보다 젯밥이라? 그렇다면 오래 걸리지 않겠군?'

탁대의 예상은 맞았다. 권 팀장과 간부는 다른 골퍼에 비해 일찍 나왔다. 어차피 목적은 다른 데 있었으니 이상할 것도 없었다.

자기 차의 트렁크를 열어본 권 팀장이 봉투 하나를 내밀었다. 그런 다음 악수를 나누고 차에 올랐다.

부웅!

차가 출발하자 간부는 어깨를 으쓱거리더니 봉투를 조수석에 던져놓고 골프장 화장실로 향했다. 탁대는 그 틈을 타서 봉투 안을 엿보았다.

차용증.

짐작했던 그 수법이었다. 주변을 살펴본 탁대는 조수석의 봉투를 조준해 화염탄을 작렬시켰다. 화염은 봉투만을 홀랑 태워 버리고 꺼졌다. 목적을 이룬 탁대는 서둘러 차를 몰았다.

'젠장!'

미친 듯이 속도를 높였지만 권 팀장의 차는 보이지 않았다. 네거리까지 나온 탁대는 별수 없이 팔호에게 전화를 걸었다.

ㅡ잠깐만 기다려 보세요.

팔호가 대답하기도 전에 뒤쪽 차량이 경적을 울려댔다. 탁대는 차를 건너편 갓길로 빼주었다. 그때 팔호의 전화가 들어왔다.

ㅡ골프장인데 오리집 들렀다 간다는데요?

"오리집?"

ㅡ봉황대교 건너편에 막숯골 있잖아요? 거기 길가에 음식점 많죠? 그 가운데쯤 있는 집이에요.

"거기가 홀 구조야 방 구조야?"

ㅡ방이에요. 권 팀장님 방 좋아하니까 방으로 들어갈 거예요.

"여러 개야?"

ㅡ잠깐요, 내가 거기 사모님 아니까 몇 번 방 예약되었는지 알아볼게요.

"고맙지만 권 팀장 귀에 들어가면 안 돼."

―걱정 마세요. 내가 사모님이랑 좀 친하거든요.

팔호는 다시 전화를 끊었다. 기다리는 동안 탁대의 심장이 팔딱팔딱 타들어갔다. 일각이 여삼추 같은 것이다.

―홍실이라네요.

다행히 팔호의 문자가 바로 들어왔다.

―지금 있대?

―세 시 예약이래요.

―땡큐!

―지원해 드려요?

―지금 지원한 걸로 충분해.

탁대는 단숨에 핸들을 꺾었다. 시간은 오후 2시. 빨리 가면 권 팀장보다 빨리 도착할 수 있는 시간이었다.

'차는 일단 이쯤에 세워두고……'

탁대는 오리집 직전의 작은 다리를 건너 차를 파킹했다. 혹시라도 권 팀장이 볼까 봐 대비를 한 것이다.

다행히 권 팀장은 아직 도착 전이었다. 점심시간이 지나 손님도 그리 많지 않았다. 식당의 방은 총 네 개였다. 권 팀장이 예약한 방은 그중에서 맨 구석이었다.

탁대는 그 다음 방인 청실을 예약했다. 그런 다음 삼촌 동모를 호출했다. 식당 내부를 둘러본 탁대는 종업원들이 식사하는 틈을 타서 슬쩍 홍실 문을 열었다.

테이블은 세팅이 끝난 상태였다. 방 안에는 테이블뿐이라 탁대가 몸을 숨길 만한 물건이 보이지 않았다. 고민하는 사이에 홍실로 다가오는 발소리가 들렸다. 놀란 탁대는 접착 마법을 날렸다.

"아줌마, 마루가 왜 그렇게 끈적거려?"

홍실로 들어선 권 팀장이 투덜거렸다. 종업원 아줌마는 죄송하다며 고개를 조아렸다. 권 팀장이 상석에 앉자 문 앞에 서 있던 서항우도 앉았다. 그 역시 고개를 갸웃거리며 발바닥을 만졌다. 마루에 달라붙어 떨어지지 않던 발이 이상했던 것이다.

"거기 창문 좀 닫아요."

기분이 상한 권 팀장이 아줌마를 다그쳤다.

"이게 왜 열렸지?"

아줌마는 혼자 중얼거리며 창문을 닫았다.

"반주 한잔하시죠?"

술과 고기가 들어오자 권 팀장이 소주를 들고 물었다.

"됐네."

"까칠하시기는. 금강산도 식후경이니 마시면서 얘기합시다."

권 팀장은 테이블 위의 잔에 술을 채워주었다.

"미리 말하지만 어물쩍 넘어가는 건 안 돼."

서항우는 권 팀장에게 쐐기부터 박았다.

"형님, 서운하군요. 이 권해관이를 그렇게밖에 안 보다니."

"서운하긴 나도 마찬가지야. 이번엔 틀림없다고 말한 건 자네였어."

두 사람의 신경전이 펼쳐지기 시작했다.

"틀림없었죠. 그런데 마지막에 시장님이 틀어버렸으니 어쩔 수 없지 않습니까?"

"거마비는 괜히 안겼나? 작업 다 끝났다고 했잖아?"

"진짜 왜 이러십니까? 물 먹은 걸로 말하면 내가 더 속 터진다고요."

"그러게 가만있는 황천수는 왜 건드려? 자네가 그 친구 뒤 털다가 잘 안 먹히는 바람에 이 사단이 났다며?"

"누가 그럽니까?"

"나는 귀 없는 줄 아나?"

서항우가 잘라 말했다.

"사람 우습게 만드는군요. 우리 사이가 고작 이거밖에 안 된단 말입니까?"

"이 사람아, 자네 알다시피 나도 있는 돈 없는 돈 끌어모은 사람이야. 그놈의 사무관 한 번 달아보려고 말이지."

"돈 여기 있습니다."

서항우가 기세를 올리자 권 팀장이 봉투를 내밀었다.

"어째서 이것뿐인가?"

봉투를 확인한 서항우가 물었다.

"진짜 딱하십니다. 거마비가 무슨 무슨 은행 적금입니까? 여기저기 찔러주고 부탁하고 진행비 들어가는데 그건 포기해야죠."

"무슨 놈의 진행비가 3천만 원이나 된단 말인가?"

"이번에 좀 치열했잖습니까? 거치는 손이 많았습니다. 그런데 이제 와서 그거 게워내라고 하면 형님하고 나하고 둘 다 죽는 거 아시잖아요?"

"난 모르겠네."

"예?"

단호한 서항우의 행동에 권 팀장이 눈을 동그랗게 떴다.

"솔직히 한 오백은 날릴 각오했네. 하지만 3천은 말도 안 돼. 과정은 모르지만 어차피 승진은 물 건너갔으니 자네가 책임지라고."

"형님!"

"나도 마누라 알기 전에 채워야 하는 돈이야. 자네도 우리 마누라 성질 알잖아?"

"이렇게 나오시면 곤란합니다."

술을 한 잔 마신 권 팀장의 목소리에 힘이 들어가기 시작했다.

"곤란하다니? 뭐가 곤란해? 난 내 돈 돌려달라는 거뿐이야."

"형님, 이제 영영 승진 안 하실 겁니까? 다음번에는 어쩌시려고요?"

"자네를 내세우고 돈까지 질러도 안 되는데 기회가 올까? 난 이제 글렀으니 돈이나 게워내게."

"형님!"

"됐으니까 게워내라고!"

버티는 권 팀장을 향해 서항우가 인상을 구겼다. 그러자 권 팀장이 종이 몇 장을 꺼내놓았다.

"자술서?"

"맞습니다. 그동안 제가 형님 승진시키려고 유보시켜 두었던 건데 이렇게 막보기로 나오시면 저도 방어 수단을 쓸 수밖에요. 다른 사람도 물 먹었지만 거마비 토하라는 말은 없거든요."

"누굴 속이려고 그래? 방규식이도 하정무도 다 이를 갈고 있던데? 그 친구들 말고도 또 있겠지만."

"형님!"

참다못한 권 팀장이 테이블을 내리쳤다.

"안 게워내면 그냥 있지 않겠네. 익명의 투서라도 해서 내 돈 받아닐 거야."

"마음대로 하시죠. 그 돈을 내가 혼자 먹었겠습니까? 위로는 국장님부터 시장님까지 다 걸려 있는데 그 양반들이 투서에 놀아나겠습니까?"

"뭐야?"

"정 이렇게 나오시면 윗분들에게 다 말하고 당장 부하들 시켜서 형님 비리 조사 들어갈 겁니다. 설마하니 돈 3천만 원과 평생 연금을 맞바꿀 생각은 아니겠지요?"

"……?"

권 팀장은 마지막 칼을 꺼내들었다. 그 서슬이 맹렬하자 드높던 서항우의 기세가 꺾였다.

"심정은 이해합니다. 따지고 보면 형님이나 나나 이번 승진에서 개밥되기는 마찬가지 아닙니까? 다음번 승진 때는 거마비 없이 밀어드릴 테니 예약했다 치고 기다리십시오. 이 권해관이가 한 번 죽지 두 번 죽겠습니까?"

"젠장!"

묵묵히 쏘아보던 서항우가 소주잔을 들이켰다. 곧 이어 서항우는 테이블에 놓인 자술서를 박박 찢어버렸다.

"다음번에는 제대로 해주기 바라네."

현실을 받아들인 서항우가 돈 봉투를 들고 일어섰다. 혼자 남은 권 팀장은 남은 소주를 병째 들이켰다. 그런 다음 깊은 한숨을 토하고 홍실을 나갔다.

그 뒤를 이어 들어선 건 탁대였다.

위기의 순간, 순간 접착 마법을 발현시키고 창문을 통해 **빠져나**

간 탁대는 옆방에서 동모와 함께 있었다. 귀를 기울였지만 권 팀장과 서항우의 대화는 잘 들리지 않았다. 테이블에 올려진 게 현금뭉치라는 건 알 수 있었지만 어찌할 도리가 없었다.

그러나!

탁대의 표정은 더없이 여유로웠다. 그는 빈 방을 둘러본 후에 천장을 바라보았다. 그 천장에 탁대의 스마트폰이 떡하니 달라붙어 있었다. 그것도 동영상 모드로.

'해제!'

탁대가 마법을 끝내자 천장의 전화기가 얌전하게 떨어졌다. 동영상은 성공이었다. 배터리가 넉넉한 덕분에 처음부터 끝까지 찍혀 있었다.

'아싸!'

두 사람의 목소리까지 확인하고 쾌재를 부를 때 누군가 탁대의 뒷덜미를 낚아챘다.

"너 여기서 뭐하는 거야?"

목소리의 주인공은 동모였다.

"어우, 삼촌! 깜짝 놀랐잖아?"

탁대는 가슴을 쓸어내렸다. 혹시나 권 팀장이 돌아온 건 줄 알고 십겁을 한 것이다.

"인간아, 사람 불러놓고 왜 이래? 술도 먹는 둥 마는 둥 하면서 옆방이나 기웃거리더니 이젠 아예 여기로 오냐? 왜? 여기 쭉쭉빵빵 미스코리아라도 있었냐?"

동모가 눈알이 터질 듯 부라렸다.

"오케이, 아까는 속이 좀 안 좋았는데 이제 풀렸으니까 달려볼까요?"

탁대는 신 나는 표정으로 동모의 등을 밀었다.

동모와 헤어진 후에 탁대가 찾아간 사람은 표강일이었다. 일요
일 저녁, 그는 정원에서 분재를 관리하고 있었다. 탁대는 생수로 입
안부터 가셨다. 동모를 달래느라 소주를 두 잔 마셨던 것이다.

"조탁대가 도착했습니다."

나 실장이 탁대의 도착을 알렸다. 표강일은 바로 가위를 내려놓
았다.

"오랜만이군."

표강일이 손을 내밀었다. 편안한 옷차림인데도 기품이 우러나왔
다. 탁대는 손을 내밀어 악수를 했다. 표강일은 자리를 테라스로 옮
겼다. 가정부가 차를 내왔다.

"마시게나."

"고맙습니다."

이번에는 깊은 향의 국화차였다. 그래도 탁대의 입맛에는 잘 맞
지 않았다.

"직접 온 걸 보니 중대한 일인가 보군?"

강일이 차향을 음미하며 물었다.

"예."

그때 표강일의 핸드폰이 울렸다. 그는 발신인을 보더니 다시 내
려놓았다. 그러자 오래지 않아 거실의 전화기가 울렸다.

"검찰청 위 부장인데 어떻게 할까요?"

전화를 받은 나 실장이 물었다.

"샤워 중이라고 하시게."

강일은 대수롭지 않게 말했다. 탁대는 다시 한 번 표강일의 인맥에 놀랐다. 검찰청 부장급 간부의 전화조차 단칼에 무시하는 표강일. 그의 한계는 어디란 말인가?

"중대한 일이라고 했던가? 계속하시게."

강일은 부드러운 눈매로 탁대를 바라보았다.

"다름이 아니고 상의할 게 있어서요."

"상의라?"

표강일은 이제야 차 한 모금을 가볍게 넘겼다.

"방금 검찰 간부에게 전화가 온 것 같던데 거기로 갈까 어쩔까 고민을 하다가……"

"큰 건이군?"

"이번 시청 승진인사에서 청탁 뇌물이 오간 증거를 잡았습니다."

탁대는 핸드폰을 꺼내 동영상을 틀어놓았다.

[됐으니까 게워내라고!]

[이렇게 막보기로 나오시면 저도 방어 수단을 쓸 수밖에요. 다른 사람들도 물 먹었지만 거마비 토하라는 말은 없거든요.]

[누굴 속이려고 그래? 방규식이도 하정무도 다 이를 갈고 있던 데?]

[마음대로 하시죠. 그 돈을 내가 혼자 먹었겠습니까? 위로는 국장님부터 시장님까지 다 걸려 있는데]

[설마하니 돈 3천만 원과 평생 연금을 맞바꿀 생각은 아니겠

지요?]

　[따지고 보면 형님이나 나나 이번 승진에서 개밥되기는 마찬가지 아닙니까? 다음번 승진 때는 거마비 없이 밀어드릴 테니 예약했다 치고 기다리십시오.]

　[이 권해관이가 한 번 죽지 두 번 죽겠습니까?]

　탁대는 거기서 동영상을 멈췄다.

　"권해관이 제대로 걸렸군."

　강일은 다시 차 한 모금을 물었다.

　"그런 것 같습니다."

　"이걸 보는 게 내가 처음인가?"

　"네."

　"왜?"

　강일은 나머지 말을 눈으로 물었다. 왜 자신에게 처음으로 보여주는 거냐고.

　"이번 승진인사… 듣자니 사장님의 막후 실력이 먹힌 모양이더군요. 그래서 도 과장님이 국장이 되고 황 팀장님도 사무관이 되었겠지요."

　"그 시작은 자네였네."

　"황천수 과장님의 결백을 밝힌 거 말입니까?"

　"김 시장이 차차선의 카드를 꺼낼 수밖에 없는 일이었지. 그러니 내가 아니라 자네가 공정 인사를 이끌어낸 걸세."

　"과찬이십니다."

　"천만에. 내 말에는 한 점의 보탬도 없네."

"그럼 이번 건도 제 마음대로 해도 된다는 말씀인가요?"

탁대는 고개를 들어 표강일을 똑바로 바라보았다.

"당연하네."

강일은 한 치의 주저도 없이 대답했다.

"이 일을 정치적으로 이용할 생각이 없다는 말씀이군요?"

"아까 온 전화 말일세, 검찰청 간부시라네."

"……."

"그 양반 말이 우리 시에서도 인사 비리 첩보가 있어 확인할 생각이라고 언질하더군. 그래서 내가 말했지. 우리 시 공무원들은 자정 능력이 있으니 조금만 기다려 보라고."

"사장님."

"뭐든 자기 힘으로 제어하면 좋지. 반대로 매번 외부의 물리적인 힘으로 이룬 질서는 언제고 다시 무너지기 마련이라네."

"멋진 말이지만… 한편으로는 모순이기도 합니다. 그럼 황 팀장님을 승진시킨 것도 일종의 압력이 아닙니까?"

"오해하고 있나본데 황천수 과장의 승진이 내 힘만은 아니라네. 그는 자신이 쌓은 덕망을 이제야 인정받은 거야. 공자가 몇 살에 빛을 보았던가? 그에 다름 아니네."

"……."

"다시 말하건대 내가 바라는 건 일도 제대로 안 하면서 잇속만 차리는 승냥이 무리를 척결하고 싶을 뿐이지 그 반대편에 있는 사람을 편애할 생각은 없네. 그건 정화가 아니라 패를 바꾸는 것에 불과하니까."

'아!

탁대의 입에서 낮은 신음이 밀려 나왔다. 표강일은 달랐다. 죽음의 사선을 넘어온 해탈과 달관이 배어 있어서일까? 사사로운 감정은 결코 엿보이지 않았다.

"고맙습니다!"

탁대는 벌떡 일어나 꾸벅 인사를 올렸다. 마음이 시킨 일이었다.

"답을 얻었나?"

"예!"

"그럼 이걸 내게 들고 온 목적은 무엇인가?"

"증인이 필요해서요."

"증인?"

"엄청난 일이잖습니까? 세상은 왜곡된 힘에 의해 변질되기도 하더군요. 그러니 만에 하나 제가 이 사건 해결에 실패하거나 오해를 받더라도 누군가 한 사람은 진실을 알고 있었으면 했습니다."

"그렇게 말하니 원하는 답을 얻지 못할 때는 어떻게 하려고 했는지도 궁금하군."

"사장님께서 이 파일을 독점하여 김 시장님을 협박할 것 같으면 제가 먼저 복사본을 언론에 뿌릴 생각이었습니다."

"부러질지언정 한쪽으로 기울지는 않겠다?"

"비록 말단이지만 저는 공무원입니다. 사장님을 존경하지만 사장님 또한 한 개인에 불과하니 그 편을 드는 건 명예롭지 못하다고……."

짝짝짝!

탁대의 말이 다 끝나기도 전에 표강일이 박수를 쳤다. 저만치 정원의 나 실장도 따라 쳤다.

"뿌듯하군. 자네 같은 공무원이 우리 봉황시에 있다는 사실. 그리고… 자네처럼 멋진 젊은이가 나와 인연을 맺었다는 사실이……."

"사장님."

"가게. 가서 자네가 원하는 대로 하게."

표강일은 시원한 목소리로 말했다.

"그럼……."

"아, 잠깐!"

돌아서는 탁대의 걸음을 표강일의 목소리가 막아섰다. 탁대는 천천히 고개를 돌렸다.

"한마디 빠뜨렸는데 말이야. 시청이나 다른 사람 일에는 관여하지 않겠지만 한 사람 예외는 있다네."

"예외라고요?"

"자네 말이야. 누군가 자네의 정당한 행위를 음해하거나 누른다면 그때는 그냥 있지 않을 걸세. 그건 참고하면 좋겠네."

"……!"

찡긋!

윙크를 날리는 표강일의 눈자위가 따뜻해 보였다. 탁대는 정중한 목례를 남기고 정원을 나왔다. 뒤따라 나온 나 실장이 탁대의 차 앞에서 엄지를 세워 보였다.

네가 최고다!

엄지의 말이 탁대의 가슴으로 전해져 왔다. 탁대는 따뜻해진 가슴을 연료로 삼아 시동을 걸었다.

다행이었다.

기대대로 표강일은 이 사태를 정치적으로 이용할 생각이 없었다. 하필이면 황천수도 자리를 비웠다. 그렇다면 이보다 좋은 기회는 없었다. 막 과장이 된 황천수의 부담까지도 덜어줄 수 있는 기회였다.

'권 팀장, 당신은 끝났어.'

탁대는 거침없이 액셀러레이터를 밟았다.

월요일, 근태 점검을 한 탁대가 사무실에 들어섰다. 사무실에는 간부가 없었다. 월요일마다 소집되는 간부 회의에 들어간 모양이었다.

대신 여기저기서 근태에 걸린 직원이 찾아와 읍소를 하고 있었다. 팔호 책상에도 두 명이나 보였다.

"아, 진짜. 그때 화장실에 간 거라니까."

남직원이 핏대를 올렸다.

"어느 화장실요? 제가 2층 화장실 확인했거든요."

"그게… 4층 화장실……."

"그게 말이 돼요?"

팔호도 어느새 노련해졌다. 읍소하는 직원을 자극하지 않으면서도 단호한 말로 핑계를 박살 내는 것이다.

"아, 2층 화장실이 만원이니까 그렇지. 화장실이야 어딜 가든 무슨 상관이야."

"제가 보니까 2층 화장실 텅 비어 있던데요?"

"……!"

양심을 찔린 직원은 입을 다물었다.

"체크 지워드릴 테니까 다음부터는 자리 잘 지키세요."

팔호는 경각심을 일깨운 후에 근태 불량이라고 체크한 기록을 뭉갰다.

"고마워."

남직원은 안도하며 감사실을 나갔다.

주최 측의 농간.

탁대는 대학 때 일을 떠올렸다. 학과 일을 맡고 있던 탁대도 비슷한 경험이 많았다. 예를 들어 체육대회나 과 대항전이 열리는 날, 뺀질이들은 절대 학교에 오지 않았다. 그때마다 탁대는 주최 측의 농간 카드를 꺼내 들었다.

"이건 과 공식적인 일이라 교수님들이 출석 부르라고 했습니다. 안 오는 사람은 무조건 해당 과목 해당 시간 결석입니다."

그러고는 과 조교에게 빌린 출석부를 꺼내 들었다. 물론 착하게 출석도 부른다. 이렇게 하면 학생들의 참석률이 몰라보게 높아진다. 물론 지금 팔호가 한 것처럼 인심도 쓴다. 어차피 가짜 출석 체크였기 때문이다.

마찬가지로 감사실의 사소한 점검은 근무기강을 잡기 위한 것이지 자리를 비운 이석이나 시건 불량, 몇 분 지각은 처벌의 대상이 아니다. 소소한 업무 착오로 인한 자술서 또한 엄포용일 경우가 많았다. 그런 것들은 인사상 불이익을 줄 수 있는 사안이 아니었다.

그럼에도 불구하고 엄포용 제도를 이어가는 건 온당치 않아보였다. 그래서 탁대는 소소한 잘못은 부서장에게 바로 통보하고 기록으로 남기지는 않았다. 착한 직원에게는 자칫 커다란 스트레스가 되기 때문이었다.

읍소형 직원이 나가자 팔호가 눈짓을 했다. 어제 일이 궁금한 모양이었다.

"어떻게 됐어요?"

팔호는 상담실에 들어서기 무섭게 물었다. 의자를 당겨 앉은 탁대는 대답 대신 손가락으로 동그라미를 만들어 보였다.

"증거 잡았어요?"

"웅!"

"어떻게요?"

"사진을 한 장 제대로 박았지."

"진짜요? 안 들키고 말이에요?"

"그렇다니까."

"돈 주고받는 장면 같은 걸 박았단 말이죠?"

"Yes!"

탁대는 다시 한 번 또렷하게 대답했다.

"그럼 이제 어쩔 거예요?"

"어쩌긴? 짤라야지."

"네?"

놀란 팔호가 눈을 동그랗게 떴다.

"아니면 검찰에 고발할까?"

"형⋯⋯."

팔호가 몸을 움츠렸다. 검찰 이야기가 나오니까 왠지 겁이 나는 모양이었다.

"쫄았냐?"

"그건 아니지만… 검찰이 손을 대면…….'

"일이 커진다?"

"그렇지 않을까요? 자칫하면 우리도 전부 조사받을 수 있어요."

"그게 뭐?"

"시청이 통째로 흔들릴 수 있다는 말입니다. 그러다 보면 우리 시 공무원 전체가 부패한 집단으로 몰리고 도나 정부의 지원금도 확 줄어들걸요."

"그래서?"

"그냥 과장님 오시면 말씀드리고 권 팀장님하고 뇌물을 건넨 사람들만…….'

"징계위원회에 올리자?"

"저번 의회 우 의원 케이스도 있잖아요. 그렇게 하면…….'

"그 건과 이 건은 달라."

"왜요? 우 의원도 권 팀장님 못지않은 실세였어요. 그런데도 파면 처분을 아야 소리 못하고 받아들였잖아요."

"그 양반은…….'

거기까지 말하던 탁대는 입을 닫았다. 그 과정을 일일이 설명할 수는 없는 일이었다.

"권 팀장님하고는 달라. 그 양반은 개인적 성향의 잘못이지만 권 팀장님은 조직적이잖아? 위로 거의 다 줄줄이 걸려 있을 테니 누구도 권 팀장님 처벌하는 데 자유롭지 못할 거야."

"그건 그러네요."

탁대의 말에 공감한 팔호가 목소리를 낮췄다.

"긴장되냐?"

"조금요."

"혹시 해서 묻는 건데 넌 이 승진 비리하고 상관없지? 돈을 받았다거나?"

"없어요. 그 일에 관해서는 전부 권 팀장님이 알아서 했으니까요."

"불행 중 다행이구나."

탁대가 미소 지었다. 말뜻을 알아차린 팔호는 깊은 날숨을 쉬었다. 돈을 받았다면 자칫 팔호도 처벌 대상에 포함되기 때문이었다.

팔호를 먼저 내보낸 탁대는 몇 가지 카드를 손에 쥐고 만지작거렸다. 뇌리에 황천수가 스쳐 갔다. 이제 감사실의 수장이 된 황천수. 절차상으로 따진다면 그에게 보고를 하는 게 순서였다. 더구나 그는 탁대가 신뢰하는 인물. 하지만 반대편으로도 마음이 쏠렸다. 황천수가 알게 되면 보복 감사라는 오해를 살 여지가 있었다. 그러니 아예 그가 없는 사이에 정리가 되면 황 과장의 운신의 폭은 넓어질 수 있었다.

권 팀장과 담판!
시장과 담판!
황 과장에게 일임!
경찰에 고발!ㅡ검찰에 고발!
언론에 제보!

다섯 가지 방안이 팽팽하게 맞섰다. 모두 장단점이 있는 것이다. 한동안 고민하던 탁대는 마침내 카드 하나를 뽑아들었다.

＊　　　＊　　　＊

수요일!

권 팀장에게 시도 감사실 직무 교육이 떨어졌다. 도청에서 하는 하루짜리 교육이었다. 공무원에게는 교육이 많다. 많아도 너무 많다. 법적 교육을 제외하더라도 기타 교육도 질리도록 많다.

그리고…….

목요일!

권 팀장이 자리를 비운 날에 봉황시가 발칵 뒤집혔다. 봉황 타임스 때문이었다.

금번 우리 시 승진인사 승진 뇌물로 얼룩!

항간에 떠돌던 사무관 5천만 원 설 입증.

기자는 물론 고동길이었다. 기사는 자그마치 전면 톱에 이어 2면과 3면까지 이어졌다. 탁대가 넘겨준 동영상 파일의 내용과 함께 과거 떠돌던 인사 비리까지 백화점식으로 총망라한 인사 비리의 완결판이었다.

주인공 권 팀장은 이니셜 K, 서항우는 S, 방규식은 B로 쓰인 기사는 시청에 일파만파를 일으켰다.

당장 배 국장이 감사실 문을 박차고 들어섰다.

"국장님!"

테이블에서 이겸수 팀장과 함께 머리를 맞대고 신문 기사를 보던 용 팀장이 벌떡 일어섰다.

"이거 알고 있었나?"

배 국장은 신문을 흔들었다.

"방금 기사를 보고……."

"당신들 대체 뭐하는 사람들이야? 어떻게 우리 내부의 일을 감사실에서 몰라?"

"……."

"황 과장은?"

"지금 사무관 교육 중 아닙니까?"

"내 말은 황 과장도 알고 있냐는 거야?"

배 국장의 목소리는 점점 더 높아졌다.

"아마 모를 것 같습니다만."

"권 팀장은 또 어딜 간 거야?"

"권 팀장도 오늘 도청에서 교육을……."

"허, 잘나가는 부서로군. 지금 교육이 문제야?"

펄펄 뛰는 배 국장을 앞에 두고 탁대는 태연하게 키보드를 두드렸다. 이 와중에도 탁대는 출근 점검을 마치고 들어왔다. 그리고 그걸 정리하는 것이다.

"조탁대!"

키보드 소리 때문인지 배 국장이 탁대를 돌아보았다.

"네, 국장님!"

"설마 또 너는 아니겠지?"

"네?"

탁대는 일부러 맹한 얼굴을 하며 대답했다. 얼굴이 벌겋게 달아

오른 배 국장이지만 더는 묻지 못했다. 연 이어 도 국장과 하 국장, 백 국장 등이 들어온 것이다.

"감사실도 모르는 내용이었다?"

하 국장 역시 얼굴이 구겨졌다.

"그게… 이번 인사에 대해서는 왈가불가 말라는 특명을 내리셔서……."

용 팀장은 국장들 틈바구니에서 겨우 입을 열었다. 그때 전화기가 미친 듯이 울었다.

"감사합니다. 감사실 조탁대……."

전화를 받은 탁대는 귀청이 찢어지는 줄 알았다. 흥분한 부시장이 용 팀장을 찾은 것이다. 부시장으로 끝이 아니었다. 이번에는 시장 비서실에서 전화가 왔다.

"정신없군."

용 팀장은 서둘러 감사실을 나갔다.

"아, 이거 대체 어떻게 된 거야? 기사를 보니 조작은 아닌 거 같은데……."

이겸수 팀장이 혀를 차자 침묵하고 있던 직원들 틈에서 윤아가 입을 열었다.

"손바닥으로 하늘을 가리죠. 어차피 터질 건 아니었나요?"

"뭐야?"

심정적으로 권 팀장 편인 이겸수, 발끈하며 윤아를 노려보았다.

"그렇잖아요? 지역신문 기자가 알고 파헤칠 정도면 우리 조직에 풍문이 있었다는 건데 그게 덮어두라는 지시로 덮이냐고요?"

"그럼 조 주임은 지금 이게 잘됐다는 거야?"

"잘됐다는 게 아니라 감사실로서 할 일을 하자는 거예요."

윤아는 한마디도 지지 않는다. 그녀가 괜히 조윤아인가? 목에 칼이 들어와도 바른말은 하는 사람이었다.

"제 생각도 그렇습니다. 어차피 터진 일인데 빨리 대책을 세우는 게 좋지 않겠습니까?"

그쯤에서 탁대는 슬쩍 윤아를 지원하고 나섰다. 그러자 여기저기서 공감의 발언이 쏟아져 나왔다.

"야, 이 사람들아. 기사면 다 맞는 줄 알아? 기자 놈들도 뒷돈 먹고 헛기사 쓰는 기레기가 한둘이 아니라고!"

궁지에 몰린 이겸수가 소리를 쳤다.

"하지만 사진까지 나왔지 않습니까? 비록 모자이크 처리를 했지만."

탁대는 신문을 집어 들고 말했다. 얼굴 부분에 집중적으로 처리된 모자이크. 하지만 그게 누구인지는 어렴풋이 알 수 있는 수준이었다.

"어디서 많이 본 사람 같은데?"

탁대는 짐짓 고개를 갸웃거렸다.

"나도 그래요."

그러자 김영화와 하채린이 동조하고 나섰다.

"보긴 어디서 봐? 자네들이 모자이크 꿰뚫는 능력이라도 가졌어?"

이겸수는 짜증을 내며 사무실을 나갔다. 탁대 책상의 전화기가 다시 울린 건 그때였다.

"감사합니다. 감사실 조탁대입니다!"

탁대는 또박또박 응대하며 전화를 받았다. 전화를 건 사람은 용 팀장이었다.

—시장님실로 좀 올라오게. 지금 당장!

"알겠습니다."

탁대는 수화기를 내려놓고 잠시 심호흡을 했다. 그의 뇌리에 고동길이 스쳐 갔다.

일파만파! 사실 이 결과는 당연한 일이었다. 수천만 원이 오간 승진 비리. 이런 게 터졌는데 어떻게 조용히 지나갈 수 있을까? 그래서 선택한 게 고동길 기자였다.

봉황시가 비록 지방도시지만 인사 비리라면 중앙 언론의 스포트라이트를 받을 가능성이 높았다. 하지만 코딱지만 한 지역신문에서 먼저 터진 기사라면?

김이 빠진다.

중앙 언론의 체면이 있지 지방 일간지도 아니고 주간신문에서 터트린 기사를 재탕하기는 어려운 게 언론의 생리. 그렇게 되면 파장은 그나마 최소화하고 탁대가 노리는 걸 얻을 수 있었다.

한 가지 더 이유가 있다면 고동길이었다. 그는 탁대에게 많은 협조를 해왔다. 이유야 어쨌든 국민영웅이 된 것도 그가 찍은 동영상 때문이었고 지난번 권 팀장 사냥에 실패하던 날도 군소리 없이 도와주었다.

그러니 이번에는 탁대가 그를 도울 차례였다. 더구나 화물트럭 건도 동영상이었으니 이번 동영상 역시 고동길 기사로 난다고 해도 하등 이상할 게 없을 거라는 계산도 작용했다.

'자, 그럼 슬슬 사태를 즐겨보실까?'

탁대는 모니터를 껐다. 옆 자리의 팔호가 걱정스러운 눈으로 바라보았다. 탁대는 팔호를 안심시키기 위해 찡긋 윙크를 던져 주었다.

복도마다 난리였다. 누구든 눈만 마주치면 신문 기사 이야기를 수군거렸다.

"감사실 권 팀장하고 서 팀장이라던데?"

모자이크된 권 팀장과 서 팀장. 그러나 그들의 신원은 감춰지지 않았다. 제아무리 모자이크를 했다고 해도 사람이란 분위기가 있는 법. 그러니 오랫동안 함께 일해 온 사람이라면 그 정도 알아내는 게 그리 어려운 일이 아니었다.

똑똑!

노크를 마친 탁대는 시장을 향해 꾸벅 목례를 올렸다. 시장실에는 보이지 않는 칼바람이 불고 있었다. 배석자는 시장과 용 팀장이었다.

"부르셨습니까?"

침묵은 탁대가 깨버렸다.

"자넨 그만 나가봐."

시장이 용 팀장을 바라보았다. 용 팀장은 가벼운 목례를 남기고 시장실을 나갔다.

"앉게!"

"괜찮습니다."

탁대는 선 채로 대답했다. 어쩐지 오늘은 서 있는 게 편할 것 같았다.

"신문 봤나?"

시장이 첫 질문을 날렸다.

"예."

"이 신문 속의 인물들이 누구인지 알겠나?"

"……."

"말해도 괜찮으니까 말해봐."

"한 사람은 잘 모르겠고 다른 한 사람은 권해관 팀장으로 보입니다."

"자네인가?"

시장도 배 국장처럼 의심의 눈초리를 던졌다.

"무슨 말씀이신지……."

"이 신문의 기사를 제보한 게 자네냐고 묻는 거야."

"제보자가 궁금하다면 기사를 쓴 고동길 부장에게 묻는 게 순서 아닐까요?"

탁대는 담담한 시선으로 시장을 바라보았다.

"아니다?"

"아시다시피 저는 말단이라 인사 기밀에 관여할 만한 위치에 있지 않습니다."

탕!

그러자 듣고 있던 시장이 테이블을 내리치며 노기(怒氣)를 뿜었다.

"배은망덕한!"

"네?"

"나는 자네를 우리 시 모든 공무원의 멘토로 만들고 싶어서 전폭적인 지원을 아끼지 않았어. 그래서 일 한 번 제대로 해보라고 지조 있는 황천수를 직속 과장으로 앉혀줬는데 그 틈을 타서 내 뒤통수를 찍어?"

"시장님!"

"방금 권해관이가 전화를 해왔어. 자네가 아니면 그럴 만한 사람이 없다던데 그래도 아닌가?"

시장의 노여움은 정도를 더해갔다.

"그럼 사진 속의 인물이 권해관 팀장이 맞는 모양이군요."

"……?"

돌연한 발언에 시장의 기세가 움찔 흔들렸다.

"아울러 죄송하지만 승진 비리가 있었다면 거기에 엮인 사람이 한둘이 아닐 겁니다. 본시 둘 이상이 아는 일에는 비밀이 없다는 말이 있던데 왜 저를 추궁하시는지 모르겠습니다."

"조탁대!"

"저는 권 팀장을 존경하는 사람입니다."

탁대는 당당하게 말하고는 그 다음에 할 말은 속으로 중얼거렸다.

'그 인간의 찬란한 잔머리는 정말 존경할 만하지요.'

"죽어도 아니다?"

"예!"

탁대는 흔들리지 않았다. 동영상은 부분 편집을 해서 고동길에게 넘긴 지 오래였다. 고동길이 입만 열지 않는다면 그 제공자가 누구인지 알 수 있는 건 오직 하늘뿐이었다.

"허어!"

맥이 풀린 시장이 소파 깊이 등을 기댔다. 탁대는 그 틈을 공략해 들어갔다.

"외람되지만 제 생각에는……."

"말해보게."

"제보자 색출이 문제가 아니라 승진 비리의 실체를 파악하는 게 급선무라고 봅니다. 머잖아 도나 행안부, 총리실 등에서 진상을 보고하라는 지시가 떨어질 텐데 그것부터 대비해야 하지 않을까요?"

탁대는 반듯하게 고개를 들었다.

"후우!"

시장은 대답하지 않고 거푸 한숨을 토했다.

"시장님, 이미 벌어진 일이니 검찰이나 경찰이 개입하게 될 겁니다. 그러니 진상이라도 미리 파악하고 있어야 상부 기관의 닦달에……."

"현실적인 대안이군. 그렇게 해."

"제가 아니라 용 팀장에게 지시를……."

"그렇군."

시장이 수화기를 드는 것을 보고 탁대는 복도로 나왔다. 복도 끝에서 미친 듯이 달려오는 권 팀장이 보였다. 누군가의 연락을 받고 교육 중에 나온 모양이었다.

"조탁대!"

"시장님은 안에 계십니다."

탁대는 그 말로 대화를 비켜갔다. 워낙 다급한 권 팀장 역시 다른 말을 할 겨를도 없이 문을 박차고 들어갔다. 둘이 무슨 말을 하는지 탁대는 별 관심이 없었다. 중요한 건 동영상이 있으니 빼도 박도 못할 거라는 것뿐.

그 예상대로 경찰차 두 대가 청사로 들어서고 있었다. 차에서 내린 경찰관은 모두 네 명이었고 그 옆에는 고동길 부장도 보였다. 탁대는 알고 있었다. 경찰이 누구누구를 데려갈지.

잠시 후에 권 팀장은 감사실로 들어섰다.

"이팔호!"

그는 이미 반쯤은 제 정신이 아니었다. 권 팀장은 팔호를 거칠게 세고 안으로 밀어 넣었다.

"어떻게 된 거야?"

그는 팔호를 윽박지르기 시작했다.

"뭐 말입니까?"

"이 새끼야, 신문 기사 말이야? 이런 게 나오는 동안 뭐하고 있었어? 직원들 동향 철저히 분석하라고 지시했잖아?"

"하지만 이번 승진인사에 대해서는 함구하라는 특명이 내려왔지 않습니까?"

"너 내가 누구 지시를 우선하라고 했어? 다른 누구의 말도 듣지 말고 내 말을 들으라고 했잖아?"

"하지만 제가 외부 기자의 정보망까지 관리할 수는……."

"이 새끼가 지금 누구 앞에서 말대꾸야?"

흥분한 권 팀장의 손이 날아왔다. 하지만 이번에는 소리가 나지 않았다. 팔호가 그 팔을 낚아챈 것이다.

"뭐야? 지금 반항하는 거야?"

권 팀장이 눈을 뒤룩거리며 소리쳤다.

"그래. 반항이다. 왜?"

팔호는 작심하고 권 팀장을 노려보았다.

"반말?"

"그래. 반말… 개 같은 놈이 개소리하는데 반말 좀 하면 안 될까?"

"뭐야? 이거 안 놔?"

권 팀장은 잡힌 손을 빼내려 안간힘을 썼다.

"그래. 당신이 이 꼴이 될 줄 알고는 있었다. 왜? 그런데 왜 보고하지 않았냐고?"

"이 새끼……."

"처음에는 당신을 존경했어. 카리스마를 가지고 감사실을 장악하고 있는 그 능력. 그게 멋져 보였거든. 그런데 알고 보니 그 카리스마는 직무 능력이 아니라 음모와 위선으로 쌓은 탑이었지. 하지만 그래도 나는 당신에게 충성을 다했어. 웬 줄 알아? 당신이 나를 책임지고 키워주겠다고 했으니까 말이야!"

팔호의 입에서 벽력같은 절규가 터져 나왔다. 돌연한 행동에 놀란 권 팀장은 척추를 타고 흐르는 한기를 느꼈다. 뭔가 심상치 않은 순간이었다.

"그런데 당신은 나를 개 취급했어. 충복도 아니고 개 말이야."

"이팔호……."

"이게 뭔 줄 알아?"

팔호는 품에서 종이 한 장을 꺼내들었다.

"지난 번 당신이 내 따귀를 치고 쪼인트를 깐 진단서야. 그날 내가 받은 인간적인 모멸을 아직도 생생해. 그래서 언젠가 당신에게 한 방에 되갚으려고 진단서까지 뗐다고!"

"그, 그건 다음 날 내가 사과했잖아?"

"사과? 그게 사과였어? 내가 볼 때 그건 사과가 명령이었어. 하긴 당신 같은 인간은 모르겠지. 모욕을 주는 인간은 그걸 모래 위에 기억하지만 모욕을 받는 사람은 그걸 청동에 새겨둔다는 걸!"

"이팔호."

"당신은 끝났어. 그러니까 그래도 당신이 아무것도 모르는 내 신규 시절의 우상이었다면 추잡한 꼴 보이지 말고 당당하게 처벌을 받아. 당신이 늘 말하던 권해관답게 말이야!"

팔호는 손에 들고 있던 진단서를 권해관의 얼굴에 집어던졌다. 그와 동시에 서고의 허공에 짝 하는 파열음이 울려 퍼졌다.

따귀를 친 건 놀랍게도 팔호의 손이었다.

"이걸로 진단서와 갈음하자고!"

그 말을 끝으로 팔호는 서고를 나왔다. 서고 앞에는 탁대와 조윤아가 서 있었다. 팔호는 눈물을 감추려고 입술을 깨물며 고개를 떨구었다. 탁대는 그를 당겨 가만히 어깨를 감싸주었다.

직장!

그 안에서 일하는 사람은 누구나 아픔을 가지고 있다. 그건 팔호도 예외가 아니었다. 탁대의 품 안에서 팔호는 뼈가 무너져라 진저리를 쳤다. 줄을 잘못선 대가. 그 혹독한 대가를 치룬 아픔이 소리 없는 눈물로 떨어지고 있었다.

경찰이 찍은 관련자는 모두 여덟 명.

여기에 참고인으로 전 감사과장 도상욱, 현 감사팀장 용석봉 등이 불려가게 되었다.

불려가는 사람들의 행태도 가지가지였다. 체념형에서부터 담담한 사람, 심지어는 적반하장으로 무혐의를 주장하는 사람까지…….

탁대는 청사를 빠져나가는 경찰차 꽁무니를 바라보았다. 멋진 앞모습과 달리 매캐한 매연이나 뿜어대는 차의 꼬리. 그건 어쩐지 위선으로 똘똘 뭉친 권 팀장의 모습과 닮아보였다.

*   *   *

퇴근 무렵 돌아온 배 국장은 시장실을 찾았다. 하루 종일 애를 태우던 시장은 반가이 그를 맞았다.

"어떻게 되고 있나?"

시장이 물었지만 배 국장의 얼굴은 무거웠다.

"배 국장!"

"권해관이가 덫에 걸린 거 같습니다."

"덫?"

"진짜 동영상이 있더군요."

"……?"

"목소리까지 녹음된 것이라……."

배 국장은 고개를 저었다. 틀렸다는 뜻이었다.

"제기랄, 그래서 수사과장인 민세홍이가 연락을 받지 않았군."

"누군가 권해관이가 가는 음식점에 카메라 장치를 한 듯 보입니다만……."

"카메라까지?"

"담당 경위 말로는 그렇답니다."

"권해관이는?"

"일단 개인적인 채권채무관계라고 우기고 있습니다만 워낙 목소리까지 녹음된 판이라⋯⋯."

"실형을 받을 것 같나?"

"자칫하면⋯⋯."

"허어!"

시장의 입에서 장탄식이 새어 나왔다.

"어쩌면 좋습니까?"

"뭐가 말인가? 당신도 모른 일이야?"

"시장님!"

"그러게 작작 해먹어야지. 일을 이렇게 벌이니까 결국 덜미를 잡히는 거 아닌가?"

"제가 아니라 권해관이가⋯⋯."

"그게 그거잖아? 권해관이가 누굴 믿고 그랬겠나? 그리고 보니 이러려고 1안을 밀었던 건가?"

"끄응!"

"오라, 이제 보니 내게 가져왔던 산삼세트도 권해관이에게서 올라온 건가?"

"그건 제가 보낸 걸로 하겠습니다."

"허얼, 이거 큰일 날 사람들이군."

"뇌물과 상관없이 1안 후보도 실적이 좋은 사람들입니다. 다만 권해관이가 그걸 악용해서⋯⋯."

"그만해!"

흥분한 시장이 버럭 소리를 질렀다. 배 국장은 찔끔하며 입을 닫왔다. 그 사이에 시장은 핸드폰을 꺼내 들었다.

"난데 그 얼마 전에 들어온 산삼세트 있지? 그거 지금 바로 양로원 같은 데로 보내."

누군가와 통화를 끝낸 시장은 다시 배 국장을 압박해 들어갔다.

"그래. 대체 진짜 받아먹은 돈이 얼마인가?"

"그게……."

"지금 이 상황에도 속일 텐가? 뭔지 알아야 내가 대책을 세우든지 할 거 아니야?"

"저한테 천만 원이……."

"이 사람이 정말!"

"그게… 나중에 시장님 골프채라도 바꿔드리려고……."

"그래도 점점!"

"죄송합니다."

"어이가 없군. 다 똑같은 사람들이야. 그러고도 당신들이 시정을 이끄는 간부라고 할 수 있어?"

"……."

"또 다른 사람들은?"

"권해관이가 다른 국장에게도 인사하고 인사위원회 참여자들, 승진인사 기획하는 인사과와 총무과에도……."

"잘한다, 잘해!"

"받은 돈은 전부 토해서 돌려주고 당사자들이 협조하도록 조치하겠습니다."

"조치?"

"오는 길에 변호사 자문을 받고 왔는데 승진 문제가 아니라 개인간의 돈거래로 입을 맞추면 실형은 살지 않을 것 같다고……."

"당신, 그 일에서 손 떼!"

"네?"

"그렇잖아도 조금 전에 고동길이 다녀갔어."

"……?"

"그 인간이 뭐라는 줄 알아? 경찰에 제공한 동영상은 시정을 고려해서 편집된 거라더군. 그러니 책임 있는 사람을 구하려고 작당을 하면 나머지까지 까발리겠다는 거야!"

"……!"

그 한마디는 배 국장의 머리에 그려진 대책을 무용지물로 만들어 버렸다. 놀란 배 국장은 벌린 입을 다물지 못했다.

"당신을 내보낸 걸 보니 당신까지는 크게 걸지 않을 모양이군. 그러니 돈은 은밀하게 돌려주고 근신하면서 추이나 지켜보도록!"

"시장님."

"내 말대로 해. 그리고 당신도 징계받을 각오하고!"

서슬 푸른 시장의 기세. 배 국장은 그 기세에 눌려 더는 대꾸하지 못했다.

"나가보고 대신 그 음식점 말이야, 은밀하게 좀 알아 봐. 카메라라면 주인이 모를 리 없어."

"알겠습니다."

배 국장이 나가자 시장은 짧은 신음을 토했다. 잔뜩 등을 기댔지만 오늘은 하나도 편하지 않았다. 시장의 뇌리에 고 기자의 말이 스쳐 갔다.

'조탁대에게 내사를 맡기라고?'

그 말은 분명 탐탁지 않았다. 탁대가 말할 때도 그랬다. 하지만 이제는 도리가 없었다. 공조직 소문은 바람보다 빠르다. 당장에라도 도와 안행부에서 전화가 올지도 몰랐다. 시장은 일그러진 얼굴로 수화기를 집어 들었다.

"용 팀장, 조탁대 좀 시장실로 올려 보내."

비가 내렸다.

비는 만개한 봄꽃을 어루만져 바닥에 떨어뜨렸다. 어느새 반팔 입은 청춘이 낯설지 않은 시절. 이제 여름이 코앞으로 다가온 모양이었다.

그날 저녁, 탁대는 팔호를 데리고 호프집을 찾았다. 권 팀장 때문에 굴곡의 시간을 살아온 그를 위로하기 위해서였다.

추적추적 비가 내리는 저녁, 술은 술술 잘도 목을 타고 넘어갔다.

"힘내라!!"

탁대가 잔을 들자,

"고마워요."

팔호는 매가리 없는 미소로 말을 받았다.

"인상 펴고."

"이렇게요?"

팔호가 웃었다. 조금은 낯선 미소였다. 그러고 보면 인생은 알 수가 없다. 팔호 안에도 저렇게 순박한 미소가 감춰져 있었다니. 그런 생각을 하며 탁대는 첫 잔을 비웠다.

깨똑!

혜자에게 문자가 들어왔다. 보지 않았다. 비가 오는 날, 오늘도 그녀는 시간을 죽여냈을 것이다. 그 시간 속에 묻어나갔을 땀과 노력을 생각하면 늘 마음이 아렸다. 사랑하지만 도와줄 수 없는 일. 그리고 보면 사랑도 만능해결사는 아니었다.

"누가 형 찾는 거 아니에요?"

눈치 빠른 이팔호가 물었다.

"아네? 내가 이렇게 인기가 좋잖냐?"

탁대는 대충 둘러대며 웃었다. 혜자에게는 낮에 이미 오늘 술 약속이 있다고 문자를 보냈던 것이다.

"이젠 괜찮냐?"

"내가 뭘요?"

팔호는 시치미를 뗀다. 낮에 권 팀장에게 퍼붓던 격정은 달아난 모양이었다.

"아까 보니까 멋지더라. 너 다시 봤어."

"쳇, 그래봤자 형만 하겠어요? 난 이렇게 멍청하다니까."

"뭐가?"

"형 말이에요. 멘토는 가까이 있었는데 속이 시커먼 권 팀장을 멘토로 알고 달라붙었으니……."

"그러니까 공무원한테 붙지 말고 시민한테 붙어. 그럼 아무 문제도 안 생긴다."

"말에 뼈가 있네요."

팔호는 피식 웃으며 술을 추가하더니 한 모금을 물고 말을 이었다.

"아까 시장님이 왜 찾으셨대요?"

"너도 알잖아."

"승진 비리 건 때문에요?"

"응. 그거 해명 자료 준비하라고 하더라."

"그럼 일을 해야지 여기서 술 마시고 있으면 어떡해요?"

놀란 팔호가 엉덩이를 들었다.

"앉아. 다 마치고 왔으니까."

"언제요?"

"여기 다 들었거든."

탁대는 당황하는 팔호에게 자기 머리를 가리켰다.

"형……."

"너도 알겠지만 내가 고 기자님하고 좀 친하잖니? 연락했더니 다 알려주더라."

"진짜요?"

"그러니까 편하게 마셔."

"그럼 카메라도 형하고 고 기자가 합작한 건가요?"

"뭐 조금은……."

탁대는 그렇게 둘러댔다. 이제 팔호를 못 믿는 건 아니지만 그렇다고 시시콜콜 다 말할 필요는 없는 것 같았다. 때로는 모르는 게 약일 수도 있으므로.

"아무튼 형은 진짜 대단해요. 완전 뿅 갈 정도로……."

팔호는 '진짜'라는 단어를 힘주어 발음했다.

술자리는 더 지속되지 못했다. 탁대가 새 잔을 추가하려 할 때 온 전화 때문이었다.

—난데 지금 어딘가? 황 과장님 올라오셨어.

목소리의 주인공은 용 팀장이었다. 사안이 사안이니만치 리더십 교육 중이던 황천수가 달려온 모양이었다.

탁대는 팔호를 보내고 황천수와 용 팀장을 만났다. 황천수가 다시 교육장으로 내려가야 했으므로 장소는 커피전문점이었다.

"얘기는 용 팀장에게서 들었네."

황천수는 그렇게 입을 열었다.

"시장님이 해명 자료를 만들라고 했다고?"

"네."

"자네가 고생이 많군."

"아닙니다."

"고맙네."

황천수의 눈길이 묵직하게 와 닿았다. 너무 많은 의미를 담고 있는 말 같아 탁대는 그냥 씨익 웃어넘겼다.

"자료 보여드릴까요?"

"아니, 그냥 자네 소신대로 보고하게. 어차피 나는 공석 중이니까."

"나도 마찬가지야. 시장님이 자네에게 내린 특명이니까 알아서 하게나."

옆에 있던 용 팀장도 같은 뜻을 내비쳤다.

황천수는 바로 차에 올랐다. 전주까지 가는 길은 멀었다. 게다가 비까지 내리니 서두르는 게 좋았다.

"수사는 곧 종결될 것 같네."

황 과장이 멀어지자 용 팀장이 입을 열었다.

"어떻게요?"

"뇌물을 주고받은 권해관과 이형민, 서항우와 방규식은 구속될 것 같고 나머지는 사안이 경미해 위법 사항에 대해 우리에게 통보하는 것으로 매듭지을 모양이야."

"그럼 네 사람은 파면이군요?"

"그럴 걸세."

"······."

파면!

그 단어를 듣는 순간, 탁대의 마음이 갑갑해졌다. 파면이면 연금은 없다. 30여 년 가까이 근무한 공무원은 오직 연금밖에 바라볼 게 없다. 그런데 그 노년의 '황금 열매'를 놓아야 하는 것이다.

"수고했네."

탁대 마음을 아는지 용 팀장은 더 말하지 않고 탁대의 어깨를 두어 번 두드려 주고 멀어져 갔다.

탁대는 빗속에 혼자 서 있다가 들고 있던 우산을 내려놓았다.

시원했다.

조금 빨리 가려다 아주 영원히 가버린 사람들. 하나도 가엾지 않았다. 더구나 권 팀장은 그런 왜곡을 바로잡아야 하는 위치에 있던 사람. 그러니 동정의 여지가 없었다.

그날 밤, 꿈속에서 탁대는 로르바흐로부터 포도주 만찬을 선물받았다. 무지개가 드리워진 궁전, 그 안에는 없는 게 없었다.

산해진미와 속이 다 비치는 실루엣의 시녀들. 그녀들은 달빛으로 빚어놓은 듯 하얀 피부와 미소를 드러내며 탁대의 시중을 들었다. 악사도 많았다. 온갖 악기를 집어든 그들은 천상의 소리를 울려댔고 귀여운 아이들도 하얀 드레스를 입고 까르르 까르르 구슬처럼 웃었다.

보는 것만으로도 마음이 정화되는 것 같았다. 탁대는 한동안 넋이 나간 채 로르바흐가 준비한 공연과 노래에 빠져들었다.

"내 선물이라네."

한바탕 공연이 끝나자 로르바흐가 잘 숙성된 포도주를 따르며 웃었다.

"선물이라고요?"

"대단한 일을 해냈잖나?"

"무슨 과찬을……."

"아닐세. 맨 처음 내가 본 그대에 비하면 지금은 장족의 발전이야."

"처음엔 어땠는데요?"

"허허, 그건 말 못 하네. 세도 안 내는 세입자가 주인 비위를 거스르면 안 되지."

"천만에요. 대마법사님은 그 어떤 세보다 귀한 걸 치르셨습니다."

"하찮은 마법 말인가?"

"대마법사님에게는 하찮지만 제게는 나인 클래스에 못지않거든요."

"그리 생각해 주니 다행이군."

"그나저나 여기 너무 멋지네요. 혜자가 이런 데서 결혼하면 무척 행복해할 것 같아요."

"그녀에게 푹 빠졌군."

"빠진 정도는 아니고요. 좋아하는 건 확실합니다."

"하긴 결혼이야말로 인간에게 있어 최고의 축복이지. 결혼하지 않으면 인간의 미래는 없는 것이니."

"대마법사님도 현실로 나올 수 있으면 제가 다리 놔드릴 수 있는데……."

"다리라……."

"하긴 대마법사님에게 어울릴 여자가 있겠습니까? 그냥도 저렇게 엘프 같은 여자를 만들어내시는데……."

"저 여자들을 창초의 다리 아래서 나온 여자하고 비교하면 안 되지. 아무리 아름다워도 생명이 없으니까."

"하핫, 다리가 그 다리가 되니까 좀 숙연해지는데요."

"다리란 게 그런 거라네. 아무리 작은 다리라도 이 세상과 저 세상을 연결해 주지. 인간은 또 어떤가? 어머니의 다리에서 세상의 빛을 보는 존재가 아닌가?"

"듣고 보니 그러네요."

"그러니 다리를 대할 때는 언제나 신중해야 한다네."

로르바흐가 안개처럼 웃었다. 안개 사이로 긴 다리가 엿보였다. 로르바흐와는 별로 어울리지 않는 다리였다. 그게 뭔지 확인하려다 탁대는 잠에서 깨었다. 모닝콜 알람이 울린 것이다.

'아흠, 개운하게 잘 잤다.'

권 팀장 때문이었다.

그 일이 깔끔하게 마무리되었으니 잠자리도 편안했다.

로르바흐 덕분이었다.

그가 준 포도주, 그건 비록 꿈속의 만찬이었지만 좋은 꿈을 꾼 날은 기분도 상큼하니까. 거실로 나온 탁대는 아침 신문을 집어 들었다. 지겨운 정치 면은 패스하고 사회 면으로 넘겼다.

　　기습 호우에 다리 붕괴.

　먼 지방의 기사 사진이 눈에 들어왔다. 불어난 물 때문에 다리 한
쪽이 쓸려간 모습이었다. 재미난 건 꿈속에 보았던 그 허접한 다리
와 비슷하다는 것.
　'다리…….'
　탁대는 사진이 뚫어져라 바라보았다. 순간, 봉황대교가 사진과
겹쳐지면서 좋지 않은 예감이 스쳐 갔다.

3장

일촉즉발!

　탁대의 출근 장소는 봉황경찰서였다. 시장이 지시한 보고서를 핑계로 일의 추이를 보고 싶었다.

　"이어, 조탁대!"

　주차장에 들어서자 고동길이 아는 체를 했다. 그는 반장과 함께 커피를 마시고 있었다.

　"인사드려. 이 양반이 봉황서 에이스 이기동 반장님이야!"

　고 기자가 옆에 있는 듬직한 반장을 가리켰다.

　"안녕하세요?"

　탁대가 인사를 하자,

　"에이스는 무슨. 만년 반장 주젠데……."

　하고 푸근한 미소로 탁대를 반겼다.

　"간부님들 안부 체크하러 왔나? 아니면 눈도장 수발들러 왔나?"

고 기자는 짐짓 탁대의 본심을 모른 척하며 비꼬았다.

"겸사겸사 왔습니다."

"궁금한 거 있으면 여기 반장님에게 물어봐. 이 양반이 현장지휘 자니까."

"어허, 동영상 가지고 있는 사람이 왜 그래? 동영상이 갑이지."

"거 비싸게 굴지 말고 말해주세요. 국민영웅 조탁대 모르십니까?"

"오호라, 어쩐지 낯이 익었다 했지."

"그러게 세상은 요지경 아닙니까? 누구는 뒷돈이나 챙겨 처먹고 누구는 목숨 걸고 국민들 구하고……."

"어제 오후에 시청에 결과 통보했어요. 밤새 확인하고 보강 수사 했지만 그 이상은 없는 것 같아서 수사과장님 출근하면 결재받고 종결할 생각입니다."

반장이 탁대를 보며 상황을 설명했다. 탁대가 알고 있는 대로 마무리가 될 모양이었다.

"그분들 좀 뵈면 안 될까요?"

탁대가 물었다.

"들어가 봐요. 잠깐 보는 건 괜찮습니다."

반장의 허락이 떨어지자 탁대는 경찰서로 들어섰다. 수사과 안, 탁대의 눈에 권 팀장이 들어왔다. 밤샘 조사로 허접해진 그는 해장국을 먹고 있었다. 그러다 탁대를 발견하자 바로 눈에 불꽃이 튀었다.

"왔구나."

탁대를 기다리고 있었던 걸까? 그는 까칠한 목소리를 펑펑 쏟아냈다.

"밤길 조심해라."

말은 그걸로 끝이었다. 탁대를 매섭게 쏘아본 권 팀장은 다시 해장국을 퍼넣었다.

밤길 조심해라.

의미심장한 말이었다. 동시에, 탁대의 짓임을 눈치챈 듯한 암시였다. 그런 권 팀장을 바라보며 탁대도 한마디를 응수했다.

"그러게 작작 좀 처먹지 그랬습니까?"

탁대의 말과 동시에 권 팀장이 해장국 그릇을 집어 들고 솟구쳤다.

"어어!"

구석에서 조서를 꾸미던 수사관들이 놀라 소리쳤다. 하지만 수사관들이 우려하는 일은 일어나지 않았다. 두툼한 그릇으로 탁대를 후려치려던 권 팀장의 액션은 거기까지였다. 발이 떨어지지 않은 것이다. 탁대의 마법은 장식품이 아니었다.

"어, 어……."

마법을 풀자 권 팀장은 제풀에 쓰러져 버렸다. 탁대는 피식 웃음을 던지고 돌아섰다. 더 상대하고 싶은 마음도 없었다.

"기분 어때?"

다시 주차장에서 고 기자가 입을 열었다. 반장은 이제 그 옆에 없었다.

"시원섭섭합니다."

"음식점에 나를 부르지 그랬어?"

"……."

"권 팀장 일파가 조사한 모양이야. 자네가 그 집에 같이 있었다
는 사실을 알아낸 듯하더군."

"능력 좋군요."

"좁은 도시 아닌가? 한 다리 건너면 다 아는 사람이니까……."

"저는 뭐 음식점 가면 안 됩니까?"

탁대는 개의치 않았다. 의심은 하겠지만 증명은 못 할 일이었다.
심증은 있지만 물증은 없을 테니까.

"하긴 카메라 때문에 반신반의하는 눈치긴 해. 심부름센터 직원
까지 데리고 갔는데 카메라를 설치할 만한, 혹은 설치한 흔적을 못
찾은 것 같더라고."

"그건 하느님이 찍어준 거거든요. 추잡한 공무원들 쓸어버리라
고……."

"역시 조탁대군. 아무렇지도 않다는 표정이잖아?"

"죄를 지은 건 저쪽이잖아요?"

"옳거니, 딩동댕 정답이야!"

고동길은 탁대의 어깨를 툭 치며 말을 이었다.

"덕분에 나 중앙 무대로 영전할 것 같네."

"예?"

"주신일보 경력직 공채가 났길래 응모했는데 합격했어."

"와아, 축하드립니다."

"솔직히 자네 덕분이야. 그때 어린이들 구하는 동영상으로 살짝
먹어준 것 같은데 이번에 터트린 이 승진비리 기사가 매조지를 한
것 같아."

"아무튼 잘되셨네요."

"그렇지? 직급도 차장을 준다는군."

"다시 축하드립니다."

탁대는 진심으로 악수를 청했다. 처음에는 색안경을 쓰고 본 지역신문. 하지만 허접한 신문사라고 기자까지 허접한 건 아니었다.

"나중에라도 말이야, 시청에서 불이익을 주면 나한테 연락하게. 내가 목숨 걸고 막아줄 테니까."

"말씀만 들어도 무지막지하게 든든한데요."

"대신 또 좋은 기사 있으면 나 좀 이용해 먹고."

"윈—윈 MOU 체결 제의입니까?"

"뭐, 나쁘지 않잖아?"

"알겠습니다."

탁대와 고동길은 손을 맞잡은 채 따뜻하게 웃었다. 일찌감치 떠오른 햇살이 그들 얼굴에 내려앉아 미소를 더 밝게 만들었다.

조신일.

경찰서를 나오면서 탁대는 명함을 만지작거렸다. 고동길이 건네준 명함. 조신일은 그의 직속부하 기자인데 앞으로 자기 자리를 대신할 거란다.

"자네 일이라면 만사 제치고 도우라고 했으니까 필요하면 연락해."

고동길의 말이 스쳐 갔다. 끝까지 탁대를 챙기는 것이다.

'잘됐다.'

아침 햇살이 앞 유리를 넘어왔다. 탁대는 마음이 따뜻해졌다. 동시에 고동길의 영전이 부러웠다. 능력에 따라 우대받는 건 너무나 당연한 일이다. 하지만 그게 안 되는 게 바로 공무원 조직이었다.

탁대는 봉황대교 진입로에서 차를 옆으로 뺐다. 다리를 보고 싶었다. 그런데 파킹할 곳이 마땅치 않았다. 하는 수 없이 가까운 이면도로에 세웠다.

다리 위는 시원했다. 맑은 강바람이 탁대의 머리카락을 날렸다. 물가에 오면 기분이 좋아진다. 음이온 때문이다. 현대인의 메마른 몸이 습기에 반응하는 것이다.

차량은 쉴 새 없이 지나갔다. 때로는 육중한 화물트럭들도 꼬리를 물었다.

'과적차량 아닌가?'

두어 번 너무 많은 화물을 실은 트럭이 보이니 고개가 갸웃거렸다. 그때마다 다리가 흔들리는 느낌을 받은 것이다.

탁대가 다리에 온 이유는 한 가지다.

안전 점검!

사실 모든 것은 이 다리에서 시작되었다고 보아도 과언이 아니었다. 다리 공사와 관리 문제에서 비롯된 12병의 명품 양주, 그리고 이어진 권 팀장의 보복 감사. 거기에서 도상욱과 황천수 등이 등용되면서 권 팀장이 기획한 뇌물 승진이 어긋난 것이다.

덕분에 정작 중요한 다리의 안전은 흐지부지 관심에서 멀어졌다. 사소한 문제는 있을지언정 큰 문제는 없다는 보고서가 나왔다지만 '보고서'는 보고서일 뿐이다.

탁대는 교량의 처음부터 끝까지 걸었다. 그리고 반대편으로 건너가 다시 처음으로 돌아왔다. 외관은 큰 문제가 없었다.

'한 번 더!'

탁대는 다시 한 번 다리를 걷기 시작했다. 그러다 중간쯤 갔을 때 다시 과적화물 차량이 줄지어 지나갔다.

'응?'

탁대는 눈살을 찡그렸다. 중앙을 살짝 지난 지점에서 흔들림을 느꼈기 때문이었다. 그러자 다시 알 수 없는 불안한 예감이 다가왔다.

'가능할까?'

탁대는 반신반의하며 순간 투시를 발동했다. 다리의 상판 바닥을 보려는 의도였다. 천천히 스캔해 가던 탁대는 눈을 동그랗게 뜨며 숨을 멈췄다.

'균열?'

금이 보였다. 위쪽이 아니라 아래쪽 바닥이었다. 맥이 풀리도록 순간 투시를 한 탁대는 결국 난간을 잡고 늘어졌다. 서 있을 힘도 남아 있지 않았다.

세 군데.

균열은 모두 세 군데였다. 그중 하나는 쉽게 투시될 정도의 균열이었다. 정신을 차린 탁대는 차를 향해 걸었다.

그런데!

'허얼~!'

탁대의 차에는 주차위반 딱지가 떡 하니 붙어 있었다.

"어머, 탁대 오빠!"

저쪽 끝에서 단속을 하던 명하가 탁대를 바라보았다.

"아, 진짜 좀 봐주지……."

탁대가 딱지를 가리키며 볼멘소리를 했다.

"어머, 오빠 차예요?"

"그래. 다리 안전 좀 살펴보고 왔는데 그새……."

"어머어머, 그럼 공무수행 중 푯말을 놓지 그랬어요?"

"됐어. 하여간 일 하나는 똑 소리 나게 한다니까."

"죄송해요. 들어가서 제가 다시 처리할 게요."

"아니야. 여기 세운 내 잘못이지 뭐."

탁대는 그녀를 탓하지 않았다. 주정차단속이 얼마나 힘든 일인지 잘 알고 있으므로.

"오빠, 혜자는 공부 잘하고 있어요?"

차에 오르자 명하가 물었다.

"그래. 곧 정규직 공무원으로 교통과 올 거라고 각오하라던데? 수고해!"

탁대는 미소와 함께 그 말을 남겨 두고 시청으로 향했다.

"이봐, 조 주사!"

탁대가 파킹을 하자 맹대우가 다가와 속삭였다.

"왜요?"

"저기… 배 국장 딸랑이들이 아까부터 기다리고 있던데……."

맹대우는 걱정스러운 표정을 지었다. 탁대가 보니 후문 입구에 포진한 두 명이 보였다. 공 주임과 이 주임, 공히 배 국장 라인의 열혈 직원들이었다.

"뭐 별일 있겠어요? 걱정 마시고 일 보세요."

"조심해요. 잔뜩 벼르는 눈치더라고."

맹대우의 우려를 뒤로 하고 후문으로 걷는 탁대. 입구가 가까워지자 공 주임이 다가왔다.

"조탁대, 잠깐 보지."

"무슨 일이죠?"

"따라오면 알아."

공 주임이 앞서자 이 주임은 탁대의 뒤를 막았다.

"누가 보면 피의자 압송인 줄 알겠어요?"

탁대가 조크를 건넸지만 둘은 반응하지 않았다. 두 사람이 탁대를 데리고 간 곳은 소회의실이었다.

"지금 데려다 놓았습니다."

안에 들어서기 무섭게 공 주임이 전화를 걸었다. 오래지 않아 나타난 사람은 배 국장이었다.

"자네들은 나가봐."

배 국장의 명령이 떨어지자 두 주임은 목례를 하고 나갔다.

"출장 다녀오는 길이라고?"

배 국장이 의자를 당겨 앉으며 물었다.

"예."

"혹시 오리 전문점에 다녀오는 거 아니었나?"

"죄송하지만 봉황대교 안전점검 확인차 다녀왔습니다."

"오호, 이제 조탁대가 교량 안전점검 전문가까지 된 건가?"

"시장님 지시로 승진 뇌물 보고서 쓰려고 경찰서에 들렀다가 오는 길에 본 것뿐입니다."

"조탁대!"

별안간 배 국장이 목청을 높였다. 탁대는 슬쩍 순간 독심을 펼쳤다.

—이 새끼를 어떻게 요리해야 직성이 풀린단 말인가?

—이놈이 동영상에 관여한 건 분명한데.

"말씀하시죠."

탁대는 시치미를 뚝 떼며 공손히 말했다.

"너지?"

"뭐 말입니까?"

"시치미 떼도 소용없어. 분명히 네가 권해관을 모함한 거야."

"무슨 말씀이신지?"

"닥쳐. 내가 모를 줄 알아?"

흥분한 배 국장은 탁대의 멱살을 거머쥐었다.

"국장님!"

"배은망덕한 놈. 오자마자 특진시켜 주고 감사실 발령까지 내줬는데 시를 이런 곤경에 빠지게 만들어? 네놈이 대체 무슨 짓을 한 줄 알아? 별것도 아닌 일을 크게 벌이는 바람에 중앙과 도에서 하는 평가에 빨간 불 들어온 건 물론이고 차등 배정하는 예산도 엄청나게 줄어들게 되었다고!"

"거기까지 내다보는 혜안이시라면 이런 사태를 미연에 방지하시지 그랬습니까?"

"뭐야?"

"권 팀장님이 왜 그런 일을 벌였을까요? 자기 수완을 인정받고 싶은 윗분이 있어서 그랬던 거 아닐까요?"

"⋯⋯!"

"제가 점심에 오리 먹으러 갔던 건 사실입니다. 그런데 더 이상한 건 권해관 팀장님입니다. 제가 조사차 알아보니 그분은 오전 11시에 기업 간부와 골프 라운딩을 예약했던데 어떻게 그 시간에 서 팀장님과 오리 고깃집에 있을 수 있을까요? 국장님도 즐겨 골프를 치시니 라운딩 나간 사람이 거기 올 수 있는 시간이 아니라는 걸 알 것 같습니다만……."

"무슨 소리냐?"

"선후가 바뀌었다는 말입니다. 권 팀장님은 우리 시 관급공사를 맡은 건설사 간부와 라운딩을 했습니다. 부적절하죠. 게다가 라운딩을 팽개치고 중간에 음식점으로 달려온 권 팀장님입니다. 국장님이 알아봐야 할 건 그게 아닐까요?"

"이놈이……."

답변이 궁색한 배 국장이 탁대를 벽으로 밀어 붙었다. 순간, 문이 열리며 도상욱 국장이 들어섰다. 제지하는 두 주임을 뿌리친 도 국장이 배 국장을 보며 물었다.

"지금 뭐하시는 겁니까?"

"당신은 알 거 없어."

배 국장이 무시하자 도 국장은 사진부터 찍었다. 배 국장이 탁대의 멱살을 조이는 장면이었다.

"무슨 짓이야?"

"참 딱하시군요. 중징계를 앞두신 분이 이런 추태라니. 이 사진을 외부인이 찍었다면 부하 폭행으로 큰 문제가 될 일입니다."

"폭행?"

"제 오해라면 그 손부터 놓아주시죠."

도 국장은 묵직한 목소리로 배 국장을 압박했다. 얼굴이 벌겋게 달아오른 배 국장은 하는 수 없이 탁대 멱살을 잡은 손을 놓았다.

"조심해. 국장이면 다 같은 국장인 줄 알아?"

배 국장은 눈을 부라리고는 두 주임과 함께 회의실을 나갔다.

"괜찮나?"

도 국장이 다가와 물었다.

"괜찮습니다."

"고참으로서 자네 보기 부끄럽군."

"국장님……."

"하지만 고참들이 다 저렇게 썩은 건 아니니까 너무 실망하지는 말게."

"예, 국장님!"

"가봐."

"고맙습니다."

탁대는 인사를 두고 회의실을 나왔다. 탁대의 눈에 계단 쪽으로 가는 배 국장 일행이 보였다.

'배익환 국장…….'

탁대는 그 뒤통수를 바라보며 눈을 이글거렸다.

'도마뱀도 아닌 사람이 꼬리를 잘도 잘라냈지만 다음에 걸리면 국물도 없습니다.'

*　　*　　*

"봉황대교 재점검?"

감사실로 돌아온 탁대는 용 팀장에게 소신을 전했다. 용 팀장은 단호히 고개를 저었다.

"그 건은 문제없음으로 결론이 난 것 아닌가?"

"그렇긴 합니다만 그게 정밀 진단을 한 건 아니었습니다."

탁대는 입수한 공문을 내밀었다. 지난번 일제점검으로 소동을 벌이며 마감했던 보고서였다.

"다른 의견이 나온 건가?"

"그건 아니고 제 느낌에……."

"느낌?"

"죄송하지만 그냥 느낌이 아닙니다. 이 보고서에 없는 균열이 생겼습니다."

"그러니까 그게 자네 느낌이란 말이잖나?"

"예."

"그런 건 교량 전문가가 아니면 알 수 없는 일이잖나? 자네에게 무슨 장비나 자격증이 있는 것도 아니고……."

"……."

"자네도 알다시피 지금 시청 분위기가 흉흉하네. 그런데 멀쩡하게 지나간 안전진단까지 문제 삼으면 어떻게 될까?"

용 팀장의 표정이 무거워졌다.

"그래서 드리는 말씀인데 건설과나 안전총괄과 팀장님 아시면 다시 한 번……."

"으음."

"팀장님!"

탁대는 물러서지 않았다.

"기회가 오면 슬쩍 말해보겠네만 쉽지는 않을 걸세. 전문가의 과학적 진단 결과를 들이대면 몰라도."

"그렇군요."

탁대는 그 말을 끝으로 자리로 돌아왔다. 다시 보아도 지난번 일제점검에는 균열이 없다고 되어 있다. 하지만 지금은 분명 균열이 있었다. 하지만 그게 다리 상판 위쪽 면이 아니라 아래라는 게 문제였다.

'이걸 어쩐다?'

잠시 고민할 때 전화기가 울었다.

"감사합니다. 감사실 조탁대입니다!"

전화를 받자 시장 비서실장의 목소리가 흘러나왔다. 시장의 호출이었다.

"시장님실 좀 다녀오겠습니다."

팀장이 공석이 되어버린 탁대의 팀. 탁대는 용 팀장에게 행적을 말하고 복도로 나왔다.

시장은 소파에 깊숙이 앉아 있었다. 탁대가 들어왔지만 한동안 입을 떼지 않았다. 탁대도 목례를 마치고 그 앞에 선 채 침묵을 지켰다. 켜켜이 내려앉은 침묵은 오히려 귀가 따가울 정도였다.

"혹시 말이야……."

긴 침묵 끝에 시장의 입이 열렸다.

"나 모르게 진행하는 조사가 또 있나?"

"무슨 말씀이신지?"

"나 모르는 우리 시의 비리나 부패가 또 있냐고 묻는 거야."

"……."

"있어, 없어?"

시장이 대답을 재촉했다.

"없습니다."

"없다?"

"……."

"내가 듣기론 권해관이 승진 뇌물 건도 자네 작품 같다던데?"

"……."

"다 좋아. 다 내가 부덕한 소치겠지."

"……."

"기왕 이렇게 된 거 자네가 알고 있는 비리나 부패, 혹은 시정해야 할 사안이 있으면 죄다 말해보게. 이번 기회에 아주 홀딱 벗어보세나."

시장의 눈매는 점점 매워졌다. 탁대를 향한 불편한 기색이 역력했다.

"없어?"

"……."

"그럼 다음부터는 중대한 사안이 생기면 나한테라도 통보하고 시작하게. 절대 말리지 않을 테니까."

"……."

"나가봐."

시장이 문을 가리켰지만 탁대는 움직이지 않았다.

"왜? 할 말이 있나?"

"예."

오래 침묵하던 탁대의 입술이 열렸다.

"또 뭐?"

"봉황대교를 다시 정밀 점검해 주십시오. 그것도 당장!"

"봉황대교는 왜?"

"균열이 생겼습니다."

"조탁대!"

잔뜩 내리깔렸던 시장의 목소리가 파뜩 높아졌다. 시장 체면이라 꾹꾹 눌러두었던 마음이 기어이 폭발한 것이다. 흠이 되는 시정(市政)이 밖으로 알려지길 꺼려하는 선출직 시장. 그 본심의 표출이었다.

"너 미쳤냐?"

"……."

"나가. 이놈이 보자 보자 하니까!"

"점검하셔야 합니다."

"나가, 이 자식아!"

흥분한 시장이 전화기를 집어던졌다.

와창창!

전화기는 벽으로 날아가 박살이 났다.

"시장님!"

소리에 놀란 비서실장이 뛰어들어 왔다.

"이 자식 내보내. 당장!"

시장은 길길이 뛰었다.

"점검하셔야 합니다!"

"닥쳐, 닥치라고!"

탁대는 결국 끌려나고 말았다.

"자네 진짜 너무하는 거 아니야?"

비서실장 역시 냉소를 머금고 시장실 문을 닫아버렸다. 탁대의 입에서 한숨이 새어 나왔다. 그 길로 도 국장과 하 국장을 찾아갔지만 그들 의견도 크게 다르지 않았다. 아무도 탁대의 말을 믿지 않는 것이다.

'미치겠군.'

탁대는 왜 공무원 조직을 복지부동이라 하는지 실감했다. 이 조직은 찾아서 하는 일에 약했다. 단 하나 창조적이라면 자기 자리 지키거나 소모적인 공문 만드는 재주뿐. 그런 경우라면 우주 최강의 잔머리를 동원하지만 그렇지 않은 일에는 적극 나서지 않는 것이다.

하지만!

뜻하지 않는 곳에서 우군이 생겼다. 한 화물트럭 기사가 시청 홈페이지에 봉황대교의 느낌이 좀 불안하다는 글을 올린 것이다.

저는 화물트럭을 모는 기사입니다. 오늘 봉황대교를 건널 때 일인데 중앙 부근에 이르니 묘한 진동이 느껴지더군요. 바람이 불어서 그런가 했는데 제 동료들도 비슷한 느낌을 받았답니다. 담당자께서 한 번 점검해 주셨으면 합니다.

민원이 올린 글의 요지는 그랬다. 그걸 읽어본 용 팀장이 탁대를 바라보았다. 마치 네가 아는 사람 동원해서 올렸냐 하는 눈빛. 그야말로 오이비락이다. 까마귀 날자 배 떨어진 꼴이었다.

하지만 민원은 민원이다. 대한민국 모든 공무원이 무한서비스 시대를 연다고 동네방네 선언한 조직. 그런 그들이었으니 이유가 어쨌든 무시해 버릴 수 없는 일이었다.

결국 안전총괄과 주임과 건설과 주임이 형식적이나마 현장에 나가기로 결정되었다. 탁대는 용 팀장의 허락을 얻어 그들과 동행할 수 있었다.

"균열?"

다리의 중앙 부근에서 안전과 노 주임이 탁대를 돌아보았다.

"예."

"그걸 탁대 씨가 어떻게 알아?"

노 주임이 눈살을 찌푸렸다.

"제가 잘 아는 전문가가 있거든요. 그분에게 들었습니다."

탁대는 대충 둘러댔다. 탁대의 투시 마법으로 보았다고 할 수도 없는 노릇이었다.

"전문가 누구?"

건설과 길 주임도 가세한다.

"대학교수님인데 학생들하고 실습하다 발견했답니다. 흘러듣지 말고 확인 좀 해보세요."

"아, 진짜… 그러자면 다시 정밀검사를 해야 하는데 예산이 어디 있어? 정밀검사는 맨손으로 하는 줄 알아? 그리고 의회에서 예산 낭비한다고 가만히 있을 거 같아?"

길 주임은 부정적인 입장을 잔뜩 쏟아놓았다. 슬프지만 이건 현실이었다. 민간 기업이라면 사장의 지시 하나로 끝이다. 하지만 공무원은 예산을 받아야 했다. 이건 시장 말로도 해결될 사안이 아니었다.

"추경이나 전용할 예산이 없습니까?"

"봄에 이미 체크한 사업이니까 그렇지. 나 걸리면 탁대 씨가 책임질 거야?"

"다른 건 몰라도 우리 감사실에서는 문제 삼지 않겠습니다."

"의회는? 의회는 폼으로 있는 줄 알아? 그렇잖아도 승진 뇌물 건 때문에 의장부터 단단히 벼르고 있던데 말이야."

"주임님!"

"그럼 탁대 씨가 그 아는 교수에게 결과 좀 받아와. 지난번 검사에서 안전성 A등급, 노후화 상태평가 B등급이었어. 그러니 뭔가 건더기가 있어야 과장님에게 들이밀 거 아냐?"

"그 교수님이 실습 중에 발견한 거라 자료는 없다고 했으니까 그렇죠."

"아니, 그럼 거금 들여서 정밀 조사했다가 아무 이상 없으면? 게다가 정밀 조사하려면 차량도 통제해야 하는데 시민들이 가만히 있겠어?"

반대 의견은 노골적으로 변했다.

"사고 나는 것보다는 낫잖습니까?"

"이 친구가 그런데… 척 보기에도 멀쩡한데 웬 태클이야?"

길 주임은 결국 짜증을 내고 말았다.

"태클이 아닙니다. 예전에 서울시 성수대교 붕괴도 보니까 운전기사들이 이상을 제보했는데 땜질 처방으로 어물쩍 넘어갔다가 대참사가 났잖아요?"

"아니, 가져다 붙일 걸 붙여야지. 그 다리하고 이 다리하고 똑같아?"

"주임님!"

"아, 몰라. 내가 보기엔 별문제 없는 거 같으니까 내년에나 예산

세워보자고."

길 주임이 돌아설 때였다. 두 대의 화물트럭이 지나가면서 움찔 흔들림이 느껴졌다.

"어?"

놀란 길 주임이 걸음을 멈췄다. 그건 노 주임도 마찬가지였다.

"봤죠? 흔들리잖아요?"

탁대가 소리쳤다.

"바람 아니야?"

노 주임은 강물을 바라보았다. 하지만 바람은 거의 불지 않았다.

"당장 차량 통제하고 정밀 진단에 착수해야 합니다. 분명 이상이 있다고요."

탁대가 말하는 동안 다시 화물차들이 지나갔다. 그러자 또 흔들림이 전해왔다.

"아, 진짜. 골치 아프게 말이야……"

두 주임은 그제야 목덜미를 벅벅 긁어댔다.

"교수님 말로는 바로 이 상판 아래가 가장 위험한 것 같다고 했습니다. 그 다음으로 저기고요."

다시 투시 마법으로 균열을 확인한 탁대가 중앙 상판 다음 것을 가리켰다. 균열은 처음 발견했을 때보다 조금 더 진행되어 있었다.

"아무튼 귀청하자고. 과장님하고 상의해 볼 테니까."

두 주임의 말을 들으면서도 탁대는 불안을 떨치지 못했다. 마음 같아서는 당장 차량을 통제하고 싶었던 것이다.

현장조사반은 바로 시청으로 돌아왔다.

하지만 의견을 개진할 분위기는 아니었다. 시의회 의장 이하 의원들이 집단으로 몰려와 난장판이 되었던 것이다. 의원들은 시장실로 달려가 호된 질책을 퍼부었다. 승진 뇌물 비리에 대한 추궁이었다.

"이 따위로 하려면 시장 자리 내놓으세요!"

"당신은 진짜 관련 없는 거야?"

의원들은 막말도 가리지 않았다. 특히 다혈질 강봉개가 그랬다.

"다시 이런 일이 있으면 그때는 직을 걸겠습니다."

시장은 결국 사과를 했다. 그것만으로도 모자라 배익환 국장이 허리를 숙여 사과했다. 의원들은 그제야 시장실을 떠났다.

"조탁대 씨, 다음에 보고하자고."

탁대에게 이끌려온 길 주임이 꼬리를 뺐다.

"그러자고. 지금은 도무지 분위기가 아니야."

노 주임도 같은 생각이다.

"안 됩니다. 한시가 급한 일이에요."

탁대는 고집을 부렸다. 알지 못할 불안감이 사라지지 않았기 때문이었다.

"이 친구 진짜 보기보다 깝깝하네? 지금 분위기가 이런데 가서 말한다고 씨나 먹히겠어? 보고도 요령이 있어야지."

길 주임은 슬슬 짜증을 냈다. 하지만 탁대는 벌써 비서실 문을 열고 있었다.

"지금은 곤란해."

비서실장도 고개를 저었다. 탁대는 훌쩍 실장을 지나 시장실 문을 두드렸다. 실장이 탁대 어깨를 잡았지만 이미 노크를 한 후였다.

"뭐야?"

안에서 신경질적인 목소리가 흘러나왔다. 배 국장의 것이었다.

"감사실 조탁대입니다. 봉황대교 안전점검차 다녀왔는데 급한 보고가 있습니다."

"나중에 담당 과장 통해서 보고해."

"담당 과장님은 내일까지 연가 중이고 사안이 좀 중대합니다."

"나중에 하라잖아?"

배 국장의 목소리가 찢어졌지만 탁대는 끝내 시장실 문을 열어버렸다.

"죄송합니다. 꼭 보고드려야 하는 일이라……."

탁대의 말에 다섯 명이 걸레 씹은 표정으로 변했다. 시장과 배 국장, 비서실장과 길 주임, 그리고 노 주임이 그랬다.

"봉황대교 긴급 점검?"

시장이 고개를 들었다.

"보고드리시죠."

탁대는 길 주임의 등을 밀었다. 공무원은 담당자 원칙이니 그가 보고하는 게 맞았다.

"좀 이상하기는 합니다. 점검이 필요한 것 같습니다."

"그 다리는 지난번 일제점검 때 자네가 맡았던 다리 아닌가?"

배 국장이 싸늘한 어조를 토했다.

"그렇습니다."

"내가 알기로 그때 문제가 없는 걸로 나왔을 텐데?"

"네."

"그런데 이제 와서 왜?"

"그게……."

길 주임은 말끝을 흐렸다. 보다 못한 탁대가 끼어들었다.

"다리에 이상이 있습니다. 중앙 상판 부분에 균열도 있고 화물트럭 같은 무거운 차가 지나갈 때면 진동도 느껴집니다. 긴급대책이 필요합니다."

"조탁대!"

이번에는 배 국장이었다.

"네가 교량 담당이야?"

"아닙니다."

"그럼 아무 데나 끼어들지 말고 나가."

배 국장은 냉소를 뿜었다. 이래저래 탁대가 못마땅한 그였다.

"시장님, 부탁드립니다."

탁대는 시선을 시장에게 돌렸다.

"그러니까 우리 봉황대교가 붕괴 위험이 있다 이건가?"

시장이 탁대를 쏘아보며 말했다.

"붕괴까지는 몰라도 정밀 진단이 필요한 건 사실입니다. 속히 차량을 통제하고 대책을 세우게 해주십시오. 최소한 일단 낙교 방지 장치 같은 거라도……."

"조탁대!"

시장의 입에서 호통이 튀어나왔다. 길 주임과 노 주임은 놀라 움찔 물러섰지만 탁대는 눈도 깜짝하지 않았다.

"그 다리는 내가 날마다 출퇴근하는 다리야. 그런데 무슨 이상? 게다가 차량을 통제해?"

"시장님!"

"됐어. 그 다리는 내가 더 잘 아니까 나가봐. 나도 곧 행사에 참

석할 시간이니까."

시장이 엉덩이를 들자 탁대는 문으로 가서 두 팔을 벌리고 막아섰다.

"죄송하지만 결정을 내려주시기 전에는 아무도 이 방에서 나가지 못하고 들어오지도 못합니다."

돌발!

탁대의 눈에서 섬광이 튀었다. 죽어도 포기하지 않는다. 탁대의 눈은 그렇게 말하고 있었다. 탁대가 문을 막아서자 배 국장의 짜증이 폭발하고 말았다.

"저놈 데리고 나가. 당장!"

명을 받은 두 주임이 탁대에게 달라붙었지만 탁대는 꼼짝도 하지 않았다. 순간 접착, 그 마법은 두 주임의 힘으로 어쩔 수 있는 게 아니었다.

쾅쾅쾅!

밖에서는 비서실장이 남자 직원들을 동원해 문을 열려고 했지만 그것도 불가능했다.

"조탁대, 너 대체……."

돌연한 상황에 시장이 거친 호흡을 통해냈다. 그러자 탁대가 시장 앞에 무릎을 꿇었다.

"시장님, 부탁드립니다."

일이 이쯤 되자 시장도 고개를 젓고 말았다. 탁대의 똥고집에 질려 버린 것이다.

"좋아. 네놈이 이렇게까지 고집을 부리니 절충을 하자."

"시장님, 되지도 않는 의견에 무슨 절충입니까?"

시장의 제안에 배 국장이 태클을 걸었다.

"당신은 그냥 있어. 이 일도 따지고 보면 당신 탓이잖아?"

"······!"

시장이 냉소를 퍼붓자 배 국장은 입을 다물고 말았다.

"내가 직접 우리 차량을 타보고 교량을 달리면서 점검해 보지. 그래서 별 이상이 없으면 시간을 두고 천천히 점검하자고. 됐나?"

김 시장도 승부사 기질이 있었다. 탁대의 고집을 고집으로 받아친 것이다.

'어쩔 수 없다.'

탁대는 한발 물러섰다. 하지만 손해 볼 건 없었다. 일단 시장이 현장을 느껴보는 것. 거기서 이상을 감지하면 후속 조치를 반대할 명분도 없기 때문이었다.

"고맙습니다."

탁대는 그 말을 남기고 일어섰다. 탁대가 비서실로 나오자 실장 이하 남자직원 세 명은 심기가 불편한 듯 눈을 꿈벅거렸다. 탁대는 인사도 없이 감사실로 달렸다.

그들 기분이나 맞출 시간이 없었다.

"시장님이 허락했다고?"

탁대의 보고를 받은 용 팀장이 미간을 좁혔다. 그 역시 현재 시청의 분위기로 보아 전면 점검 허락은 무리라고 생각했던 까닭이었다.

"곧 차량 통제가 이루어질 겁니다. 팔호 좀 데리고 나가보겠습니다."

"그럼 나도 같이 가세나."

용 팀장도 자리를 털고 일어섰다.

"이팔호, 같이 좀 가자고."

탁대는 팔호를 향해 소리쳤다. 권 팀장이 구속되었으니 굳이 둘의 개선된 관계를 숨길 이유도 없었다.

"다리가 심각한 건가요?"

팔호가 책상을 정리하는 사이에 윤아가 물었다.

"조금 그렇긴 한데 별일은 없겠지요, 뭐."

탁대는 간단하게 설명했다.

현관을 나오자 주차장이 시끌벅적했다. 하지만 대부분 귀찮은 얼굴이었다. 탁대는 신경 쓰지 않았다. 안전은 백번을 강조해도 지나치지 않다는 거. 세월호를 통해 배운 숭고한 교훈이었다.

부웅!

출발은 탁대 차가 먼저였다. 그 뒤로 용 팀장의 차량이 꼬리를 물었다. 그 밖에도 출발 준비를 하는 차량은 많았다. 몇몇 차량은 교량 통제 업무자들 것이었고 또 몇몇은 배 국장과 그들 일파의 차량이었다.

"균열이라고요?"

네거리를 지날 때 팔호가 조수석에서 물었다.

"그래."

"전문가 진단이 나온 건 아니잖아요?"

"응."

"형한테 제보가 들어온 건가요?"

"그래."

탁대는 팔호에게도 그렇게 둘러댔다.

"설마 봉황대교가 붕괴되는 건 아니죠?"

"그렇게 되면 안 되지. 서둘러 조치하면 간단히 끝날 수도 있지 않겠어?"

그때 팔호의 전화기가 울렸다. 통화를 하던 팔호의 인상이 급격히 굳어졌다.

"왜 그래?"

"조윤아 주임님인데 홈페이지에 또 교량 민원이 올라왔대요."

"그래?"

"버스 기사라는데 흔들림이 묘해서 덜컥 겁이 났다는 요지예요."

"별일 없어야 할 텐데……."

탁대는 불안해지는 마음을 따라 점점 더 속도를 높였다.

"형, 과속이에요. 카메라 있잖아요?"

팔호가 주의를 줬지만 탁대의 귀에는 들어오지 않았다. 그까짓 과속이 문제가 아니었다.

〈긴급보수관계로 임시 통행을 제한함.〉

봉황대교는 이미 차량이 통제되고 있었다. 따라서 그 부근부터 차가 밀렸다. 돌연한 통제에 불편을 겪는 시민들은 공무원을 향해 욕설을 퍼부었다.

"이것들이 대체 뭐 하는 일이 있다고 길까지 막아!"

"아, 진짜 이 공무원 또라이 새끼들……."

특히 영업용 차량의 불평이 심했다.

"감사실 직원입니다."

탁대는 신분증을 보여주고 통제선을 통과했다.

"조탁대, 너무 무리하지 말라고."

통제선 앞에서 내린 용 팀장이 소리쳤다. 탁대는 손을 흔들어 보이고는 대교를 향해 질주했다.

휘이잉~!

바람이 불었다. 전에는 그렇게 상큼하던 바람이 오늘은 다르게 느껴졌다. 마치 요괴의 흐느낌처럼 기이하게 들리는 것이다. 차에서 내린 탁대는 난간 너머를 바라보았다. 강물은 푸르다. 오늘도 무심하게 흘러만 간다.

"여기가 균열이 있다고요?"

팔호가 상판을 바라보며 말했다.

"그래, 바로 그 상판."

탁대는 다시 순간 투시를 발현했다.

'젠장!'

아래쪽 균열은 좀 더 진행되어 있었다. 투시 범위를 확장하자 상판의 이음새에도 문제가 발견되었다. 당장 무너질 정도는 아니지만 보수는 필수적으로 보였다.

"조탁대 씨!"

잠시 후에 길 주임의 차량이 다가왔다.

"길 주임님."

"그새 달려온 거야?"

"방금 또 민원이 들어왔답니다. 시장님은요?"

"통제선 쪽에 계셔. 곧 점검 시작하실 거야. 우린 교량 끝에 가 있을 테니 시장님 오시면 탁대 씨가 영접하라고."

"제가요?"

"위대한 점검 제안자잖아?"

길 주임은 비아냥거림을 남겨두고 교량의 반대편을 향해 폭주해 갔다.

"까칠하네요."

옆에 있던 팔호가 말했다.

"당연하지. 길 주임 입장에서는 긁어 부스럼 만드는 꼴이잖아."

"하지만 시장님이 차 타고 지나간다고 해서 이상을 발견하겠어요?"

"못 하겠지."

"그런데 왜?"

"그래서 내가 여기 있잖냐."

"무슨 말인지……."

"시장님이 무슨 인간 탐지기냐? 중량 좀 나가는 트럭 몰고 지나간다고 다리의 이상을 느끼게."

"그러니까 내 말이……."

"이상을 못 느끼면 여기서 설 거 아니냐? 이런 의견을 내서 시청을 홀딱 뒤집어놓은 나를 까려고."

"형……."

"시장님이 여기 내리면 네가 트럭을 몰고 전진 후진을 반복해 줘. 그럼 느낄 수 있을 거야."

탁대는 비로소 속내를 밝혔다. 상황을 느끼자면 시장이 필연 다리 위에 있어야 했다.

"출발하셨대요."

누군가의 연락을 받은 팔호가 탁대를 보며 말했다.

오직 성성한 바람만이 기승을 부리는 교량. 눈길이 닿는 곳까지 시원하게 뚫린 교량의 끝에서 트럭 세 대가 움직이기 시작했다.

부아아앙!

세 트럭은 약간의 간격을 두고 폭주했다. 짐칸에는 장비가 가득 실려 있어 무게도 꽤 나갈 것 같았다. 시장은 맨 뒤 트럭의 조수석에 탑승했다.

"와요!"

팔호의 목소리는 듣지 않았다. 탁대는 눈을 감고 오직 다리의 반응만을 살폈다.

순간 투시.

탁대의 마법을 섬세하게 상판을 주목했다. 트럭이 가까워지면서 하단의 틈새에서 먼지가 피어오르기 시작했다.

부아아앙!

트럭이 사나운 소음과 함께 가까워지자 팔호가 눈을 동그랗게 떴다.

"흔들려요!"

시장이 탄 트럭이 지나갔다. 조수석 창을 활짝 연 채 팔을 걸친 자세였다. 여유가 넘쳤다. 이 멍청한 조탁대 놈아. 이래도 긴급 점검이냐? 그의 눈빛은 그렇게 말하고 있었다. 멀리서 머리를 돌린 화물차들은 갔던 길을 따라 탁대 앞으로 다시 폭주해 왔다.

울컹!

이번에도 기분 나쁜 흔들림이 전해왔다. 놀란 팔호가 탁대를 바라보았다. 그때 마지막으로 달리던 트럭이 탁대 앞에 멈췄다.

"조탁대, 이래도냐?"

조수석의 시장이 냉소를 뿜었다.

"시장님!"

"이 다리는 백년을 가도 끄떡없는 다리다. 그러니 이번에는 네가 징계위에 출석해야겠다."

"그럴 테니 잠깐만 내려주시겠습니까?"

"내리라고?"

"내려서 느끼시면 생각이 달라지실 겁니다."

"조탁대!"

발끈한 시장이 고함을 질렀다. 그래도 탁대는 주눅 들지 않았다.

"한 번만 부탁드립니다. 시장님!"

"허튼 소리집어치우고 당장 귀청해서 용 팀장하고 내 방으로 올라와!"

시장이 펄펄 뛰는 사이에 출발점으로 돌아갔던 두 대의 트럭이 다시 탁대 앞을 지나갔다.

"저 짓도 그만하라고 하고 당장 통제 풀라고……."

시장이 거품을 무는 순간, 다리에 울컥 진동이 일었다.

"……?"

겁을 먹은 시장이 고개를 주억거렸다. 고요한 교량 위, 잠시 멈추었던 바람이 흐느낌처럼 이어질 때였다. 시장이 탄 트럭의 앞부분 상판이 거짓말처럼 풀썩 무너진 것이다.

"으헉!"

순식간의 일이었다. 트럭의 앞부분이 강물을 향해 기울자 시장은 혼비백산하며 비명을 질렀다.

"으아악!"

'와아앗, 순간 접착!'

놀란 탁대가 미친 듯이 마법을 발현시켰다.

우수수! 문제의 상판은 속절없이 뒤틀리더니 강물을 향해 곤두박질을 쳤다. 동시에 다리 전체에 우르르 난폭한 진동이 일었다. 몸을 날린 탁대의 손이 트럭의 꽁무니에 간신히 닿았다.

'순간 접차악!'

발악하듯 날아가는 탁대의 마법.

"형!"

팔호가 비명을 질렀지만 탁대는 오직 트럭에 집중했다. 상판 철골에 달라붙은 트럭은 50도 가까이 기울었다. 탁대가 포기하면 바로 수십 미터 아래의 강물로 처박힐 판이었다.

'멈춰라, 멈춰!'

탁대는 자신의 모든 것을 쏟아내며 버텼다.

'멈추라고!'

필사의 힘을 다하자 트럭이 출렁거리다가 멈췄다. 그러자 겨우 숨을 돌린 시장과 기사가 열린 창문으로 기어 나왔다.

"살려줘!"

"사람 살려!"

시장과 기사의 비명은 다르지 않았다.

"팔호야, 빨리 끌어올려!"

탁대는 목이 터져라 외쳤다. 그 사이에 팔호는 철골 위까지 다가섰다. 하지만 그저 마음만 간절할 뿐이다. 119 구조대도 아닌 시청 감사실 직원에게 구조 밧줄 같은 게 있을 리 없었다.

그 사이에 탁대는 점점 힘이 빠져나갔다. 뒷바퀴만 걸린 트럭을 접착 마법으로 유지하는 건 언덕에서 내려오는 화물트럭을 막는 일보다 더 힘에 부쳤다.

'제발⋯⋯.'

탁대는 혼신의 힘을 기울이며 집중했다.

"힘내세요!"

팔호가 애타게 외쳐보지만 소리는 부질이 없었다. 팔을 내민다고 닿을 거리도 아니었다.

"살려줘!"

주룩 미끄러졌다가 가까스로 백미러를 잡고 매달린 시장은 어린 새처럼 울부짖었다. 기울어진 각도를 타고 올라올 재주는 그에게 없었던 것이다. 그래도 기사는 좀 나았다. 그는 죽을힘을 다해 조금씩 위로 올라오고 있었다.

"제발⋯⋯."

기사는 눈으로 말했다. 탁대가 사력을 다해 붙잡고 있는 트럭의 뒷부분. 그는 그 힘으로 트럭이 지탱되는 줄 착각하는 모양이었다.

"여기요."

자리를 옮긴 팔호가 간신히 기사를 끌어올렸다. 기사는 땅을 밟기 무섭게 의식을 잃었다. 하지만 그때까지도 시장의 위치는 조수석 유리창에서 크게 변하지 않았다. 변한 게 있다면 비명 소리가 더 위태로진 것뿐.

"조탁때에에에⋯⋯."

맥 풀린 시장의 목소리가 바람에 흩어져 나갔다. 그건 분명 조금 전에 들리던 그 까칠한 목소리가 아니었다. 시청에서 호령하던 당당한 기세가 아니었다.

죽음을 직감한 텅 빈 목소리. 죽음을 보고 있는 텅 빈 눈동자⋯ 그저 목숨이 경각에 달린 가련한 몸부림일 뿐이다.

그릉!

잠깐의 평화도 잠시. 기울었던 짐칸의 장비들이 기어이 강물로 쏟아지면서 위태로운 균형을 깨고 말았다.

와당탕쿵탕!

첫 번째 장비가 추락한 게 신호였다. 장비들은 서로를 할퀴고 당기며 미친 듯이 강물로 뛰어들었다. 그럴 때마다 탁대의 몸에 빨간 불이 들어왔다. 뒷바퀴에 걸어둔 순간 접착 마법으로 버티기엔 한계가 있었던 것이다.

끼이이!

트럭이 10도 정도 더 기울자 탁대는 한계에 도달했다. 의식은 초고속 엘리베이터가 하강하듯 확확 내려앉았다. 여기서 더 버티면 그 자신도 끝장날 것만 같았다.

'아아, 더는 안 되는 것인가?'

좌절하는 탁대의 눈에 불꽃이 보였다. 장비가 처박히고 쏟아지면서 트럭의 짐칸에서 불길이 일어난 것이다.

'불길?'

탁대는 꿀꺽 마른침을 넘겼다. 화염이 폭발하면 주변 공기를 밀어내는 힘이 생긴다. 그거라면 마지막으로 시도할 만해 보였다.

탁대가 접착 마법을 해제하자 트럭은 바로 곤두박질쳤다. 그와 함께 시장의 비명도 끝없이 커져갔다.

"으아아아아!"

"으으……."

그걸 바라보던 팔호도 결국 정신줄을 놓으며 무너졌다.

"와아아앗!'

순간, 탁대의 벼락같은 화염 마법이 날아갔다.

'작렬하라, 화염이여. 더 크게, 크게!'

작렬!

작렬!!

작—려—얼!!!

탁대는 남은 힘을 쓸어 모아 강물과 시장 사이의 공간에 거대한 화염탄을 작렬시켰다.

펑!

퍼퍼펑!

폭음이, 엄청난 폭음이 일어났다. 그리고 기적도 일어났다. 탁대가 바란 대로 폭음의 폭발력이 떨어지던 시장을 반작용으로 튕겨 올린 것이다. 그때를 기다린 탁대는 시장의 손을 낚아채 뒤편으로 집어던졌다. 그리고 탁대 또한 필사적으로 뒤로 굴렀다.

우르릉!

다시 한 번 괴성이 일더니, 이번에는 옆 상판이 통째로 추락하기 시작했다. 그건 그야말로 눈 깜짝할 사이였다. 탁대는 보았다. 생지옥이 입을 벌리는 걸. 순식간에 무너져 내린 상판은 지옥 그 자체였다. 만약 지금 차량이 달리고 있었다면? 그래서 그들이 동시에 강물에 처박힌다면?

아아, 그건 차마 상상조차 하기 싫은 일이었다.

"형!'

기사 옆에 쓰러진 팔호는 참담한 붕괴에 입도 제대로 벌리지 못했다. 탁대는 한참을 기어가 시장을 안전지대 밖으로 끌어냈다. 그런 다음 기사를 옮기고, 비틀거리는 몸으로 팔호를 흔들었다.

"이팔호! 정신 차려."

"으으……."

"이팔호!"

"형……."

겨우 정신이 돌아온 팔호가 탁대 품에서 울부짖었다.

"시장님 챙겨."

탁대는 가라앉는 의식을 가다듬으며 간신히 입을 열었다.

먼지가 조금씩 가라앉을 때 시청 차량과 119 구조대, 구급대, 그리고 경찰 차량이 한꺼번에 몰려왔다. 그 뒤로 더 많은 기자도 몰려왔다.

탁대는 상판으로 길이 끊긴 너머에 있었다. 상판 한 칸이 왕창 무너져 내리고 앞뒤의 상판까지 뒤틀린 상황에서 그들 눈에 들어온 건 다리의 건너편에 선 탁대와 팔호였다.

"조탁대!"

용 팀장이 경찰 틈을 헤집고 나와 소리쳤다. 지친 탁대는 겨우 손을 드는 것으로 대답을 대신했다. 그러자 이번에는 탁대의 뒤쪽에서 경찰차의 사이렌 소리가 다가왔다. 이쪽으로 출동한 경찰과 소방대원들, 기자도 건너편만큼이나 많았다.

"어떻게 된 겁니까?"

경찰 간부가 탁대를 보며 물었다. 휘청 흔들린 탁대가 돌아보았을 때 옆에 있던 팔호가 다시 넘어갔다.

"시장님이⋯⋯."

입을 열자 탁대도 의식이 흐려지는 걸 느꼈다. 탁대는 뒷말을 겨우 이으며 정신을 잃었다.

"신고를 받고 직접 긴급 점검을 하는 사이에 교량이⋯⋯."

무너졌습니다.

그 말은 바람이 쓸어안고 날아갔다.

*　　　*　　　*

조탁대.

조탁대.

조탁대.

꿈속에서 탁대는 자신을 부르는 이름을 세 번 들었다. 처음 것은 그냥 메아리였다. 하지만 두 번째부터 약간 또렷해지나 싶더니 마지막 세 번째 이름은 제대로 들렸다.

'멈추시게. 그쪽으로 가면 다시 오지 못하니.'

바람에 실려 오는 로르바흐의 목소리.

'멈추시게. 한 발만 더 가면 이 몸도 어쩌지 못하니.'

애절함이 묻어나는 목소리에 탁대는 들었던 다리를 다시 내려놓았다. 그러자 발아래 지천으로 깔렸던 숯덩이 같던 어둠이 순식간에 사라져 갔다.

"대마법사님!"

칼날 같은 어둠이 사라지고 등장한 사람은 로르바흐였다. 그는 엄청난 마법을 시전한 듯 창백한 얼굴로 탁대를 바라보았다.

"다행이군."

로르바흐가 식은땀을 닦으며 웃었다. 후드 안에서 빛나는 그의 눈빛을 본 탁대는 마음의 빈 곳이 차오르는 느낌을 받았다. 숨을 돌린 로르바흐의 손에서 신성한 빛이 쏟아져 나왔다. 빛은 탁대의 다리를 시작으로 둔부를 감고 올라 단숨에 머리까지 휘감았다.

"정말 다행이야!"

후드를 벗는 로르바흐. 탁대를 감싸고 있던 빛은 그 말과 함께 탁대의 몸 안으로 녹아들었다.

"내가……."

마지막 한 줌의 빛이 손바닥 안으로 녹아들 때, 탁대가 뒷말을 이었다.

"죽었나요?"

"……."

"대마법사님!"

"죽을 뻔했지."

로르바흐가 자애롭게 웃었다.

"죽지 않았다는 말이군요."

"간발의 차이였네. 조금 더 무리했더라면 그대의 몸은 이 세상의 것이 아니었을 거야."

"후우~!"

"벌써 두 번째야. 처음에야 잘 모르니까 그랬다고 쳐도 이번에는 위험을 의식하고 있었을 텐데……."

왜 그랬나?

로르바흐는 말줄임표 속에 남긴 의미를 눈빛으로 물었다.

"내가 아니면……."

탁대는 로르바흐의 눈을 바라보며 말꼬리를 붙였다.

"시장님이 죽었을 테니까요."

"……."

"잘못한 건가요?"

"글쎄… 존재의 선택을 다른 존재가 개입할 수는 없겠지. 더구나 그대에게 무엇인가를 강요함은 곧 나의 이기심으로 귀결될 수 있는 처지……."

"다른 뜻은 아무것도 없습니다. 단지 눈앞에서 사람이 죽는 걸 보고 외면할 수 없었을 뿐입니다."

"알고 있네. 그대의 마음속에 고요히 깃든 인간에 대한 경외 감……."

"어쨌든 제가 죽지 않은 건 대마법사님 덕분인 것 같군요."

"아닐세. 그건 온전히 그대의 의지였어. 난 그저 그 의지를 각성시키는 역할만 하고 있었을 뿐!"

그 말을 끝으로 로르바흐의 몸이 빛에 묻혀 흐려지기 시작했다.

"대마법사님!"

외침과 함께 탁대는 눈을 번쩍 떴다. 그 눈에 밝은 빛이 들어왔다. 병실 천장의 밝은 등, 탁대가 잠에서 깨어난 것이다.

"오빠!"

찢어질 듯한 목소리의 주인공은 혜자였다. 푸석한 얼굴을 한 그녀가 무너지듯 탁대의 가슴에 안겨왔다.

"혜자?"

"우아아앙!"

그녀는 대답대신 눈물을 터트렸다.

"네가 왜 여길?"

"몰라. 도서관에 있다가 명하가 보낸 문자 받고 정신없이 뛰어왔어. 오빠가 잘못되는 줄 알고 얼마나 걱정한 줄 알아?"

혜자는 탁대의 가슴에서 눈물을 한 말이나 쏟았다. 탁대는 뭐라고 말하지 못했다. 사고 소식을 들은 명하가 혜자에게 긴급 문자를 날린 모양이었다.

"괜찮아. 난 아무렇지도 않은데 왜?"

"뭐가 괜찮아? 이제야 겨우 정신 차리고선……."

"그래도 그렇지 너는 공부를 해야지."

"지금 공부가 중요해? 몰라, 몰라!"

혜자의 입에서 다시 한 번 눈물 폭포가 터졌다. 그때 그녀의 어깨 뒤에서 '큼큼' 하는 헛기침 소리가 넘어왔다. 동환의 목소리였다.

"아버지, 마더!"

그제야 탁대의 눈에 가족이 들어왔다.

"야, 나는 안 보이냐?"

맨 뒤에 있던 동모가 목소리를 높였다. 까칠한 정감이 담뿍 담긴 목소리는 탁대의 마음을 편하게 만들었다. 작은 아버지 부부와 유리도 있었다. 탁대는 그제야 혜자를 슬쩍 밀어냈다.

"큼큼, 우리가 자리 비켜줄까?"

동모가 장난기 가득한 목소리로 물었다.

"에이, 이런 데까지 와서 삐지기는……."

바로 반격하는 탁대.

"얌마, 사람 놀라게 하니까 그러지. 벌써 몇 번째야?"

동모는 괜한 으름장을 놓았다. 그러면서도 너무나 다행이라는 표정이 동모의 얼굴에서 지워지지 않았다.

"어휴, 이제 한시름 놨네요. 이번에는 진짜 어떻게 되는 줄 알고 얼마나 걱정했던지."

작은 엄마도 가슴을 쓸어내린다. 스윽 보아하니 다들 얼마나 가슴을 졸였을지 상상이 갔다.

"오빠, 괜찮아?"

꽃을 들고 있던 유리가 물었다.

"응? 그런 거 같은데?"

탁대는 슬슬 몸을 움직여 보았다. 꼼지락 꼼지락 발가락까지, 온통 뼈근하지만 죽을 정도는 아니었다.

"그럼 소개해야 하는 거 아니야?"

유리가 혜자를 턱짓으로 가리켰다.

"응?"

"저 언니, 밤새도록 오빠를 간호했어. 오빠 애인 맞지?"

"큼큼!"

"흠흠!"

유리의 말에 발맞추어 동환과 동모 등이 괜한 헛기침을 해댔다. 한 발 물러선 혜자의 얼굴은 빨갛게 물들어 있었다.

"얘, 빨리 소개해라. 직원이라고 말한 나만 찐따될 분위기다."

마더가 입술을 실룩거렸다.

"에이, 뽀대나게 소개하고 싶었는데… 이렇게 되면 할 수 없지 뭐."

탁대는 혜자와 식구들을 번갈아 보며 소개를 시작했다.

"저랑 결혼할 여자예요. 정식으로 소개해 드릴 테니까요 앞으로 잘 부탁합니다."

"오빠……."

혜자의 눈이 동그래졌다. '결혼' 할 여자라는 말에 놀란 모양이었다.

"뭐 어차피 그렇게 될 거잖아? 난 혜자랑 결혼하고 싶거든."

"그래도 그렇지 여기서 갑자기 그러면……."

"그럼 나 다시 쓰러질까?"

탁대는 짓궂은 악동처럼 혜자를 바라보았다.

"몰라!"

혜자의 눈자위가 구겨졌지만 식구들은 하나같이 웃었다. 탁대의 비보를 듣고 단숨에 달려온 가족들.

탁대가 깨어나고 여친까지 소개받자 마음이 두 배로 놓인 것이다.

"어이구, 대기만성이라더니 우리 탁대를 두고 한 말이었군. 공무원 들어가 국민영웅이 되더니 이번에는 시장님까지 구하고. 게다가 언제 이렇게 야무진 미녀까지 꿰찼어?"

작은 아버지가 웃었다.

"죄송합니다. 그렇잖아도 소개해 드리려고 기회를 보던 참이었는데 계속 업무가 바빠서……."

"괜찮다. 아, 이렇게 멋진 대한민국 공무원인데 그까짓 소개야 어디서 받으면 어떻겠어? 이렇게 생뚱맞은 예비 상견례도 아무나 못 하거든."

작은 엄마도 따뜻한 목소리로 탁대 편을 들었다.

"어우, 이런 줄 알았으면 옷이라도 제대로 챙겨 입고 올걸."

작은 엄마의 말을 들은 마더가 넉살을 떨었다. 느닷없는 예비상견례가 된 꼴이지만 누구도 탁대를 탓하지 않았다.

"시장님은?"

탁대는 혜자를 바라보았다.

"무사하시대요. 큰 외상도 없고요."

"다른 사람들은?"

"다들 무사해요."

혜자의 대답 사이로 동모가 끼어들었다.

"그렇잖아도 어떤 직원 하나가 계속 들락거렸는데?"

"그래요?"

"지금도 복도에 있을 거야. 불러줄까?"

"그래주시겠어요?"

탁대는 병실 문을 바라보며 말했다. 바로 문을 나간 동모가 직원 하나를 데리고 들어섰다. 짐작대로 팔호였다.

"형!"

팔호는 바람처럼 달려와 탁대의 손을 잡았다.

"괜찮냐?"

"나는 괜찮아요. 형은?"

"나도 저승행 특급열차표 확 반환하고 왔다."

"형!"

팔호의 눈에서 콩알만 한 눈물이 뚝뚝 떨어졌다. 생지옥을 함께 겪은 탁대와 팔호. 전우애가 따로 있을까? 그 경험은 말로 설명하기 어려운 공감대였다.

"얘기 나눠라. 우린 나가 있을게."

눈치 빠른 마더가 가족들을 끌고 나갔다. 혜자도 마더를 뒤따라 나갔다.

"시장님 상황은 어떠냐? 기사 아저씨는?"

"시장님은 약간 화상기가 있는데 큰 이상은 없대요. 기사 아저씨도 정신적 충격을 받은 것 말고는 말짱하고요."

"다리는?"

"그 상태에서 붕괴가 멈췄어요. 언론에서는 난리가 났지만 그래도 불행 중 다행이래요."

"진짜 다행이다."

"전부 형 덕분이에요. 형이 나서지 않았더라면……."

팔호의 감정이 다시 고조되었다. 탁대는 팔호의 등을 토닥여 그 마음을 달래주었다. 그때 문이 열리며 감사실 직원들이 우르르 밀려들어 왔다. 마더에게서 탁대의 생환을 들은 모양이었다.

"조탁대!"

그 맨 앞에는 황천수가 있었다. 사무관 리더십 교육 중에 황급히 올라온 그는 선 굵은 눈매로 탁대의 어깨를 잡았다.

"과장님."

"고생했다. 진짜!"

"제가 뭐……."

"조 주사가 진짜 공무원이야. 자네 같은 직원을 만난 게 얼마나 행복한지 몰라."

"과장님!"

"어이, 교육원 땡땡이 치고 온 주제에 뭐 그리 할 말이 많아? 우리도 인사 좀 하게 비켜보라고."

황천수 뒤에서 두 사람이 나섰다. 3룡 멤버인 장광백과 류청봉 과장이었다.

"괜찮나?"

두 사람이 입을 모아 물었다.

"네, 덕분에……."

"뭐가 덕분이야? 자네 덕분에 우리 시청 전체가 면피했는데."

류청봉이 웃으며 말했다.

"네?"

"봉황대교 말일세. 비록 붕괴되었지만 좋은 쪽으로 기사가 나고 있네. 직원들이 미리 위험을 감지하고 진단 중이었고 더구나 시장님이 목숨을 걸고 몸소 현장을 체크하고 있었으니 말이야."

"그렇게 보도된 거냐?"

탁대는 옆에 서 있는 팔호를 돌아보았다.

"맞아요. 붕괴보다 시장님과 공무원들의 투철한 사명 의식이 부각되고 있어요."

팔호가 짧게 설명을 했다. 하지만 그 목소리에 거부감을 느끼는 사람들이 있었다. 평상시에 팔호를 탐탁지 않게 생각하던 주임들이었다.

"아무튼 아무 생각 말고 푹 쉬게. 자넨 우리 시를 두 번이나 구한 영웅이야."

류청봉의 시선에도 따뜻함이 가득했다.

"용 팀장!"

침대 끝에 서 있던 황천수가 용석봉을 호명했다.

"예, 과장님!"

"조탁대하고 이팔호 말이야, 충분한 진료를 받을 수 있도록 지원하고 진단도 넉넉히 끊어서 푹 쉬게 하도록. 이거 제대로 못하면 사표 쓸 각오하고."

"염려 마십시오. 어떤 놈이든 조탁대 건드리면 제가 그냥 안 둘 겁니다."

지시를 받은 용 팀장은 전의를 불태웠다. 탁대의 마음속으로 소속감이 뿌듯하게 밀려들었다. 조직을 위해 최선을 다하고 받는 보상. 그건 직장인에게 있어서 최상의 카타르시스가 분명했다.

하지만!

그때까지 뒤에서 지켜보던 주임들이 태클을 걸고 나섰다.

"이의 있습니다. 과장님!"

대표로 입을 연 사람은 노장무였다.

"이의?"

"조탁대는 200% 인정하지만 이팔호 저 자식은 안 됩니다."

경멸이 스며든 목소리가 흘러나오자 병실에는 돌연 찬바람이 감돌았다. 더불어 팔호의 얼굴이 창백하게 변했다.

"솔직히 저 자식, 간에 붙었다 쓸개에 붙었다 하는 놈 아닙니까? 여태껏 권 팀장님에게 알랑거리면서 조탁대 씨 씹은 거 만천하가 다 아는데 영웅 조탁대의 공로에 왜 꼽사리를 끼워줍니까? 그건 부당합니다."

"맞습니다."

노장무에 이어 유상길도 목청을 높였다.

"이봐, 그건 그렇지만……."

용 팀장이 두 사람을 막아섰다.

"아무튼 안 됩니다. 저런 놈이 끼면 조탁대의 공로에도 누가 될 수 있습니다."

노장무는 물러설 기세가 아니었다. 동시에 팔호의 얼굴은 완전히 죽은 빛으로 변해 있었다. 그건 그냥 꾸며낸 말이 아니었으니 변명의 여지도 없었다. 그러자 경청하고 있던 탁대가 천천히 입을 열었다.

"여러 선배님들!"

탁대의 목소리에는 뱃심이 가득했다. 굵직하게 병실을 울리는 것이다.

"부탁하건대 팔호를 나쁘게 말하지 말아주십시오."

탁대가 등을 꼿꼿이 세우고 시선을 들자 3룡도 시선을 집중했다.

"조탁대, 우리 자네를 생각해서 하는 말이야."

"알고 있습니다. 하지만 팔호를 나쁘게 말하시면 제가 그냥 있지 않을 겁니다."

탁대가 후끈 카리스마를 뿜었다.

"……?"

"팔호가 조금 무리를 했던 건 저도 알고 있습니다. 하지만 선배님은 어땠습니까? 팔호가 그런 길로 접어들 때 누구 하나라도 우정 어린 조언을 해주며 바로잡아 주려고 한 사람이 있었습니까?"

"……?"

"그러니 팔호의 어긋남은 모두의 잘못 아닙니까? 이제 와서 누가 팔호에게 돌을 던질 수 있습니까?"

탁대는 담담하게, 하지만 힘이 가득한 음성으로 계속 말을 이었다.

"그리고 팔호는 이제 옛날의 팔호가 아닙니다. 비록 한때는 권 팀장에게 이용당해 뭣도 모르고 설치고 다녔지만 지금은 성실한 공무원으로 거듭났다고요."

"탁대 씨, 심성이 좋아서 감싸는 건 이해해. 하지만 제 버릇 개 주겠나? 저 인간은 기회주의자야. 모르긴 해도 다리 위에서도 저 살길만 생각했을걸."

노장무가 팔호를 쏘아보았다. 그러자 탁대의 목소리가 활화산처럼 터졌다.

"노 주임님!"

돌연한 호통에 병실 안에는 긴장감이 감돌았다. 켜켜이 내려앉은 침묵, 그 침묵을 깬 것 또한 탁대의 목소리였다. 이번에는 미치도록 담담한 목소리였다.

"선입견을 버리십시오. 미안하지만 이번에 시장님을 구한 건 이 팔호였습니다!"

"형."

놀란 팔호가 탁대를 바라보았다. 탁대는 팔호는 향해 얌전히 있으라는 듯 찡긋 윙크를 날렸다.

4장
몸을 바쳐 마음을 얻다!

"……."

노 주임과 유 주임 등은 할 말이 없었다. 그들은 현장에 없었다. 그러니 탁대가 하는 말은 법이자 진리였다. 탁대가 그렇다면 그럴 수밖에.

"정말 자네가 시장님을 구했나?"

용 팀장의 시선이 팔호에게 쏠렸다.

"저, 저는 그저 탁대 형이 시키는 대로……."

"아무튼 팔호가 없었으면 시장님과 기사 아저씨는 이 세상에 없을 겁니다."

탁대는 그 말로 상황을 매듭지었다. 느닷없는 소식을 들은 주임들은 더 이상 토를 달지 못했다. 아울러 더는 논쟁을 할 수도 없었다. 부시장과 도 국장 등의 국장급 간부들이 들이닥친 것이다. 그러나 한 사람, 배 국장의 모습은 보이지 않았다.

"조탁대!"

부시장의 눈에는 흐뭇함이 가득했다. 초대형 사고가 난 봉황시. 일반적이라면 간부들은 죽상이 되어 비상 대책 회의니 뭐니 하며 호들갑을 떨었어야 옳았다. 하지만 같은 사고라도 공무원들이 몸을 사리지 않고 다리를 점검하다 무너진 것이니 사안이 달랐다.

"자네 정말……."

탁대를 본 부시장은 한순간 울컥하는 감정을 느꼈다.

"부시장님……."

"진짜 보물단지라니까. 자네 아니었으면… 생각만 해도 끔찍하네."

"심려를 끼쳐 죄송합니다."

"무슨 소리야? 자넨 나의 영웅이야."

꼭 잡은 부시장의 손에서 기꺼운 마음이 건너왔다. 그 뒤로 선 국장들도 한결같이 호의적인 눈빛을 감추지 않았다.

"그나저나 시장님은 어떻게 구한 건가? 기사 말을 들으니 트럭이 추락하는 걸 자네가 죽을힘을 다해 붙잡아줬다고 하던데?"

부시장 뒤에 서 있던 도 국장이 물었다.

"잘 모르겠습니다. 그저 시장님을 살려야 한다는 일념밖에……."

"자네의 성심을 알고 하늘이 도왔군."

"무엇보다 이팔호의 도움이 컸습니다. 저 혼자서는 할 수 없는 일이었습니다."

탁대는 한 번 더 팔호를 띄워주었다. 그건 노 주임과 유 주임에게 쐐기를 박기 위해서도 필요한 일이었다.

"이팔호……."

간부들의 시선이 팔호에게 옮겨갔다. 과분한 비행기를 탄 팔호는 그저 고개를 떨어뜨릴 뿐이었다.

"수고했네. 하여간 이번 사태는 전부 감사실 직원들 공이야. 시장님부터 다리 붕괴 대참사를 막은 것까지."

부시장이 대표로 팔호를 치하했다. 얼굴이 불덩이처럼 붉어진 팔호가 탁대를 슬쩍 돌아보지만 탁대는 시치미를 뚝 뗐다. 사실 마법의 힘을 입었지만 팔호 역시 긴요했었다. 그가 없었더라면 운전기사는 구하지 못했을지도 모른다. 더구나 그 사지에 혼자가 아닌 둘이었다. 그 숫자가 주는 위안도 탁대에게는 대단한 보탬이었다.

그러는 사이에 복도가 웅성거렸다.

"나가봐."

황천수가 두 주임을 바라보았다. 노 주임과 직원들이 복도로 나갔다. 복도에 몰려온 건 기자들이었다. 그들 사이에는 주신일보로 영전해 간 고동길도 보였다.

"조탁대 씨가 정신이 들었다면서요?"

"잠깐만 취재 좀 하게 해주십시오."

기자들은 이구동성으로 아우성을 쳤다.

"안 됩니다. 조탁대는 안정이 필요합니다."

주임들은 온몸으로 병실을 막아섰다.

"대참사를 막은 영웅입니다. 국민들은 한시라도 빨리 그의 무사함을 확인하고 싶어 합니다."

"어서 문을 열어요."

기자들은 막무가내로 직원들을 밀어붙였다.

다행히 병실 지원을 나오던 방호원들이 합세했다. 맹대우를 비롯한 방호원들은 필사적으로 기자들의 접근을 막았다. 특히 맹대우의 분전은 눈부실 정도였다. 그는 정년퇴직을 앞둔 노구를 이끌고 방호원들의 전면에서 몸싸움을 마다하지 않았다. 그에게도 탁대는 '마음속'의 영웅이었던 것이다.

"그럼 협상합시다!"

몸싸움에 밀린 기자 측에서 중재안을 내놓았다. 대표 기자 한 명만 들어가 1분만 취재한다는 조건이었다. 노 주임이 들어와 부시장에게 기자들의 조건을 전달했다.

"안 돼. 지금은 조탁대 안정이 우선이야."

부시장은 허락하지 않았다.

"하지만 그럼 물러나지 않을 것 같은 눈치입니다."

노 주임이 말했다.

"1분이면 괜찮습니다."

결국 탁대의 한마디로 상황이 정리되었다. 대신 탁대도 조건을 걸었다. 한 명의 기자로 고동길을 지목한 것이다.

대표 기자로 들어선 고동길은 탁대를 객관적으로 취재했다. 비록 지역신문 기자로 썩던 그였지만 그래도 대(大)기자의 자질이 충분했다. 그는 딱 1분을 채우자 탁대의 등을 두 번 두드려 주고는 병실을 나갔다.

기자들이 돌아가자 병실의 어수선함도 정리되었다. 의사가 온 직후에 간부들도 돌아갔다. 시장이 없는 시청, 더구나 대교가 무너진 판국이었으니 자리를 오래 비울 수 없는 처지였다.

"오빠."

북적거리던 병실에 단둘이 남자 혜자가 다가왔다.

"나 좀 한 번 안아줄래?"

탁대는 침대 위에서 두 팔을 벌렸다. 혜자는 아무 말 없이 안겨왔다. 탁대는 깊은 심호흡으로 혜자의 체취를 맡았다. 그녀의 향은 마음 깊은 곳을 편하게 만들었다.

"고마워."

"뭐가요?"

"그냥 모든 것이……."

탁대는 그녀를 더 세게 당겼다. 그녀의 봉긋한 가슴이 느껴졌다. 그녀의 체온도 오롯이 느껴졌다. 죽었더라면 다시는 느끼지 못했을 이 소소한 행복들. 탁대는 그게 고마웠다.

"이제 끝!"

가벼운 입맞춤을 끝으로 탁대는 혜자를 밀어냈다.

"뭐야? 그런 표정은?"

"얼른 누워요. 사람들이 오는 바람에 쉬지도 못했잖아요."

혜자는 어린 새처럼 탁대에게서 눈을 떼지 않았다. 아직도 걱정이 싹 가시지 않은 모양이었다.

"나 이제 괜찮거든."

"누가 믿을 줄 알아요? 오빠는 일할 때 자기 몸을 너무 안 돌본다고요."

혜자는 기어이 탁대를 침대에 눕히려는 듯 등을 잡고 가슴을 눌렀다.

"잠깐, 잠깐만!"

"또 왜요?"

"원서 접수는? 시험이 코앞이잖아?"

"접수 끝났으니까 걱정 말아요."

"그럼 얼른 가서 공부해."

"오빠!"

"나 알잖아? 불사신 조탁대."

"진짜……."

"나 정말 괜찮으니까 가서 마무리해. 아니면 나 진짜로 확 아파 버린다."

"오빠."

"갑작스레 사고 쳐서 미안해. 그래도 내가 동료들이 위험한데 도망이나 치는 비겁한 공무원이 되는 걸 원치는 않지?"

"그럼요."

혜자의 눈에서 또 눈물이 떨어졌다.

"또 우네. 이 바보……."

"몰라요. 누구한테 바보라는 거예요?"

혜자가 다시 탁대의 품에 안겼다.

"그러니까 걱정 말고 가서 공부해. 대신 내가 하루 세 번씩 딱딱 문자할게."

"정말이죠?"

"응!"

탁대는 혜자를 바라보았다. 눈물이 그렁한 혜자의 얼굴이 천천히 탁대에게 겹쳐 왔다. 그 키스를 끝으로 혜자는 가방을 챙겨 들었다.

"무슨 일 있으면 바로 연락해야 해요."

"오케이, 알아 모시겠습니다. 공주님!"

"기왕이면 황녀 시켜줘요. 공주는 왠지 싸가지 없는 거 같아 마음에 안 들어요."

"네. 황녀님! 나가시는 길에 이팔호 좀 들여보내 주시고요!"

탁대가 깍듯이 목례를 하자 혜자는 마음이 놓였는지 쿡 미소를 삼키며 병실을 나갔다.

"형……."

뒤를 이어 팔호가 들어섰다.

"이제 복도가 좀 조용하냐?"

"네."

"기자들도 다 돌아갔고?"

"복도에서는 철수했는데 주차장에는 일부 남았어요."

"아까 노 주임님, 유 주임님 얘기할 때 기분 나빴지?"

"……."

"이해해라. 어쨌든 네가 지나온 흔적이니까."

"기분 안 나빠요. 사실 그분들이 없는 말한 것도 아닌데요, 뭐."

"그럼 다행이고. 아직 네 진짜 가치를 보여줄 날이 더 많이 남았잖아?"

"그건 괜찮은데 왜 그런 말을 했어요?"

"뭐?"

"내가 시장님 구했다는 거요. 난 아무것도 도운 게 없는데……."

"야, 그건 네가 몰라서 그렇지 사실은 네가 큰 도움이 되었어."

"기절한 내가 어떻게요?"

"트럭이 떨어지면서 폭발하자 시장님이 그 폭발의 반동으로 튀어 올랐거든. 그런데 다행히 그분 발목이 네 발목에 딱 걸린 거야. 그래서 내가 끌어올릴 수 있었던 거고."

"에?"

팔호가 눈자위를 찡그렸다. 탁대가 둘러댄 말이 황당하게 들린 모양이었다.

"진짜라니까. 너 아니었으면 시장님은 그대로 추락했을 거라고."

그래도 탁대는 계속 밀어붙였다. 다들 기절해 있었으니 탁대가 그렇다면 그런 것이다.

"뭐, 별로 안 믿기지만 형이 그렇다니 믿을게요."

"시장님 상태는 어떠냐?"

"크게 다친 데는 없나 봐요. CT나 MRI 전부 정상이라네요. 다만……."

"다만, 뭐?"

"아직 정신이 돌아오지는 않았습니다."

"설마 식물인간 되는 건 아니겠지?"

"그건 아니고 충격이 심해서 그런 것 같다고 수삼 일 기다려 보자는 거 같아요."

"저기 슬리퍼 좀 가져와라. 저건 누가 저기까지 차버린 거야?"

탁대는 창가로 밀려난 슬리퍼를 가리켰다.

"화장실 가게요?"

"NO, 시장님 문병가려고."

그때 문이 빼꼼 열리며 맹대우가 고개를 디밀었다.

"어, 방호실장님!"

"들어가도 될까요?"

맹대우가 조심스럽게 물었다.

"그럼요. 들어오세요."

탁대는 기꺼이 그를 반겼다.

"충성!"

병실에 들어선 그는 병원이 떠나가라 거수경례를 붙였다.

"아이, 왜 그러십니까? 그러지 마세요."

"무슨 말씀입니까? 시장님을 구하고 대참사를 막으신 분인데…
야, 너희들 다 튀어 들어와."

맹대우가 복도를 향해 외치자 방호원들이 우르르 몰려들었다.

"일동 차렷!"

옆으로 물러선 맹대우가 방호원들에게 소리쳤다.

"이러지 않으셔도 된다니까요."

"조탁대 주사님을 향해 경례!"

처척!

방호원들은 앙가슴을 내밀고 턱선을 잔뜩 당긴 채 숭고한 경례
를 올렸다. 진심에서 우러나는 그들의 경례. 그건 탁대의 가슴을 울
컥하게 만들었다.

"일동 뒤로 돌앗!"

경례가 끝나자 맹대우는 일사분란하게 방호원들을 내보냈다. 탁
대를 귀찮게 하지 않으려는 배려심이었다.

"왜 이러세요? 낯 뜨겁게……."

"뭐가 낯 뜨겁습니까? 우린 행복해서 죽겠는데?"

"네?"

"솔직히 내가 정년이 가깝지만 조 주사 같은 직원은 본 적이 없어요. 진짜 봉황시 공무원이라는 게 요즘처럼 자랑스러운 적이 없습니다."

"허얼~! 이러시면 제가 얼굴을 못 드는데……."

"진짜 욕보셨습니다. 다리 무너질 때 무척 놀랐을 텐데 그 자리에 없어서 돕지 못해 정말 죄송합니다."

맹대우는 고개를 떨어뜨리고 눈시울을 붉혔다.

"별것도 아닌 일이었어요. 그리고 큰일 없이 넘어갔으니 그만하셔도 됩니다."

"그렇죠. 조 주사님이 그러라시면……."

맹대우는 아이처럼 소박하게 웃었다.

"그나저나 제가 잠깐 시장님 병실에 좀 가려고 하는데 여기 좀 지켜주세요. 제가 몰래 샜다는 거 아무도 모르게 말이에요."

"걱정 마세요. 휴전선보다 더 철통같이 지키고 있을 테니까요."

맹대우는 직접 병실 문을 열어주었다. 그리고 복도에 있던 방호원을 향해 묵직하게 말을 이었다.

"조탁대 주사님이 시장님 병실로 가신다. 불편 없이 모시도록!"

"예!"

방호원들의 목소리가 다시 한 번 병원을 흔들었다.

딸깍!

탁대는 방호원들의 도움을 받아 큰 관심을 받지 않으며 시장의 병실에 들어섰다. 옆에는 팔호도 함께 있었다.

병실 안에는 시장 부인과 비서실 여직원이 있었다. 마음에 드는 건 병실이 특실이 아니라는 사실이었다. 여러 사람이 함께 다쳤는데 시장만 특실에 있다면 그것도 문제가 될 일이었다.

"이분이 시장님 살린 직원이세요."

여직원이 부인에게 말했다.

"고마워요."

부인 역시 탁대의 손목을 잡았다. 탁대는 꾸벅 목례로 인사를 대신했다.

탁대는 잠든 시장을 바라보았다. 환자복을 입고 링거를 단 채 의식이 없는 시장. 이렇게 보니 그 또한 허름한 한 사람의 환자에 불과했다. 시청 안에서 보이던 온갖 사업과 정책 결정, 공약 수행과 인력 배치에 관한 위엄 같은 건 한 터럭도 엿보이지 않았다.

"의사는 뭐래요?"

탁대는 시장에게 시선을 둔 채 여직원에게 물었다.

"원래는 오늘 아침쯤 의식이 돌아와야 하는데 좀 늦는 게 염려스럽다고……."

"어휴!"

그 말을 들은 부인이 무거운 숨을 쉬며 병실을 나갔다.

"죄송하지만 잠깐 자리 좀 비켜주시겠습니까?"

탁대는 가만히 여직원을 돌아보았다.

"왜요?"

"그냥요. 제가 시장님께 할 말이 있어서……."

"못 들으실 텐데……."

"저하고 같이 죽음의 문턱까지 갔던 분이니 들을지도 모르지요. 잠깐이면 됩니다."

탁대는 팔호에게 눈짓을 보냈다. 의미를 알아들은 팔호가 여직원을 데리고 병실을 나갔다.

탁!

문 닫는 소리와 함께 침묵이 찾아왔다. 탁대는 슬쩍 시장에게 순간 독심을 걸었다.

"……."

아무 느낌도 오지 않았다.

탁대는 침대 옆에 앉았다. 그런 다음 시장의 손목을 잡았다. 탁대가 생각하는 건 타자환몽이었다.

꿈!

사람은 누구나 꿈을 꾼다. 그런데 꿈을 꾸지 않는 사람도 있긴 하다. 탁대는 고요한 마음으로 시장의 꿈으로 향하는 길을 열었다.

불!

불덩이가 이글거리고 있었다. 탁대는 거침없이 나아갔다. 꿈속에서는 누구도 탁대에게 해를 입히지 못했다. 그러니 불이라고 두려울 건 없었다.

불을 지나자 뇌전(雷電)의 그물이 나왔다. 지직지직, 뇌전은 거친 몸살을 앓았다. 시장은 뇌전의 그물 안에 있었다. 몸은 어디론가 가고 혼(魂)만 남았다. 혼은 뇌전이 꿈틀거릴 때마다 움츠렸다. 갇힌 것이다. 뇌전 그물 저만치에 서성이는 저승사자가 보였다.

'죽음의 문턱.'

탁대는 직감으로 파악했다. 엄청난 충격을 받은 시장. 그렇기에 그대로 절명한다고 해도 이상할 것은 없었다. 사람이 죽는 길은 너무나 다양하므로.

"헤이!"

탁대는 팔짱을 낀 채 버티고 선 저승사자 앞에 몸을 드러냈다. 저승사자는 놀라지 않았다. 사자의 창백한 얼굴은 겨울밤의 달을 닮았다. 보기만 해도 으스스할 지경이었다.

"존재는 다른 존재의 운명에 개입하는 게 아니야!"

사자에게서 음산한 목소리가 메아리처럼 밀려나왔다.

"우리 시장님이 죽는 건가?"

"이미 죽었다고 봐도 되지."

"하지만 죽지 않았거든."

탁대는 슬쩍 미소를 머금었다.

"그 판단은 내가 하는 거라네."

"말도 안 돼. 개고생하면서 살려냈거든. 더구나 의학적으로 별문제도 없어."

"의학은 운명은 시녀만도 못한 것."

"아무튼 돌아가 주셔. 우리 시장님은 멀쩡하니까."

"저 뇌전……."

사자가 지직거리는 그물을 돌아보며 말을 이었다.

"저 안에 갇히면 누구든 사흘을 넘지 못한다네."

"당신이 가둔 건가?"

"아니, 저 운명의 그물은 심약한 인간이 스스로의 공포심에 못 이겨 만들어낸 거라네. 나는 그 시그널을 보고 집행을 기다릴 뿐

몸을 바쳐 마음을 얻다! *167*

이고."

"저 그물은 곧 사라질 거야."

"미안하지만 한 번도 그런 적이 없거든."

사자가 웃었다. 그 웃음을 보니 탁대의 오기가 발끈 고개를 들었다.

"그럼 미안하지만 최초의 광경을 보게 될 거야. 원래 기록이라는 건 깨지라고 존재하는 거니까."

"무모하군. 보아하니 타인의 꿈에 깃드는 능력을 가진 모양인데 무리하다가는 그대도 이자의 꿈 안에 갇히고 말 거야."

"그건 두고 보면 알 일."

탁대는 그 말을 끝으로 뇌전의 그물을 향해 돌아섰다.

'벼락의 그물.'

탁대가 생각하는 동안에도 뇌전은 미친 듯이 지글거리며 시장의 혼을 태우고 있었다. 아무래도 서둘러야 할 것 같았다.

"멈춰라, 뇌전아!"

탁대는 염원을 쏟아냈다. 뇌전은 잠시 잦아드는가 싶었지만 다시 원상태로 돌아갔다.

"안 된다니까."

사자의 비웃음이 어깨 뒤에서 넘어왔다.

'어디 두고 보라지. 잇!'

이번에는 그물의 한쪽에 불덩이를 날렸다. 탁대의 의지를 안고 날아간 불덩이는 흡사 폭포 줄기처럼 강력하게 그물을 직격했다.

"어리석은 인간이어. 사념의 그물은 그런 힘으로 잘리지 않아."

사자의 목소리에는 점점 더 여유가 깃들어갔다.

'젠장!'

탁대는 숨을 돌리며 다시 한 번 생각의 가닥을 어루만졌다. 어떤 패를 뽑아야 시장의 의식이 만들어낸 저 공포의 덫을 사라지게 만들 것인가?

붕괴.

추락.

이번 사고에서 시장이 받은 충격의 원인은 그것이었다. 그때 다리가 무너지지 않았더라면, 그 깊은 강물로 처박혀 죽는다는 공포가 아니었더라면 저 공포는 존재하지도 않았을 것.

'아!'

생각이 거기에 미치자 간단한 묘수가 떠올랐다. 탁대는 즉시 시장의 혼을 향해 의지를 집중시켰다. 탁대가 창조한 건 너무나 간단했다. 혼 아래에 널찍하고 두툼한 세이프티 매트를 깔아준 것이다.

예상이 적중한 것일까? 혼의 빛이 조금씩 밝아지기 시작했다.

'그렇다면?'

탁대는 후끈 의지를 결집시켜 사념의 칼을 뽑아냈다. 그런 다음 단숨에 뇌전의 그물을 잘라 버렸다.

지직지지직!

그물은 폭발 직전의 불꽃을 뿜어내며 몸부림을 쳤다. 그것으로 끝이었다. 펑 하는 폭음이 일었지만 그저 요란한 소리뿐이었다. 탁대가 눈을 떴을 때, 뇌전의 그물도 사자도 보이지 않았다.

"시장님!"

탁대는 혼을 흔들었다. 혼은 조금씩 부풀어 오르더니 이윽고 시장의 모습으로 돌아갔다. 그리고 마침내 김성곽 시장이 눈을 떴다.

"조탁대……."

시장이 누운 채 탁대를 바라보았다.

"예. 시장님."

"내가 죽은 건가?"

"아뇨. 그냥 악몽을 꾸고 있는 겁니다."

"나를 말라죽이던 벼락의 그물이 있었는데……."

"한낮 꿈일 뿐이니 깨어나시면 아무렇지도 않을 겁니다."

"다리는?"

"걱정되시면 얼른 일어나셔서 시정을 지휘하셔야죠."

탁대가 손을 내밀었다. 시장은 그 손을 잡고 솜털처럼 일어섰다.

"이제 꿈에서 깨시는 겁니다."

꿈에서!

깹니다!

탁대는 메아리 같은 그 말을 두고 시장의 꿈에서 빠져나왔다. 그
와 동시에 병실 문이 열리며 의사와 간호사가 들어섰다.

"아직 정신이 없으세요."

시장에게 다가온 간호사가 의사에게 말했다.

"아무래도 안 되겠군. 중환자실로 옮기고 정밀검사에 들어가야
겠어."

의사가 고개를 저을 때 탁대가 끼어들었다.

"괜찮습니다. 시장님은 이제 일어나실 겁니다."

"이봐요. 의사는 납니다."

의사가 태클을 걸어왔다.

"어쨌든 일어나신다니까요."

탁대의 말이 신호였을까? 시장의 눈덩이가 파르르 떨더니 거짓말처럼 번쩍 열렸다.

"선생님, 환자가 깨어났어요!"

링거를 바꾸던 간호사가 놀라 소리쳤다.

"오 마이 갓!"

기겁을 한 의사가 탁대를 바라보았다. 탁대는 그것 보라는 듯 의사를 향해 부드러운 미소를 날려주었다.

"시장님!"

시장이 정신을 차렸다는 소식이 나가기 무섭게 들이닥친 건 배 국장이었다. 그를 따르는 성골과 사무관과 팀장 십여 명도 꼬리를 이었다.

"아이고, 정말 다행입니다. 저, 밤잠도 못 자고 기도했습니다."

배 국장의 목소리는 탁대의 귀에 심하게 거슬렸다. 옆에 자리한 팔호도 인상을 찡그렸다.

아첨!

세상의 모든 사람은 아첨을 한다. 저 유명한 박지원은 아첨을 세 가지로 구분했다.

1. 윗길의 아첨―말은 점잖게 하며 명예와 잇속에 담박하고 벗을 사귀는 데도 별로 뜻을 두지 않아서 제대로 곱게 보이는 것.

2. 가운데 길의 아첨―입바른 말을 툭툭 던지며 진실하게 보이고 그 틈을 이용해 자기가 원하는 걸 얻는 것.

3. 아랫길의 아첨―신발이 닳고 떨어지도록 쫓아다니며 옳습니

다, 훌륭합니다, 하며 온갖 아양을 떠는 것.

누가 보아도 오늘 배 국장의 아침은 아랫길에 속했다. 그러니 옆
사람의 인상을 저절로 찡그리게 만드는 것이다.

"자네들은 여기 왜 있는 거야?"

인사를 마친 배 국장이 탁대를 노려보았다. 황망하게 인사를 마
치고 나니 그제야 눈에 거슬리는 모양이었다.

"내가 불렀네만?"

대답은 시장이 대신했다. 배 국장의 날선 눈빛은 속절없이 가라
앉고 말았다.

"상황은?"

시장은 굳은 눈빛으로 입을 열었다.

"그게 말입니다……."

다시 배 국장이 나서자 시장이 탁대를 호명했다.

"조탁대."

침대 주변에 포진해 눈도장을 찍어대던 사무관과 팀장들은 별수
없이 길을 터주었다.

"예. 시장님!"

"자네가 현장에 있었으니 가장 잘 알겠지. 상황 설명을 해보게."

시장은 상황을 궁금해했다. 무너지는 상판을 따라 추락하던 트
럭. 그 천길 강 위로 추락할 위기에서 살아났으니 당연한 일이었다.

"그 일은 제가 자세히 설명드리겠습니다."

배 국장이 또 나섰지만,

쫘악!

허공에 울려 퍼진 건 장쾌한 파열음이었다.

"……?"

졸지에 따귀를 얻어맞은 배 국장이 황망한 눈빛으로 시장을 바라보았다.

"다리에 문제가 없다고 한 건 자네야. 그런 자네가 무슨 자격으로 보고한다는 건가? 나는 조탁대에게 듣겠다고 했네."

시장은 참았던 분노를 쏟아냈다. 그 기세에 눌린 배 국장은 사색이 되어 물러설 수밖에 없었다.

'아이고, 고소해라.'

내심 쾌재를 부른 탁대는 담담한 척 시장의 명을 받았다.

"그러시면……."

탁대는 팔호를 내세웠다. 그가 그동안 보도된 뉴스 영상과 신문을 챙겨두었기 때문이었다.

맨 먼저 튼 영상은 상판 붕괴 직후의 장면이었다. 그러니까 탁대가 시장과 기사를 구하고 늘어졌다가 정신을 차렸을 때 달려온 경찰과 119 구조대들. 그들이 찍은 동영상에서 탈진에 가까운 탁대 모습이 천천히 흘러나왔다.

"자네가 나를 살린 건가?"

시장은 뻥 뚫린 상판 아래로 드러난 강물을 보며 떨었다. 트럭은 보이지 않았다. 그러니 그 다음 사태는 묻지 않아도 알 일이었다.

"저하고 이팔호가 사력을 다해……."

탁대의 말에 배 국장 일행은 일제히 숨을 죽였다. 팔호는 잠시 멈췄던 화면을 계속 돌렸다.

"자네 둘이?"

시장의 눈동자에 만감이 교차하는 게 보였다.

"마땅히 할 일을 했을 뿐입니다."

[시장님이 신고를 받고 직접 긴급 점검하는 사이에 교량이……]

이어 팔호의 전화기에서 흘러나오는 동영상. 그 안에 자리한 탁대의 모습이 보였다. 감정이 북받친 시장은 잘 듣지 못한 듯 눈을 꿈벅거리며 팔호를 바라보았다.

"지금 뭐라고 했나?"

팔호가 동영상을 한 번 더 돌렸다.

[시장님이 신고를 받고 직접 긴급 점검하는 사이에 교량이……]

탁대의 목소리가 다시 한 번 또렷하게 흘러나왔다. 그제야 상황을 파악한 시장이 탁대를 향해 고개를 돌렸다.

"시장님은 분명 다리의 안전을 염려해 몸소 점검을 하고 계셨습니다. 제가 말을 잘못했는지요?"

"조… 탁… 대……."

"혹 잘못 말했다면 처벌은 달게 받겠습니다."

"이 친구… 정말……."

시장은 탁대의 팔을 거칠게 당겨 그 품에 안았다.

"고맙네. 자네가 나를 두 번 살렸군. 한 번은 목숨을, 또 한 번은 정치적으로!"

시장의 목소리가 높아지기 시작했다.

"공무원으로서 기관장을 수행한 것뿐입니다."

"이 사람… 거기 이팔호? 자네도 이리 오게."

시장은 팔호까지 불러 한 아름에 품었다. 혹 치밀어 오르는 그의 호흡 속에서 안도감이 진하게 묻어나왔다.

팔호는 동영상을 계속 돌렸다. 각 방송국의 뉴스가 나오고 신문 기사가 이어졌다.

봉황시장—살신성인의 자세로 대참사 막아.

공무원의 사표—봉황시 공무원들.

이 지자체장을 본받아야 한다—몸으로 뛴 봉황시장.

대통령—각료 회의에서 봉황시장 언급—전폭 지원 지시.

신문의 헤드라인들이 보이자 시장의 어깨가 들썩거렸다. 당연히 언론의 집중 포화를 맞고 비등하는 비난에 직면할 줄 알았던 김성곽 시장. 그런데 예상과 달리 그 자신이 영웅시되어 있는 기사를 보자 안도감과 함께 양심의 가책이 밀려든 것이다.

"다들 나가 있게."

시장은 북받치는 감정을 참으며 말했다.

"예?"

넋을 놓고 있다가 되묻는 배 국장.

"나가 있으라고!"

결국 시장의 호통이 터지고서야 배 국장 일행은 비실비실 병실을 나갔다. 탁대와 팔호 역시 가벼운 목례를 두고 돌아섰다. 그때, 시장의 목소리가 날아와 탁대를 잡아 세웠다.

"자네들은 남게나."

탁대는 팔호를 시켜 살짝 덜 닫힌 병실 문을 마저 닫도록 시켰다.

탁!

문소리가 나자 시장은 소리 없는 오열을 시작했다. 시장은 어깨뼈가 부서지도록 흐느낌을 삼키며 울었다.

"시장님!"

지켜보던 탁대가 다가가 생수를 내밀었다. 시장은 벌겋게 충혈된 눈으로 탁대를 바라보았다.

"얼른 정신을 차리고 상황을 수습하셔야지요."

"조탁대……."

"드시죠."

탁대가 생수를 내밀었다. 시장은 우두커니 탁대를 바라보더니 또 한 번 허리를 당겨 안았다.

"뭐라고 할 말이 없네. 나는 자네를 공박했는데 자네는 도리어 나를……."

"시장님."

"용서하게……."

그렇게 말하는 시장의 눈에는 티가 하나도 없었다. 과정이 어쨌든 이 순간만은 순수한 마음인 모양이었다. 탁대는 가만히 고개를 끄덕여 주었다. 다리는 무너졌지만 시민들은 안전했다. 시장은 불순한 마음으로 점검에 나섰지만 지금은 순수한 마음으로 돌아갔다. 말하자면 최악 중에서는 최상이었다.

"시장님!"

그러는 사이에 부시장과 간부들이 밀려들었다. 탁대와 팔호는 다시 창가로 물러섰다.

"웬 호들갑들인가?"

한결 여유를 찾은 시장이 평온하게 입을 열었다. 부시장과 간부들은 그동안의 우려를 전달했다.

"사람들, 내가 그렇게 쉽게 죽을 거 같아? 그보다 대책은 제대로 세웠겠지?"

"걱정 마십시오. 통행 차단하고 인근 다리 안전 점검까지 재차 마친 후에 우회 도로를 확보해 시민 불편을 최소화하고 있습니다."

하 국장이 나서 명료하게 대책을 설명해 주었다. 그때 부시장의 전화기가 숨 가쁘게 울렸다.

"여보세요?"

탁대 쪽으로 와서 전화를 받는 부시장. 몇 마디 대화를 하기 무섭게 그의 얼굴에 화색이 감돌았다.

"지, 지금 말인가?"

부시장은 서둘러 전화를 끊었다. 그러더니 시장에게 다가가 환한 표정으로 입을 열었다.

"총리와 안행부 장관께서 지금 주차장에 도착하셨답니다."

"……!"

국무총리와 안전행정부 장관.

탁대는 부시장, 도 국장, 하 국장, 백 국장과 더불어 병실에서 총리의 방문을 지켜보았다. 시장이 탁대가 남기를 바란 까닭이었다.

"다리 붕괴는 안타깝지만 김 시장의 행동은 모든 공무원의 귀감이었소. 대통령께서도 각별한 관심을 갖고 계시고 중앙정부 차원의 지원도 아끼지 않을 예정이니 한시 바삐 쾌차하셔서 시정을 살

피기 바라오."

국무총리의 목소리를 듣는 순간, 탁대는 대통령의 방문을 떠올렸다. 대통령의 방문도 그렇지만 총리의 방문 또한 보통 일은 아니었다. 모든 부담을 일거에 털어버린 시장은 가뿐하게 총리의 손을 잡았다.

전화위복!

시장에게는 분명 그랬다. 다리가 그냥 무너져 인명 피해가 났다면 온갖 비난과 책임추궁이 뒤따랐을 일. 하지만 탁대의 말 한마디로 기사회생한 셈이었다.

총리가 나간 후, 시장은 창가의 탁대를 향해 엄지를 세워보였다. 네 덕분이다. 시장의 엄지는 그렇게 말하고 있었다.

*　　　*　　　*

그날 저녁, 도서관에서 나온 혜자가 죽을 가지고 탁대의 병실에 들어섰다. 동기들의 문병을 받고 있던 탁대는 혜자를 그들에게 소개할 수밖에 없었다.

"이야, 미인이시네."

은돌은 평소의 털털한 모습답지 않게 너스레를 떨었다. 탁대에 대한 애정이 깊기에 가능한 일이었다. 창혜와 수애에 이어 현지와 은하까지도 그녀를 반갑게 맞아주었다.

"자자, 우리 그만 투명인간 모드로 사라지자. 탁대 눈에서 레이저 나오기 전에."

은돌이 동기들을 밀어냈다. 그런 다음 절반쯤 열린 문 사이로 손을 흔들고 사라졌다.

"아, 진짜⋯⋯."

탁대가 웃자,

"좋은 분들 같아요."

혜자도 문을 바라보며 웃었다.

"왜 왔어? 열공하라니까."

"열공했어요. 가는 길에 잠깐 들린 거예요."

"진짜지?"

"죽 먹는 것만 보고 갈 테니까 빨리 먹기나 해요."

혜자가 죽 포장을 벗기자 고소한 잣 냄새가 탁대의 후각을 찔러
왔다.

"맛 좋은데?"

탁대는 히죽거리며 먹었지만 혜자는 말없이 탁대를 바라만 보았
다. 그녀의 눈에 탁대가 정답게 밝혔다. 한술 한술 넘어가는 죽을
보면서 그녀는 행복했다. 탁대가 자기 눈앞에 있다는 사실이. 그 다
리에서 추락하지 않고 살아주었다는 사실이⋯⋯.

"사랑해요."

다 먹은 죽 그릇을 내밀자 혜자는 그릇을 받아 드는 것 대신 키스
를 해왔다. 노크 소리와 함께 표강일이 들어선 게 그때였다.

"사장님!"

놀란 탁대의 눈이 휘둥그레졌다.

표강일은 혼자가 아니었다. 지역구 의원인 송영철도 있었고 의
회의장과 의원들도 있었다. 그 옆에는 또 다른 거물이 있었는데 정
부의 고위인사라고 했다.

"어이쿠, 이거 눈치 없이 들어온 건 아닌가 모르겠네?"

표강일이 혜자를 보며 말했다.

"아니에요. 저는 갈 거랍니다."

혜자는 달아나듯 가방을 챙겨 나갔다.

"하여간 우리 봉황시는 조탁대가 먹여 살리는구만."

표강일 옆에 붙어선 의장이 웃자 송영철이 한마디 거들고 나섰다.

"나도 이 친구 본받아야겠습니다. 이게 애국이고 국민의 공복이지 입으로만 떠들면 뭐합니까?"

한 의원이 말하자 동행한 사람들이 일동 고개를 끄덕거렸다.

"오면서 의사를 만났네. 다행히 큰 부상은 없다고?"

의원들 사이에 우뚝 선 표강일이 물었다.

"예. 덕분에……."

"뭐가 덕분인가? 기껏 한다는 게 문병밖에 없는데."

"그래도……."

"아무튼 대단하네. 자네가 아니었으면 또 엄청난 인명 피해가 뒤따랐을 거야."

"그렇진 않습니다. 다른 공무원들도 저만큼 열심이니까요."

탁대는 겸손하게 말을 받았다.

"자네 직급이 어떻게 되지?"

물을 한 잔 마신 송 국회의원이 대화에 끼어들었다.

"8급 행정서기입니다."

"아니, 의장님. 이 친구가 아직도 서기입니까?"

바로 목청을 높이는 송 의원.

"그게… 지난번에 한 직급 올려줬는데도……."

"여기 의회는 뭘 하는 겁니까? 시장을 쪼아서라도 승진시켜야 하는 거 아닌가요?"

"죄송합니다만 공무원은 무슨 제한 규정이라는 게 있어서……."

"허, 규정이 사람보다 위입니까? 이러니 공무원들이 복지부동한다고 하는 거 아닙니까? 기껏 몸 바쳐 일해도 아무런 보상이 없잖아요?"

"……."

"안 되겠습니다. 내가 다시 시장에게 올라가서 얘기해야겠어요. 이런 친구는 당장 사무관을 시켜도 아깝지 않잖아요?"

송 의원은 농담이 아닌 모양이었다. 그가 그길로 병실을 나가자 의장단도 우르르 그를 뒤따라 나갔다. 그들 역시 차후의 공천을 고려하지 않을 수 없는 입장이었다.

침묵!

짧은 침묵이 탁대와 표강일 사이에 내렸다. 그렇다고 해도 오래 가지는 않았다. 표강일이 먼저 입을 열었기 때문이었다.

"다리 통행을 막고 점검을 해야 한다고 우긴 게 자네였다고?"

표강일은 이미 진실을 알고 있었다. 탁대는 달리 할 말이 없어 대꾸하지 않았다.

"자네다운 일이었네."

"……."

"김 시장을 두 번 살려준 것도 자네다워. 그 양반은 자네의 의견에 반대했었다고?"

"사장님……."

"그냥 상황이나 말해주게. 다리 위에서 무슨 일이 있었는지."

표강일이 담담하게 탁대를 바라보았다. 그의 입장에서는… 나쁠 수도 있었다. 정치적으로는 적에 가까운 김성곽 시장. 만약 탁대가 시장에게 유리하도록 말하지 않았다면 치명타가 될 수도 있었다.

그래도 탁대는 상황을 숨기지 않았다. 시장이 탁대가 틀렸다는 걸 입증하기 위해 몸소 트럭을 타고 점검 중이었고 그때 다리가 무너진 것. 나아가 무너지는 다리에 걸린 차량에서 가까스로 기사와 시장을 구한 것까지.

"미다스!"

탁대의 말을 들은 표강일이 가뜬한 음성으로 말했다. 기분이 나쁘다거나 불쾌한 느낌은 엿보이지 않았다.

"미다스라고요?"

"그래. 자네 손이야 말로 마법의 손이로군. 적어도 차량 사고에 대해서는."

듣고 보니 그랬다. 지난번에 유치원 아이들을 구한 것도 차량이었고, 이번 사고의 매개체도 차량이었다.

"김 시장은 뭐라든가? 그건 좀 궁금하군."

"시장님은……."

거기까지 운을 뗀 탁대는 표강일을 똑바로 바라보았다. 그는 늘 온화하다. 적어도 탁대 앞에서는. 탁대의 말에서 뭔가 원하는 걸 얻어내려는 의도 따위는 엿보이지 않았다.

"무척 고마워하시더군요."

"진심으로 말인가?"

"적어도 제가 판단하기에는……."

"그럼 자네가 승리한 거군."

"네?"

"승리 말일세. 김 시장도 결국 인간이로군. 보아하니 굉장히 위급한 상황이었을 것 같은데 거기서 살아남으로써 자신을 돌아볼 시야를 가지게 되었다 뭐 그런 말이야."

"사장님……."

"그럼 내가 불리해지는 거 아니냐고?"

표강일은 탁대의 속내를 꼭 집어 물었다.

"죄송합니다."

"자네가 왜 죄송한가?"

"시장님 인기가 올라가면 다음 선거가……."

탁대의 생각은 차기 지방선거까지 달려갔지만 표강일은 가만히 고개를 저었다.

"자네가 오히려 나를 도와준 거네. 아니, 결국은 봉황시를 돕게 되는 건가?"

"네?"

뜻밖의 말에 놀란 탁대가 고개를 들었다.

"생각해 보시게. 이번 기회에 김 시장은 한 단계 업그레이드 될 거네. 그렇게 되면 나 또한 수준을 올려야 하지. 그 결과는 어떻게 될까? 우리 둘 다 더 좋은 공약을 개발하고 더 열심히 시를 위해 뛸 궁리를 해야 한다는 걸세. 그렇잖아도 개인적으로는 김 시장 정도는 좀 쉽다 싶어서 시시하던 참이었거든."

"사장님……."

"농담이 아닐세. 자네가 잔뜩 기운 저울추를 제대로 맞춰준 거

네. 나도 죽었다 깨어났고 김 시장도 비슷한 경험을 했겠지. 그러니 여러모로 공평해지지 않았나?'

"……."

"내가 처음부터 말했지? 자네는 공무원으로써 자네의 길을 가면 된다고."

표강일이 가만히 웃었다.

그는 과연 대인이었다. 소인배라면 탁대를 탓할 수도 있었을 일. 그러나 그는 오히려 상황을 반겼다. 그건 아무나 할 수 있는 배포가 아니었다.

표강일이 돌아간 후에 탁대는 혼자 생각에 잠겼다.

표강일 vs 김성곽!

만약에 다음 시장선거에서 이 둘이 붙는다면?

처음에는 표강일 쪽이 유리할 것으로 보였다. 봉황시에서 김성곽 라인은 막강하다. 하지만 가만히 들여다보면 그건 김성곽이 현직 시장이기 때문에 누리는 프리미엄에 불과했다. 그것도 표강일이 아닌 다른 후보자와 붙었을 때 말이다.

그런데 이번 일로 김성곽의 인지도가 높아지게 되었다. 책임을 다하는 시장, 시정을 위해서라면 목숨까지 거는 시장이라는 평판을 얻는다면 양자의 대결은 팽팽해질 수도 있었다.

인간의 발전에는 경쟁자가 필요하다. 그런 긴장감이 있어야 더욱 노력하고 부단한 자기계발의 원동력이 된다.

'내 일은 아니지만.'

탁대는 표강일의 말을 이해하기로 했다. 좋은 방향으로 가고 있다. 누구든 더 좋은 시장이 시를 이끌어준다면 마다할 필요가 없었다. 그게 바로 지방 자치의 본질이니까.

편했다.

이번 사건 역시 탁대가 주인공이었지만 공을 시장에게 돌리니 큰 관심도 받지 않았다. 탁대는 고작 인터뷰 몇 번과 시장과 함께 두어 번 사진을 찍은 게 고작이었다.

그런데 퇴원을 하루 앞둔 날, 뜻밖의 병문안을 받게 되었다. 손님으로 온 사람은 검찰청의 어 계장이었다.

"인사드리시게. 우리 청의 위 부장님이시네."

어 계장은 옆에 선 훤칠한 중년 사내를 가리켰다. 180은 넘을 것 같은 키에 귀티 나는 몸매. 한마디로 귀족 티가 줄줄 흐르는 고위직이었다.

"안녕하세요?"

탁대는 살짝 경계하는 마음으로 인사를 했다. 죄 지은 거야 없지만 검찰 고위직이 올 자리가 아니었기 때문이었다.

"반갑네."

위 부장이 손을 내밀었다. 탁대는 침대에 앉은 채 그 손을 잡았다.

"굉장해. 조탁대 씨……."

어 계장이 바람을 잡기 시작했다. 다만 그 미소는 전처럼 까칠하게 느껴지지 않았다. 첫 인상은 좀 재수 없지만 볼수록 진솔한 면도 엿보이는 어 계장.

"무슨 일로 저를?"

탁대는 두 사람을 번갈아 보며 물었다.

"아아, 김 시장님 병문안 왔다가 들렀지. 그런데 와보니 완전 찬밥 신세로군. 시장을 구한 영웅인데 말이야."

"과찬이십니다. 시장님은 우리 시의 기관장이고 저는 그냥 평직원이니 당연한 일이지요."

"그러니까 찬밥이라는 걸세. 자네 같은 인재를 꼴랑 8급에 처박아두다니."

"하핫, 말씀만 들어도 고맙습니다."

탁대는 머쓱한 웃음으로 받아넘겼다.

"그나저나 자네 대체 비결이 뭐야? 처음에 우리 영장 집행 차량에 딱지를 끊었다길래 똘끼 충만한 인간인가 했는데 알고 보니 비둘기의 탈을 쓴 봉황이 아닌가?"

"좋은 뜻인가요?"

"그거 당연하지. 우리도 자네처럼 골칫덩어리 사건을 척척 해결해 주는 직원이 있다면 얼마나 좋을까 해서 그러는 걸세."

"검찰에야 인재가 넘칠 것 같은데요?"

"인재야 넘치지. 그런데 그 인재들이 다들 똑똑하다 보니 여기저기 구멍이 생긴단 말일세."

"무슨 말씀이신지?"

말이 길어지자 탁대가 어 계장을 바라보았다. 대화의 성격이 병문안과 빗나가고 있었다.

"이 친구, 눈치는 젬병이군. 우리 지금 자네 스카우트하러 온 거야."

"예?"

"어때? 우리가 가자면 갈 텐가?"

어 계장이 탁대를 바라보았다. 탁대를 놀리는 눈빛은 아니었다. 그렇다고 맞장구를 치기도 어려웠다. 일반 공무원이 검찰청에 파견을 가는 일은 가능하다. 하지만 스카우트는 아직 들어보지 못한 탁대였다.

"엉뚱한 농담하시니까 다 나은 것 같은 두통이 다시 도지는군요."

탁대는 이마를 짚으며 고개를 몇 번 저었다.

"아무튼 생각은 있나?"

"계장님……."

"뭐, 당장 결정하라는 건 아니니까 고려해 보게."

어 계장은 그 말을 남기고 돌아갔다.

검찰공무원.

탁대의 뇌리에 그 단어가 어지럽게 떠다녔다. 탁대 역시 한 번쯤은 생각해 보았던 직종이었다. 하지만 검찰직은 법 과목이 많았다. 그런 까닭에 일반적인 학과를 나온 사람들은 검찰직을 넘보지 않았다. 법체계를 모르는 상태에서 도전하자니 그만큼 경쟁력이 떨어지고 두려웠던 것이다.

검찰직 중에서도 7급은 주로 행정고시나 사법고시, 로스쿨 쪽으로 도전하던 사람이 많이 밀려 내려온다. 고시에 실패하거나 부담을 느끼면 그보다 한 단계 낮은 7급 검찰직이나 법원직으로 방향을 트는 것이다.

9급 과목도 만만치 않다. 이처럼 시험 과목이 부담스러운 반면 권력기관에 대한 동경심도 있었다.

검찰!

괜히 뽀대나지 않는가?

'사람 놀리는 것도 아니고…….'

이런 저런 생각 끝에 탁대는 고개를 저었다. 법을 공부하지 않은 탁대가 검찰에 가서 뭘 할 수 있단 말인가? 그러니 설령 그쪽으로 자리를 옮길 수 있다고 해도 썩 달가운 일은 아니었다.

그런데!

어 계장의 말은 조크가 아니었다. 그건 밤 9시가 넘어서 들린 용 팀장에게서 확인할 수 있었다.

"혹시 검찰청 어 계장 안 왔었나?"

과일을 사들고 들어선 용 팀장의 첫 마디는 그것이었다.

"아까 부장검사라는 분과 다녀갔는데요?"

"뭐 이상한 소리 안 해?"

"그게……."

"자네보고 검찰청으로 올 생각 없냐고 물었지?"

"어떻게 아셨어요?"

놀란 탁대가 되물었다.

"그 사람들, 농담이 아닌 모양이네."

용 팀장은 혼자 고개를 갸웃거렸다.

"팀장님……."

"나한테 와서 자네를 검찰에 보내줄 수 있냐고 넌지시 떠보더라고. 그런데 알고 보니 인사과에서도 그 비슷한 말을 했다는 거야."

"……?"

"정신 나간 인간들. 좀 쓸 만한 사람 있으면 그저 넘보려고 하니… 자네, 엉뚱한 생각하지 말게. 자넨 우리 봉황시의 프랜차이즈 공무원이야."

"제가 뭘 어쨌는데요?"

"그리고 이건 아직 비공식이긴 한데……."

용 팀장은 주변에 아무도 없는 걸 확인하고서야 속삭이듯 말을 이었다.

"잘하면 자네 승진할 것 같아."

"네?"

"인사과장이 시장님께 결재받으러 갔다가 검찰청 쪽 일을 흘린 모양이야. 그랬더니 시장님이 노발대발하면서 당장 자네 승진시킬 수 있는 방안을 찾아보라고 특명을 내렸대."

"……?"

"그러니 허튼 꼬임에 넘어가지 말고 봉황시 귀신이 되게나. 예비 7급 행정주사보 조탁대!"

7급!

행정주사보!

탁대의 귀에 들어온 그 단어가 검찰청이라는 잡념을 말쑥하게 몰아냈다. 9급으로 임용된 공무원들이 존경의 시선으로 동경하는 선망의 직급 7급. 그 멀고도 멀 것만 같던 직급이 탁대의 눈앞에서 반짝거리기 시작했다.

5장
마침내 7급 공무원

팔랑!

낙엽이 지기 시작했다.

팔랑!

달력의 날짜도 덩달아 떨어져 나갔다.

—생굴 금지!

—회나 생선초밥도 금지!

혜자의 서울시 시험 전날, 탁대는 당직실에서 문자를 보냈다. 그녀의 길고 긴 열공 시절은 끝났다. 이제 그간의 노력을 저울대에 올릴 순간이 다가온 것이다.

그 사이에 봉황시에도 많은 변화가 있었다. 우선 봉황대교는 철거 후 재건설로 결론이 났다. 일부 전문가 집단에서 부분 보수 의견을 내놓았지만 대세에 밀렸다.

무엇보다 정부와 도의 지원이 결정타였다. 시장으로서는 이번 기회에 번듯한 다리를 놓는 것이 유리했다. 예산이란 줄 때 받아야 하는 것이다.

조직에도 소폭 변화가 있었다. 무엇보다 배익환 총무국장이 결국 자리를 내놓고 떠났다. 시장의 오른팔을 자처하던 그였지만 권해관 팀장의 인사비리에 이어 봉황대교의 안전진단 문제까지 불거지자 더는 버틸 수가 없었던 것이다.

"자네가 나에게 빅엿을 먹인 셈이군."

옷을 벗던 날 배 국장이 탁대에게 한 말이다. 그때 탁대는 이런 말을 목으로 넘겼다.

'운 좋은 줄 아세요. 그래도 연금은 지켰잖습니까?'

그건 사실이었다. 황천수가 교육을 마치고 복귀하기 무섭게 배 국장에 관한 온갖 투서가 들어왔다. 세상은 무섭다. 배 국장이 기세를 올릴 때는 다들 숨을 죽였지만 그가 풍랑 위의 위태로운 조각배 꼴이 되자 여기저기서 감췄던 발톱을 내밀었다.

탁대는 황 과장의 지시하에 몇 가지 비리를 조사하게 되었다. 배 국장의 혐의는 다양했다. 그중 일부는 해임에 해당하는 사항이었다.

하지만! 그가 먼저 옷을 벗어버렸다.

'옷 벗은 자의 허물은 캐지 않는다.'

한국 사회에는 이런 불문율이 자리 잡고 있다. 승자의 아량인 것일까? 아니면 그 자신도 미래의 어느 날 당할지 모르는 경우에 대한 보험일까?

아무튼, 그렇게 배익환 국장의 시대가 저물고 신임 총무국장에는 장재기 기획예산과장이 임명되었다. 그 또한 성골파의 일원이었으니 시장이 택한 차선책이었다.

탁대는 시장을 구하고 사고 대비를 한 공로로 다시 대통령 표창을 받았다. 팔호와 용석봉 팀장에게는 국무총리 표창이 수여되었다.

팔호는 그렇다고 쳐도 용 팀장은 어떻게 표창을 받냐고?

이상할 건 하나도 없다. 어느 조직에서나 부하들이 공을 세우면 그 공은 곧 직속상사의 공이 되는 법. 그러나 황 과장은 그 공을 사양했다. 슬쩍 끼워 넣기를 하면 상을 받는 것은 문제가 없었지만 그는 한사코 손사래를 쳤다.

원래 부서장이 되거나 고위직이 되면 평소의 인품과는 달리 돌변하는 인간이 많다. 때로는 기존에 있던 악질적인 부서장보다 혹독하게 부하들을 쪼기도 한다. 하지만 황천수는 그렇지 않았다. 가까이할수록 상사의 인품을 느끼게 하는 황천수. 그야말로 진정한 공무원의 사표였던 것이다.

탁대가 지난 생각을 더듬을 때 혜자에게서 답글이 날아왔다.

—그럼 물만 먹고 잘까요?

—안 돼. 평소 먹던 대로 소화 잘되는 걸로 먹고 일찍 자.

—알았어요. 오빠도 푹 쉬어요.

—내일 아침에 데리러 갈게. 굿나잇.

탁대는 간단하게 문자를 끝냈다.

공무원 고시.

지금은 이렇게 불리는 공무원 시험에 있어 가장 중요한 건 마지막 마무리다. 공부를 어느 정도 한 사람은 빨리 내일이 오길 바란다. 어차피 하루 이틀 정도 더 해봤자 크게 실력이 늘 것도 없으니 조바심에서 탈출하고 싶은 것이다.

그러나 공부에 푹 빠진 사람은 그렇지 않다. 공부란 인체의 연결과도 같아 이걸 보고 나면 저게 궁금하고 저걸 확인하면 또 다른 게 떠오르는 것이다. 여기까지 나간 사람은 웬만하면 합격이다.

"애인하고 카톡?"

초기 화면 버튼을 누를 때 장광백 과장이 다가왔다. 오늘 밤 당직 사령은 그의 몫이었다.

"아, 아닙니다."

탁대는 머쓱하게 대답했다.

"저녁은? 내가 사주려고 했는데 현안이 밀려서 말이야."

"순댓국 먹었습니다."

탁대가 말하는 사이, 장 과장은 의자를 당겨 탁대 옆에 앉았다. 그와는 첫 당직이었다.

공무원에게는 일직 당직이 있다. 일직은 보통 여자 공무원들이 중심이 되고 당직은 남자 공무원들이 맡아서 근무한다. 봉황시에서는 한 달 보름 정도에 한 번씩 당직 근무를 하게 된다.

원래 감사실 직원들은 당직을 서지 않았다. 이 관행을 깬 것 역시 황천수였다. 일부 부서의 특권 의식을 깨버린 것이다. 작은 것이지만 권한을 내려놓는 건 생각보다 어렵다. 그 또한 황천수이기에 가능한 일이었다.

당직이라야 별것은 없다. 평상시라면 말이다. 어떤 때는 아무 일도 없이 당직자들끼리 얼굴만 마주보다 아침을 맞기도 한다. 물론, 돌아가면서 눈을 붙이는 정도의 요령은 당연히 있다.

하지만 매번 이런 것은 아니다. 폭우나 눈이 오는 날은 완전 비상 사태다. 주차 문제부터 침수, 침하 등등의 신고가 줄을 잇는다. 그럴 때는 몸이 열 개라도 모자란다.

다행히 탁대가 당직을 서는 날은 큰 문제가 없었다. 소소한 신고나 문의 전화가 몇 번 왔을 뿐이었다. 그럴 때면 선배들과 바둑을 두기도 하고 짬짬이 책을 보는 것도 가능했다.

그런데 이날 밤은 달랐다. 자정이 되기 전에 걸려온 전화가 문제였다.

"알겠습니다."

민원 전화를 받은 사회복지과 서 주임이 또 다른 당직자와 함께 출동했다. 전화를 건 사람은 가정주부였다.

"부부싸움이면 경찰이 출동해야 하는 거 아닙니까?"

당직실에 남은 탁대가 장 과장에게 물었다.

"그렇지."

"그런데 왜 서 주임님이 출동한 거죠?"

"갔다 와 보면 알겠지."

장 과장이 대답했다. 사실, 당직을 서다 보면 관할이나 법규니 하는 것 때문에 애를 먹는 경우가 많다. 예컨대 미아가 발생해도 그렇다.

야간에 미아가 발생하면 구청 당직자가 출동하게 된다. 미아가 별문제가 없으면 아동보호소에 인계한다. 그러나 아픈 경우에는 시립 병원으로 보내야 한다. 사소한 일이지만 경험이 없으면 즉각적인 대처가 어렵다.

그때 또 당직 전화기가 울렸다.

"감사합니다. 봉황시청 당직실 조탁대입니다."

탁대는 전화기가 두 번 울릴 때 수화기를 들었다. 이게 오늘 밤 고생길의 시작이었다.

민원인은 다운증후군 장애아를 둔 아버지였다. 시간은 밤 12시를 넘었다. 그는 다짜고짜 욕설부터 퍼부어댔다.

—야, 이 개새끼들아. 너희들 뭐하는 놈들이야? 시가 뭘 보태준 게 있다고 내 아들을 못 데려가게 해?

"선생님, 죄송하지만 무슨 일인지 차근차근……."

—뭐가 차근차근이야? 이 개자식아? 시장 바꿔!

"화만 내지 마시고 차근차근 말을 하셔야……."

—내 아들이 미아가 되었다가 시립병원에 있다는 걸 알았는데 아버지가 갔는데도 못 내준다니 이게 말이 돼? 빨리 시장 번호 대란 말이야!

악에 바친 민원인은 그저 시장만을 찾아댔다.

그 길로 탁대는 순찰차량에 올라 시립아이들 병원으로 달려갔다.

상황은 이랬다.

한 장애아 어린이가 초저녁에 미아가 되었다. 그걸 발견한 경찰이 아이의 장애가 심해 말이 통하지 않자 시립 병원으로 인계했다. 그 아이를 찾아 백방으로 수소문하던 부모가 그걸 알고 자정 무렵에 시립 병원을 찾아갔다. 여기서 문제가 생겼다. 병원 측에서는 절차상의 문제로 아이를 인계할 수 없었던 것이다.

이유는 있었다. 우선 장애아가 10살 정도로 어렸다. 지능이 좋지 않아서 자기 부모를 알아보지 못했다. 그러니 아버지의 말만 믿고 내줄 수가 없었다. 더구나 병원의 입, 퇴원은 원장의 결재가 가능한 주간에만 가능한 일. 그러니 병원 측 당직자도 규정상 어쩔 도리가 없는 일이었다.

탁대가 갔을 때도 그랬다. 아버지와 함께 병실에 올라갔지만 장애아는 멀뚱거리며 딴전을 부렸다. 차라리 '아빠' 하고 달려들면 문제가 없다. 이런 상황에서 홀랑 장애아를 내주었다가 만에 하나라도 다른 부모가 와서 우리 아이 내놓으라고 하면?

"아니, 그럼 내가 미쳤다고 내 아이도 아닌데 아이라고 한단 말이야?"

민원은 계속해서 목청을 높였다.

"저도 참 난감합니다."

당직자는 고개를 설레설레 저었다. 미아가 된 아이를 당장에라도 집으로 데려가고 싶은 시민. 자기 아빠를 못 알아보는 미아. 아이를 인계할 수도, 안 할 수도 없는 시립 병원 당직자.

"그러면 말이죠."

결국 탁대가 의견을 개진하게 되었다.

"그럼 그쪽 분이 전적으로 책임을 지세요. 병원 규정상으로는 이 시간에 입, 퇴원이 금지되어 있습니다."

병원 당직자는 탁대의 의견을 받아주는 대신 옵션을 걸었다. 그로서는 당연한 일이었다.

탁대는 장애아와 그 아버지를 태우고 그들의 집으로 향했다. 공무원에게 법은 중요하다. 하지만 법이라고 해서 부모와 자식의 애타는 정을 막을 수는 없다. 더구나 이들은 범법자도 아니었다.

"여깁니다."

민원인이 가리킨 곳은 허름한 3층 연립이었다. 그 안에 들어서자 장애아의 엄마가 보였다. 장애아는 엄마를 보더니 뒤뚱뒤뚱 걸어가 안겼다. 탁대는 그제야 안심이 되었다.

거실에는 장애아와 부모가 함께 찍은 사진들이 여기저기 걸려 있었다. 이제 더는 이들이 부모가 아닐지도 모른다는 걱정은 내려놔도 될 것 같았다.

"죄송합니다. 공무원에게는 지켜야 할 절차가 있습니다. 그러니 이해해 주시고 월요일에 병원에 가셔서 퇴원 서류를 작성해 주시기 바랍니다."

탁대는 공손히 말했다. 이런 경우, 아이를 찾았으니 나머지 절차에 협조하지 않는 시민도 많았다. 그럼 담당자만 중간에 붕 뜨는 셈이다.

"아닙니다. 저도 실은 서울의 공사에 근무하는데 아까는 좀 흥분했습니다. 앉아서 차라도 한 잔 드시죠."

"괜찮습니다. 당직실로 복귀도 해야 하고요."

"그러면 저희가 미안해서 안 됩니다. 금방 되니까 마시고 가세요."

민원인은 탁대의 팔목을 놓아주지 않았다. 별수 없이 커피 한 잔을 얻어마시게 되었다.

"집이 누추해서……."

아이의 엄마가 차를 놓으며 얼굴을 붉혔다. 그러자 아빠가 쓸쓸한 목소리로 뒷말을 이었다.

"애가 장애가 있다 보니 들어가는 돈이 말도 못합니다. 열심히 벌어도 이 꼴이네요."

"네……."

잠깐 동안 많은 말을 들었다. 치료비 중에는 보험이 안 되는 것도 많고 특수학교 교육비 또한 전면적 국가 지원이 시급하다는 호소였다. 그의 직업은 서울의 공사 부장. 그렇다면 연봉도 꽤 되려만 장애아 아들의 뒤치다꺼리에 힘이 부치는 모습이었다.

"저기 이거……."

차를 마시고 거실을 나설 때였다. 아빠가 봉투 하나를 탁대의 주머니에 쑤셔 넣었다. 보지 않아도 돈 봉투가 분명했다.

"이런 거 필요 없습니다."

"아닙니다. 너무 늦은 시간이라 제가 미안해서 그래요. 갈 때 기름값이라도……."

"차는 관용이라 제가 기름값 내는 거 아닙니다. 그리고 요즘 공무원들은 이런 거 받지 않으니까 그냥 넣어두세요."

"이러시면 안 되죠. 지금 시간이 몇 시인데 편리를 봐준 것만으로도……."

아빠는 물러설 기세가 아니었다.

"그럼 이렇게 할까요?"

탁대는 빙긋 웃으며 내기를 걸었다.

"어떻게요?"

"둘이 손바닥을 딱 대고 있다가 동시에 떼는 겁니다. 그때 봉투가 붙어 있는 쪽이 넣어두기로요."

"네?"

"시작합니다."

민원인이 어리둥절하든 말든 탁대는 봉투를 사이에 놓고 민원인과 손바닥을 붙였다. 그런 다음 천천히 손을 떼었다. 봉투는 민원인의 손바닥에서 떨어지지 않았다.

"보셨죠? 그 봉투가 누구 것이 되어야 하는지?"

탁대는 꾸벅 목례를 누고 연립을 나왔다. 너무 깊어 눈이 저절로 쾡해지는 심야. 그런데도 마음 깊은 곳에서 후끈한 보람이 피어올랐다.

'따뜻한 커피를 마셔서 그러나?'

탁대는 아련한 미소를 머금고 차량에 올랐다. 그때, 득달같이 전화기가 울렸다.

탁대가 주택가에 도착했을 때 장 과장은 그 자리에 있었다.

"과장님!"

"어, 왔나?"

신고 전화는 놀랍게도 흉기소지자 때문이었다. 50대의 건장한 장년은 쌀쌀한 심야임에도 불구하고 러닝서츠 차림으로 담벼락 앞에 놓인 평상에서 소주를 마시고 있었다. 몇 병이나 마신 건지 바닥에 구르는 소주병만 해도 여러 병인데다 평상 위에는 식칼이 번뜩거렸다.

"저 사람이에요."

신고자가 다가와 속삭였다. 근처에서 포장마차를 하는 아줌마였다.

"칼로 행패를 부린단 말인가요?"

장 과장이 아줌마에게 물었다.

"지금은 저렇게 순하게 보여도 느닷없이 칼을 들고 다니며 시비를 걸기도 해요. 아주 무서워 죽겠어요."

"경찰을 불러야겠는데?"

장 과장은 전화기를 눌렀다.

하지만 경찰은 오지 않았다. 그들은 이미 두 번이나 다녀갔다고 했다. 그런데 그때마다 술만 마시고 있는데다 정신병력까지 있는 사람이라 경찰이 조치할 사안이 아니라는 것이다.

난감했다.

"제가 한 번 말을 붙여보겠습니다."

상황을 정리한 탁대가 나섰다. 정신병력자가 난동을 부리면 정신병원이나 유사시설로 옮겨야 했다. 그건 경찰의 관할이 아니었다.

"같이 가보세."

장 과장 역시 황천수 레벨의 공무원. 그도 봉황시의 상징 공무원답게 몸을 사리지 않았다.

"아저씨!"

탁대가 입을 열자 중년이 매섭게 쏘아보았다.

"구청에서 나왔는데요. 술 많이 드셨어요?"

"그래서 뭐?"

중년이 삭힌 홍어처럼 톡 쏘아붙였다. 맞는 말이다. 일반적인 경우라면 집 앞 평상에서 술을 먹든 말든 공무원이 무슨 상관이란 말인가?

"저기 칼 말인데요, 주변 사람들이 불안해합니다. 좀 치우면 안 될까요?"

"안 돼!"

중년이 잘라 말했다. 동시에 그 눈에서 푸른 광기가 배어나왔다.

"그걸 들고 술을 사러 다니셨다면서요? 그럼 시민들이 무서워하니까 안에다 좀 치워주세요."

"이 자식아, 니가 뭔데 참견이야?"

그가 발끈한 건 순식간의 일이었다. 칼을 집어 들더니 탁대를 향해 휘두른 것이다. 탁대는 주춤 물러서며 칼을 피했다.

"공무원이고 나발이고 꺼져. 내가 칼을 들고 다니든 말든 무슨 상관이야?"

중년은 칼로 허공을 그으며 위협을 했다. 초점을 잃은 눈과 비틀거리는 몸. 조금 전과는 상황이 변했다. 그냥 보아 넘길 사안은 아니었다.

"죄송합니다만 저분 가족은 없나요?"

탁대가 신고인에게 물었다.

"다 도망가고 없어요. 허구한 날 저러니 어떤 식구들이 붙어 있겠어요?"

"아무래도 병원에 보내야겠는데요?"

탁대는 장 과장의 의견을 물었다.

"경찰을 부르세. 병원까지 협조 좀 받아야 할 거 같아."

"그래 주세요. 저는 저분을 설득하고 있겠습니다."

장 과장이 다시 전화를 거는 사이에 탁대는 중년에게로 다가섰다.

"아저씨, 몸이 아프시다면서 이러시면 위험해요. 저랑 병원에 같이 가시죠."

"닥쳐, 이 개자식아!"

중년이 다시 칼을 휘두르려는 순간, 탁대의 접착 마법이 날아갔다. 몸을 쭉 뻗던 중년은 발이 움직이지 않자 석고상처럼 멈춰 버렸다. 탁대는 그 틈에 칼을 받아냈다. 혹시라도 경찰관이 오해해 권총이라도 쏘면 큰 소동이 날 수도 있었다.

경찰은 오래지 않아 도착했다. 사이렌 소리를 들은 탁대는 슬쩍 마법을 해제했다. 마치 펜싱을 하듯 팔을 쭉 뻗은 자세로 굳어 있던 중년은 순찰차에 태워졌다.

"잠깐만요."

일단 집 안 수습이 필요했다. 이대로 중년을 데려갔다가 빈 집에 도둑이라도 들면 그 또한 책임의 소지가 있었다. 탁대는 경찰관 한 명과 함께 집으로 들어섰다. 그 안에서 탁대의 눈은 또 한 번 뒤집혔다.

집은 한마디로 쓰레기장이었다. 질병은 한 가족을 황폐하게 만든다. 장애아의 집에 이어 또 한 번, 몰락한 병자 집안을 보면서 탁대는 아직도 대한민국의 복지가 요원함을 느꼈다.

열쇠를 찾아 문을 잠궜다.

딸깍!

어쩐지 중년이 이 집에서, 사회에서 멀어지는 소리 같아 잠깐 가슴이 먹먹했다. 다음으로 향한 곳은 정신병원이었다. 이런 사람을 정신병원에 넣으려면 정신과 의사의 진단이 필요하다. 경찰은 돌아갔다. 남은 일은 시청의 업무기 때문이었다.

의사가 나오기를 기다리는 사이에 중년이 입을 열었다. 술이 좀 깬 모양이었다.

"젊은이."

"네?"

"나 이제 정신병원에 갇히는 건가?"

"그게 아니고요, 질병이 있으면 치료도 받으시고……."

"우리 가족에게는 알리지 말게."

"……."

"이럴 줄 알았으면 남은 술이나 다 마시고 오는 건데……."

중년의 목소리에는 체념이 가득했다. 그는 하품을 하면서 나온 당직의를 따라 병동으로 들어갔다. 신발 끄는 소리가 오래 탁대의 귓전을 때렸다.

"수고했어. 날도 밝았으니 어디 가서 순댓국이라도 먹고 사우나나 가자고."

장 과장이 하늘을 보며 말했다.

"네. 그래야겠어요."

유난히 마음이 빈 것 같은 날. 순댓국이라도 푸짐하게 밀어 넣어 빈 곳을 채우고 싶었다. 하지만 탁대는 그럴 수 없었다. 갓 나온 순댓국이 따끈한 김을 뿜어낼 때 던진 조 주임의 한마디 때문이었다.

"탁대 씨는 아침에 급한 일 있다고 한 시간 일찍 보내달라고 하지 않았어?"

그제야 탁대의 뇌리에 혜자의 시험이 떠올랐다.

"으악, 죄송합니다. 저 먼저 갑니다!"

바람처럼 일어났다. 탁대는 입에 물었던 순댓국을 다 삼키지도 못하고 차를 향해 뛰었다.

*　　　*　　　*

　"오빠!"

　"파이팅!"

　가까스로 서울의 시험장에 시간 맞춰 도착한 탁대. 학교 운동장에서 혜자의 어깨에 묻은 티를 털어주며 웃었다. 다른 무슨 말이 필요할까? 남은 것은 오롯이 혜자의 몫이었다.

　"거기 있지 말고 기다릴 거면 커피전문점에라도 가 있어요."

　"응."

　탁대는 순순히 대답했다.

　혜자는 뒤돌아보지 않고 수험장으로 들어갔다. 그 뒤를 따라 수험생들이 꼬리를 물었다. 늦가을의 서울시 공무원 공채. 늘 그렇듯이 차도부터 아수라장이었다.

　서울시는 전국에서 수험생이 쇄도한다. 거주지 제한을 두지 않기 때문이다. 덕분에 학교 근처에는 지방에서 올라온 관광버스로 가득했다. 저 안 가득 실려 왔을 수험생들. 하지만 이번에도 9급 경쟁률이 물경 130 대 1이니 이 학교를 통틀어 합격할 사람은 열 명 안팎에 불과했다.

　만약 여기서 탁대가 공무원증을 꺼내 목에 패용한다면?

　바로 그들의 우상이 될 수도 있었다. 이들만큼 합격에 목마른 사람이 없기 때문이다. 그 염원을 증명이라도 하듯 교정에는 가족이나 친구, 애인들이 애타는 시선을 한 채 줄지어 서 있다. 두 손을 모은 사람도 보인다. 저들이 갈구하는 한 가지. 그건 바로 합격이었다.

탁대는 자판 커피를 한 잔 빼들고 멀찌감치 세워둔 자가용으로 걸어갔다. 차가 선 자리는 분명 불법주차에 해당한다. 하지만 서울시 공무원들이나 경찰도 이 정도 봐줄 아량은 있었다.

솔직히 애당초 커피전문점에 갈 생각은 없었다. 시원하게 대답한 건 단지 혜자를 안심시키기 위해서였다. 운전석에 앉아 신문을 넘겼다. 그렇잖아도 오늘 찬찬히 보려고 집안에 쌓인 신문을 죄다 싣고 온 탁대였다.

한동안 신문을 장식하던 봉황시 기사는 잘 보이지 않았다. 대신 공무원 연금이 이슈가 되고 있었다. 신문을 든 채, 탁대는 저만치 수험장을 바라보았다.

9급 공무원.

사실 연금이 사라진다면 큰 매력이 없는 직장이다. 그동안 처우개선이 되었다고 하지만 초임 연봉은 2천만 원도 되지 않는다. 수삼 년씩 노력해 들어올 만한 가치는 아니었다.

혹자는 이렇게 말한다. 그래도 공무원은 장기근무가 가능하지 않느냐고, 이 불확실한 세상에 그게 어디냐고.

그럴 지도 모른다. 하지만 탁대는 개인적으로 동의하지 않았다. 공무원을 지망하는 사람들의 본질은 다른 곳에 있는지도 모른다. 그게 바로 무차별이었다.

무차별.

공무원 '공채' 시험에는 스펙도 필요 없다.

학교 성적도 필요 없고 빽도 필요 없다.

면접에서 개인적인 질문도 없으며 얼굴이 잘생긴 것도 못생긴

것도 차별하지 않는다. 그저 오직 자기 성적이면 되는 것이다.

대한민국에서!

이런 조건으로 들어갈 직장이 어디 있는가? 기껏 좋은 스펙을 쌓아도 얼굴이 못생겨 떨어지는 사람도 있다. 취업시험 성적이 우수하지만 면접에서 회사와 궁합이 맞지 않는다고 떨어지는 경우도 있다. 심지어는 부모님 직업까지 들먹거리며 차별을 하기도 한다.

But!

공무원 공채시험에는 적어도 이런 일은 없다. 오직 자기 자신의 능력으로 들어갈 수 있는 직장. 그게 공무원 공채이기 때문에 사람들이 몰리는 것이다.

물론, 특채는 다르다. 여기에는 앞서 말한 기타 등등의 조건이 필요할 수 있다. 거창하게 말하면 공무원 공채는 사회의 안전장치 중 하나에 속한다. 이렇게라도 공평한 조건으로 취업할 수 있는 직장이 없다면…….

돈 없고,

빽 없고,

스펙 없고,

못생기고,

키 작고,

지나치게 뚱뚱한 사람들.

아니, 사회의 그 잘난 표준에 들지 않는 사람들의 취업은 더욱 요원해질지도 모른다.

신문을 넘기다 반가운 기사를 만났다. 날짜가 꽤 지난 신문이었다. 아마 이것저것 챙기다 보니 끼어든 모양이었다.

공무원은 그의 천직—봉황시청 조탁대 주무관.

제목을 보니 고 부장이 떠올랐다. 얼마 전에 그가 파일로 보내준 기사였다. 탁대는 그때까지도 바빴다. 그래서 확인하지 못했던 기사였는데 이렇게 손에 잡힌 것이다.

함께 실린 사진은 김 시장, 팔호와 함께 찍은 것 중의 하나였다. 탁대는 천천히 기사를 읽어 내려갔다.

'예리하시군.'

마지막에 찍힌 기자 이름과 이메일 주소를 확인하면서 탁대가 중얼거렸다. 기사는 칭찬 일색이 아니었다. 탁대를 표본으로 놓고 공무원들의 사명감에 대해 역설하고 있었다. 말하자면 대한민국 모든 공무원이 조탁대처럼 일한다면 국부가 증가되는 건 시간문제라는 논지였다.

더불어 그는 강조했다. 대한민국 사회 전체가 잘못된 가치관에서 정화되고 여과되어야 한다는 바람을. 그건 탁대를 띄워주는 일회성 기사보다 뭉클한 감동이었다.

'중앙지로 픽업된 게 운이 아니라니까.'

탁대는 고동길을 떠올렸다. 지역신문 기자지만 숭고한 기자의 사명감에 투철한 고동길. 그 역시 오늘의 탁대를 있게 만든 행운 중의 하나였다.

'마무리할 시간······.'

탁대는 빈 컵을 놓고 시계를 보았다. 이제 답안지를 작성할 시간이었다. 여기서도 신의 선택을 받지 못한 일부 수험생은 탈락의 비애를 만나게 된다. 마킹을 잘못하거나 서두르다 망치는 경우가 그렇다.

탁대는 차에서 내렸다. 그런 다음 꽃집 앞에 멈췄다. 하지만 정작 발길이 향한 건 그 옆의 편의점이었다.

"어푸!"

혜자는 몸서리를 쳤다. 탁대가 준 선물은 꽃이 아니라 생수 세례였다. 탁대는 큰 통 하나를 죄다 혜자의 머리에 부었다.

"오빠!"

놀란 혜자가 눈을 동그랗게 떴다.

"이제 머리 식혀야지. 싹 비우고 편안하게!"

"그럼 안아줘."

그녀가 탁대를 향해 두 팔을 벌렸다. 혜자는 물을 뚝뚝 떨어뜨리며 탁대에게 안겼다.

"수고했어."

탁대는 그녀를 품은 채 속삭였다. 길고 긴 고난의 터널을 빠져나온 혜자. 더러는 투정이라도 부렸을 법한데 내내 참고 악바리처럼 공부해 준 게 너무 고마웠다.

"자, 그럼 찜질방으로 갈까요? 땀 쫙 빼고 쫙 말리고 쫙 한잔해야지?"

"좋아요!"

혜자는 맑은 햇살처럼 탁대의 팔짱을 끼었다.

찜질방에 들어온 탁대는 수건을 말아 양머리를 만들었다. 이제는 한물간 찜질방 패션. 하지만 애인 없는 백수 시절에는 이 또한 모진 부러움의 하나였었다.

땀을 빼고 마시는 맥주 한 잔의 맛은 또 어떻던가? 첫 모금이 단숨에 십이지장까지 내려갈 기세였다.

"오빠, 짜릿해요!"

두 모금을 거푸 넘긴 혜자가 몸서리를 쳤다.

"그렇지?"

"아, 개운해."

"고생했다."

"다 오빠 덕분이에요."

"그건 그렇고……."

탁대는 맥주를 한 모금 더 넘기며 말을 이었다.

"마더께서 상견례 언제 하냐고 자꾸 묻는데 어쩌지?"

상견례.

그 말은 봉황대교 상판 붕괴 때부터 이어져 왔다. 병실에서 창졸지간에 혜자와 맞닥뜨린 마더. 그 후로는 언제 데려올 거냐? 진짜 결혼할 사이냐? 하며 틈만 나면 탁대의 옆구리를 찔러왔던 것이다.

"합격자 발표나고 만나면 안 돼요?"

혜자가 탁대의 눈치를 보며 물었다.

"왜? 불합격하면 안 만나게?"

"그렇잖아요? 백조 주제에……."

괜히 시무룩해지는 혜자.

"됐거든. 시험도 끝났으니까 이달이 다 가기 전에 자리 마련하자."

"오빠……."

"난 시험 결과와 상관없이 너하고 결혼할 거야."

"진짜?"

"얘가 사람을 우습게 아네. 인간 조탁대가 그렇게 치사한 줄 아냐?"

"아뇨. 오빠가 책임감 국대급이라는 건 잘 알아요."

"그럼 군소리는 레드카드 먹이고 오케이?"

탁대가 맥주잔을 들며 물었다.

"네!"

혜자도 밝게 웃으며 잔을 들었다.

쨍!

유리잔 부딪치는 소리는 맑았다. 목 넘김 소리도 좋았다. 탁대와 혜자는 편안한 마음으로 술을 마셨다. 그래도 취했다. 알코올은 몸을 속이지 않았다.

술이 혈관을 타고 돌자 혜자의 볼륨이 도드라지게 보였다. 입술이 그렇고 도톰한 가슴이 그랬다. 그뿐인가? 어깨라도 슬며시 기대오면 남자의 중심에 파뜩 힘이 들어갔다. 탁대의 본능은 어느새 모텔을 더듬고 있었다.

"오빠, 나 업어줘요."

늦은 밤, 술자리를 마치고 나온 혜자가 혀 꼬인 소리를 냈다. 개운한 마음에 탁대보다 더 달린 것이다.

"여기서?"

"안 돼요? 국민영웅이라서?"

"NO, 영웅은 개뿔… 안 될 게 뭐 있습니까? 황녀님!"

탁대는 기꺼이 등을 내주었다.

"그럼 출발!"

혜자는 호기롭게 소리 질렀지만 둘의 낭만은 그것으로 끝이었다. 몇 발 걷기도 전에 탁대의 등이 뜨끈해진 것이다.

"......"

탁대는 걸음을 멈췄다. 그러자 등을 타고 희번덕거리는 액체가 바닥으로 쏟아졌다.

'설마?'

했지만, 그 설마는 그대로 적중했다. 혜자가 탁대의 등에 오바이트 선물을 안겨준 것이다.

"으악, 냄새......"

겨우 근처의 모텔로 들어와 혜자를 소파에 내려놓은 탁대. 오바이트로 등이 한강이 된 것은 말할 것도 없거니와 혜자 또한 웃옷이 끈끈하게 질퍽거리고 있었다.

"미치겠네."

코를 막아도 냄새는 막지 못했다. 서둘러 옷을 벗은 탁대는 혜자의 웃옷도 벗겨냈다. 그런 다음 혜자를 소파에 대충 눕혔다.

그날 밤, 탁대는 모텔을 빨래방으로 사용해야 했다. 혜자를 어떻게 해볼 생각은 꿈도 꾸지 못했다. 빨래가 끝나자 취기가 오르며 그대로 쓰러진 까닭이었다. 오호, 통재라. 이래서 술은 적당히 먹어야 하는 것이다.

합격!
합격!
합격!

합격!

혜자에게 네 번의 합격이 이어졌다. 필기에서 합격하고 뒤 이어 면접에서도 합격했다. 잘나가는 김에 공무원채용신체검사도 격파했다. 마지막 합격은 상견례였다. 그해의 마지막 달, 흰 눈을 맞으며 정통 일식집에서 만난 양가는 탁대와 혜자의 교제를 만장일치로 축하해 주었다.

행운은 다음 해로도 이어졌다. 그러니까 탁대가 8급이 된 지 만일 년하고도 몇 주가 지난 날, 7급 승진 결정이 난 것이다. 그 소식을 가져온 건 용 팀장이었다.

"정말입니까?"

사무실에서 복무점검 서류를 작성하던 탁대가 물었다.

"물론이지."

"와아, 잘됐다."

제일 먼저 기뻐한 사람은 윤아였다. 그녀는 벌떡 일어나 박수를 쳐주었다.

"축하하네."

황천수가 다가와 손을 내밀었다. 탁대는 그 손을 잡았다.

"승진이 또 있습니다."

잠시 숨을 고르던 용 팀장이 다시 말을 이었다.

"혹시 접니까?"

설레발을 친 건 유상길 주임이었다.

"미안하지만 이팔호야. 팔호도 이번 승진에 같이 올라가게 되었다더군."

용 팀장의 시선이 팔호에게도 향했다. 그러자 팔호의 눈동자가 확 부풀어 올랐다.

"저, 저도요?"

"자네 동기 중에서 세 명이 승진할 모양이야. 자네하고 총무과 노수애, 그리고 건강증진과 박용일……."

용 팀장은 메모지를 읽어 내려갔다.

"혹시 채은돌은 없나요?"

탁대가 고개를 빼들며 물었다. 짜포의 멤버로는 재광도 있었지만 그보다는 원로 동기 채은돌이 더 궁금했던 것이다.

"없는데?"

"……."

"아무튼 우리 과 경사로군. 오늘 점심은 내가 쏠 테니까 선약 있는 사람 제외하고는 다들 참가하도록."

탁대의 승진 소식에 기분이 좋아진 황천수가 목소리를 높였다.

"이야, 조탁대 씨는 너무 고속 승진 아니야? 2년여 만에 7급다는 거잖아?"

노장무가 부러운 듯 말했다. 그러자 용 팀장이 기다렸다는 듯이 핀잔을 주었다.

"그게 무슨 말이야? 조탁대야 7급이 아니라 5급을 시켜줘도 모자랄 사람이야."

"제 말은 그게 아니라……."

"솔직히 조탁대 때문에 우리 시 위상이 얼마나 올라갔어? 다른 공무원 중에 누가 조탁대만큼 활약했냐고?"

"팀장님……."

용 팀장이 너무 흥분하는 통해 탁대가 나서서 말려야 할 정도였다. 전화기가 울린 것은 그때였다.

"감사합니다. 감사실 조윤아입니다. 네, 실장님……."

전화를 끊은 윤아가 수화기를 내려놓았다. 그러자 감사실 직원들의 눈동자는 전부 그녀에게 쏠려 버렸다.

"조탁대 씨, 시장님 호출이래요. 올라가 봐요."

윤아는 잠시 숨을 고른 후에야 입을 열었다.

"지금요?"

"예. 당장 튀어오랍니다."

"가보게. 승진 관련해서 하실 말씀이 있나보군."

옆에 서 있던 황천수가 탁대의 등을 밀었다. 탁대는 꾸벅 목례를 하고 사무실을 나섰다.

"이어! 조탁대!"

시장실에 들어서기 무섭게 시장이 두 팔을 벌리며 환영해 주었다. 시장의 표정은 여느 때보다도 밝아보였다.

"부르셨습니까?"

"아, 이 사람… 불렀으니까 왔지. 앉아."

시장은 탁대의 어깨를 눌러 앉혔다. 그런 다음 의자 깊이 몸을 밀어 넣으며 말을 이었다.

"전에 내가 특진시켜 주겠다고 약속했었지?"

"네……."

"그 약속 지키려고!"

"아, 네……."

"뭐야? 벌써 알고 있었어?"

탁대의 반응이 미지근해 보이자 시장이 눈을 부라렸다.

"방금……."

"아, 인사과장 이 친구 안 되겠네. 내가 생색 좀 내려고 했더니 벌써 새나간 거야?"

"죄송합니다."

"아니야. 자네가 죄송할 게 뭐 있어. 아무튼 축하해."

"감사합니다."

"그럼 이제 7급 행정주사보인가?"

"예……."

"젠장, 아직도 말단이군. 하다못해 6급 팀장 정도는 시켜줘야 하는데……."

"아닙니다. 이번 승진도 제게는 과분한 혜택입니다."

"이 사람아. 뭐가 과분한가? 그때 자네가 똥고집 안 부려서 차량 운행 중에 다리가 무너졌을 걸 생각하면 자다가도 가슴이 벌렁거리네."

"그래도 시장님이 목숨을 걸고 안전을 점검하신 통에……."

"에이, 우리끼리 왜 그래? 솔직히 그때야 내가 발끈하는 마음에 자네 아작 내려고 점검 나간 거라는 거 다 알잖아?"

"아닙니다. 그때 시장님이 직접 점검하지 않았더라면 분명 참사가 있었을 겁니다."

"좋아, 좋아. 그거야 이제 다 지나간 일이니 그렇다고 치고……."

시장은 물을 한 모금 넘긴 후에 다시 말꼬리를 붙였다.

"나 모르는 큰 건 생겼어? 안 생겼어?"

"아직은……."

"정말이지?"

"예."

"그런 거 생기면 어떻게 하라고 했지?"

"보고 과정 생략하고 시장님께 직접 보고하고 지시를 받습니다."

"우리 그 정도는 친한 거지?"

"예⋯⋯."

"좋아. 나가봐!"

탁대가 대답하자 시장의 목소리도 시원하게 변했다.

"고맙습니다. 시장님!"

자리를 털고 일어선 탁대가 꾸벅 고마움을 전했다.

"대충해. 자넨 내 생명의 은인이잖아?"

"그건 잊어버리셔도 됩니다. 시장님이 시장님인 한 또다시 그 순간이 온다고 해도 저는 시장님을 구할 거니까요."

"가보고 다음 선거에서 내가 당선되는 거나 기도해. 어떻게든 6급까지는 올려줄 테니까."

메아리처럼 따라붙는 시장의 목소리를 들으며 탁대는 복도로 나왔다.

7급!

승진 건이 시장의 입에서도 나왔다. 그건 뒤엎어질 일이 없다는 의미였다.

대기업의 대리와 견줄 수 있는 직급 7급.

나중에 안 일이지만 7급 승진은 규제개혁 공훈으로 포장된 일이었다. 규제개혁 실적이 우수한 공무원은 최소승진연한을 1년 당겨줄 수 있다는 규정. 시장의 특명을 받은 인사과에서 방법을 연구하다가 짜낸 묘책이 바로 그것이었다.

탁대는 감사에 관한 사항과 하위직 능력개발에 관해 규제완화와 개혁의견을 낸 적이 있었다. 더불어 대교의 참사를 막아냄으로써 잔뜩 고양된 안전의식에 대한 관심이 특진 요청에 있어 탁대에게 유리하게 작용한 것이다.

'지방행정주사보 조탁대.'

탁대는 천천히 직급을 뇌어보았다. 갑자기 중심이 떡 잡히고 무게감이 더해왔다.

"엄마, 나 7급 먹었어요!"

탁대는 그 함성을 문자로 바꿔 마더와 동환, 그리고 혜자에게 펑펑 날려주었다.

6장

어떤 투서

"지방행정서기 조탁대, 지방행정주사보에 임함!"

"지방행정서기보 이팔호, 지방행정서기에 임함!"

"지방행정서기보 노수애, 지방행정서기에 임함!"

시장이 임명장을 건네주는 순간, 함께 승진하는 승진자들이 뜨거운 박수를 보내주었다. 특히 탁대가 임명장을 받을 때가 압권이었다. 의회 여직원들을 필두로 그동안 크고 작은 애로를 해결하는 데 도움을 받은 여직원들은 꽃다발에 묻힐 만큼 많은 꽃으로 축하해 주었다.

기자들의 카메라 세례도 그치지 않았다. 지역신문을 필두로 수도권 일간지, 나아가 고동길이 보낸 주신일보 기자까지 십여 명에 가까웠다.

"여러분 모두는 우리 봉황시의 자산이자 자랑입니다. 특히 조탁대 주사보로 말하자면 맡은 바 직무에 탁월하게 충실한 바, 대한민국 공무원의 귀감이 되므로 여러분 모두도 한결 분발하여 더 좋은 대민 서비스와 성실한 봉사 자세로 새 시대에 걸맞는 공무원 상을 창출해 주기를 바랍니다."

시장의 치사를 끝으로 임명식이 끝났다.

"오빠, 축하해요."

옆에 서 있던 수애가 방긋 웃으며 말했다. 그녀의 품에 안긴 승진 임용장이 소박하게 빛났다. 도서관에서 찌질하게 공부하던 시절은 벌써 아스라해졌다. 어느새 노련한 공무원 냄새가 물씬 풍기는 것이다.

"야, 이 치사빤쓰한 인간들아!"

팔호와 악수를 나눌 때였다. 느닷없는 고함이 탁대의 뒤에서 날아왔다.

"어, 왕 형님!"

목소리의 주인공은 은돌이었다. 재광과 창혜, 현지, 은하, 단비 등을 이끌고 등장한 그는 장미꽃 다발을 탁대의 얼굴에 대고 비볐다.

"그리고 수애 너, 너까지 배신 때리냐?"

"죄송해요. 왕 오빠!"

"팔호야 감사실이니까 그렇다고 쳐도 박용일, 너는 또 뭐한 게 있다고?"

마지막으로 박용일까지 싸잡아 다그치는 은돌. 말은 툴툴거리지만 그 얼굴에서는 정다움이 가득 배어나왔다.

"뭐해? 이 싸가지들에게 줄 거 있잖아?"

은돌이 돌아보자 창혜가 작은 선물을 내밀었다.

"동기들이 십시일반으로 모아서 산 거다. 승진했다고 우리 우습게 알지 말고 턱이나 제대로 내!"

은돌은 털털하게 목청을 높였다.

"좋습니다. 턱은 제가 대표로 내죠."

탁대는 기꺼이 대답했다.

"어, 탁대 씨는 그냥 턱으로 안 돼요. 우리 한 번도 못 올라갈 때 두 번이나 올라간 데다 대통령 표창도 두 번이나 받았잖아요? 게다가 곧 결혼할지도 모른다면서요?"

옆에 있던 창혜가 귀엽게 눈을 흘겼다.

"그럼 탁대는 세 턱 내라! 알았지?"

은돌이 웃으며 상황을 정리해 주었다.

원래 공무원들은 동료의 승진을 여간해서는 마음으로 인정하지 않는다.

'지가 뭐 한 게 있다고.'

전체적인 분위기는 여기에 가깝다. 왜냐하면 업무 자체의 공적 조서도 꾸미기 나름인 경우가 많거니와 위에서 밀어주기로 작정하면 그만인 분위기 때문이었다.

하지만 탁대만은 달랐다. 그는 눈에 보이는 뚜렷한 공적이 있었다. 더구나 그건 봉황시 안에서만 공감을 사는 일이 아니었다. 그러니 동기들뿐 아니라 그 누구도 탁대의 승진에 대해 태클을 걸지 못했다.

"축하하네!"

감사실로 돌아오자 황천수를 필두로 직원들이 환영의 박수를 쳐주었다.

"축하해요."

윤아가 꽃을 내밀었다. 탁대 것도 있고 팔호 것도 있었다. 황 과장이 슬쩍 다가와 툭 하고 탁대의 등을 쳐주었다. 담담한 황천수표 격려법. 탁대는 그 안에 깃든 마음을 뜨겁게 받았다.

며칠은 정신이 없었다.

감사실 회식, 동기들과 회식, 의회 여직원들과 회식, 가족들과 축하 모임, 혜자와의 축하파티, 도 국장의 격려회식, 장재기 신임 총무국장의 격려회식, 맹대우 등의 기능직 팀과의 회식, 교통과의 축하회식, 친구들과 모임, 표강일의 초대, 마지막으로 시장의 식사 초대까지!

오죽하면 팔호가 숙취 약을 챙겨주었을까? 3연타까지는 견딜 만했지만 5연타, 6연타가 이어지자 탁대의 젊은 위장도 슬슬 과부하가 걸리기 시작했다.

그래도 좋았다. 피할 수도 없는 회식, 게다가 좋은 일로 만나는 사람들이니 몇 잔 들어가면 다시 견딜 만했던 것이다.

그 사이에 시청 청사 외곽에 담장을 대신한 은행나무는 노랗게 물들어 버렸다.

"형, 이제 좀 사람 같은데?"

수요일, 감사보고서를 작성할 때 출장에서 돌아온 팔호가 말했다.

"내가 그렇게 찌들었었냐?"

"어우, 말하면 뭐해요. 사실 은근히 걱정했다니까요."

창가의 화분에 물을 뿌리던 윤아도 거들고 나섰다.

"하긴, 좀 심하게 달리긴 했어요."

탁대는 어깨를 으쓱해 보였다. 어쩌면 일 년 마실 술을 당겨 마신 기분이기도 했다. 그때 새로 온 공익이 투서봉투를 내밀었다. 여름이 오면서 진상 공익 조수윤은 제대를 했다. 대타로 배정받은 공익은 성실했다. 디스크 수술로 4급 판정을 받아 공익이 되었다는데 감사실 여직원들의 귀여움을 독차지할 정도였다.

사실 탁대가 보아도 그랬다. 시키는 업무는 바로바로 끝내는데다 근무태도도 성실하다. 게다가 인사도 잘하고 농땡이도 안 치니 누군들 싫어할까? 간만에 보는 개념 제대로 박힌 공익이었다.

찌익!

책상에 쌓인 봉투들.

첫 번째 봉투를 찢었다. 하얀 속살이 나왔다. 익명으로 온 투서인데 공무원의 비리를 고발하는 내용이었다. 하지만 내용 자체가 추상적이었다. 바로 조사 불필요로 분류했다.

감사의 제1원칙은 구체성이 없는 투서는 모함으로 보아 조사하지 않는다는 것이다.

얼마 전부터 감사실로 오는 모든 투서는 탁대와 이겸수 팀장이 크로스로 체크하는 방식으로 바뀌었다. 그런 다음에 마지막으로 황천수가 확인해서 조사여부를 결정한다. 물론 특별한 경우는 예외로 하기로 했다.

다섯 번째 봉투를 여는 순간 빨간 글자가 큼지막하게 눈을 차고 들어왔다.

불륜 고발.

잉크젯 프린터로 출력한 글에 빨간 네임펜으로 밑줄을 그어 강조한 글자. 뭘 말하려는지 한눈에 느낌이 왔다. 하지만 탁대가 놀란건 그 글자가 아니었다. 그 아래 쓰여진 대상자 때문이었다.

"백 국장님?"

탁대의 보고를 받은 황천수가 눈을 동그랗게 떴다. 그건 용 팀장도 마찬가지였다. 불륜 투서는 잊을 만하면 들어오는 단골메뉴였다.

더러는 카풀을 하다가 눈이 맞고, 또 더러는 업무협조를 하다가 눈이 맞고, 혹은 무대뽀, 소위 운명처럼 눈이 맞는 경우도 있었다.

카풀을 하다 불륜이 된 경우는 탁대가 조사했었다. 둘 다 기술직이었고 집 방향이 같았는데 여자는 자가용이 없었다. 늘 대중교통을 이용하던 여직원에게 얄궂은 운명이 나타났다. 새로 전보온 남직원과 방향이 같았던 것이다.

얼굴이 익으면서 자연스럽게 카풀을 하게 되었다. 그러다 조금 이상한 일이 일어났다. 남직원이 연가를 내면 여직원도 연가를 냈다. 동료들은 거기서부터 고개를 갸웃하게 되었다.

뭔가 낌새를 느낀 동료 하나가 둘을 관찰하기 시작했다. 그러고 보니 직장에서도 대하는 눈빛이 자연스럽지 않았다. 결국 투서가 들어오기에 이르렀다.

"그게 카풀을 하다 보니……."

원인은 간단했다.

차를 얻어 타는 여자는 미안했다. 그래서 처음에는 가끔 기름을 넣어주었다. 그런데 이게 또 눈앞에서 돈이 오가는 셈이니 서로 불편하다. 그러다 보니 밥을 한 번 사기로 했다. 밥을 사다 보니 술도 마시게 되었다. 아직 젊은 30대의 청춘들. 결국 넘지 말아야 할 선을 넘어버린 것이다.

신기한 건, 그렇게 되면 표시가 나는 것이다. 둘이 아무리 시치미를 떼고 살아도 연기가 난다. 그래서 세상에서, 사랑과 연기는 감출 수가 없다고 한 모양이다.

결국 징계가 떨어졌지만 여직원은 사표를 내버렸다. 혼자 남은 남직원은 다른 지방으로 하례를 요청해서 떠났다. 물론 두 가정도 그에 못지않은 대가를 치렀음은 보지 않아도 알 일이었다.

"백 국장님이라……."

황천수도 난감한 표정이었다. 하지만 투서의 내용은 비교적 구체적이었다. 모월 모일에는 근교의 식당에서 보았고 또 모월 모일에는 모텔에서 나오는 걸 보았다고 했다. 백 국장의 상대로 나온 여자는 무기계약직이었다.

"조사하게."

황천수는 오래 고민하지 않았다. 아마 권 팀장이라면 달랐을 것이다. 먼저 백 국장에게 달려갔겠지. 그런 다음에 슬쩍 투서를 흘리고 그걸 막는 조건으로 보험을 들었을 것이다.

"제가 말입니까?"

탁대가 묻자,

"당연히 그래야지."

하며 말꼬리를 붙이는 황천수.

"하지만 결과는 나에게 먼저 보고하게나."

"알겠습니다."

탁대는 목례를 남기고 자리로 돌아왔다.

"큰 거예요?"

감을 잡은 팔호가 물었다. 탁대는 씨익 미소로 대답했다. 어떤 업무는 동료들 간에도 비밀을 지켜야 한다. 특히 이런 일이 그랬다. 결과가 모함으로 나올 수도 있다. 하지만 시작 단계에서 새어 나가면 결과와 상관없이 당사자는 치명타를 입을 수 있었다.

이 세상에!

둘 이상이 아는 비밀이란 없는 법이다. 그러니 아는 사람이 적으면 적을수록 좋았다.

백기윤.

55세 지방행정서기관, 경제국장.

'후우~!

탁대는 깊은 숨을 내쉬었다.

백 국장과는 교통과에서부터 얼굴을 익힌 사이였다. 그는 합리적이고 온건하며 중도파에 속했다. 행정실무에 능통해서 무난하게 국 행정을 지휘하는 사람으로 김 시장이 재선을 하든 표강일이 새 시장이 되든 임기를 무사히 마칠 사람 중의 하나로 꼽혔다.

인품도 나쁘지 않았다. 부하들의 신망도 높았고 쓸데없는 권위를 부려 원성을 사지도 않았다. 상벌 사항의 허점은 딱 하나였다. 임용 초기의 숙직 날, 좀도둑이 사무실에 들어와 문구류를 털어간 일로 3개월 감봉 처분이 옥의 티.

하지만!

사람은 겉만 봐서는 알 수가 없다. 그런 그에게 불륜 투서가 들어온 것이다.

모은순.

38세 회계과 무기계약직.

6년 전에 회계과 출산 여직원 대타로 계약직으로 들어와 3년 전에 무기계약직으로 전환.

인사카드의 사진을 보니 꽤 미인이었다.

'회계과면 경제국 소속이 아니라 총무국 소속……'

총무국이라면 사임한 배익환 국장이 기세를 떨치던 곳이다. 그러니 백기윤 국장이 관여했을 가능성은 낮았다.

혹시라도 배익환 국장이 대리보복전을 벌이는 것일까 생각해 보았다. 그렇다고 해도 이건 아니었다. 그가 분풀이를 한다면 그건 탁대가 타깃이어야 했다.

차선책으로 백기윤 국장이 팀장, 과장을 거치는 동안 함께 일했던 직원들을 뽑아냈다. 3년 넘게 함께 일한 직원들 몇 명이 나왔다.

그중 한 사람이 현재 회계과 팀장으로 재직 중으로 나왔다. 그런데 이 직원은 모은순이 회계과에 계약직으로 들어올 때는 다른 부서에 있었다. 따라서 연결고리로는 자연스럽지 않았다.

'난감하군.'

이런 경우는 일반적인 조사와는 과정이 달랐다. 어느 정도 증거가 나오기 전에 함부로 접근할 수 없기 때문이었다. 다짜고짜 국장을 찾아가 불륜투서가 들어왔는데 협조해 주시겠습니까, 하고 말할 수도 없거니와 상대가 되는 여직원을 부를 수도 없었다. 그렇게 되면 혹 두 사람이 입을 맞출 여지가 있기도 하거니와 당분간 연락을 끊어버리면 그만이었다.

왜냐고?

지방자치제 감사실은 그렇게 한가한 곳이 아니다. 더구나 불륜이라는 건 따지고 보면 개인적인 일이었다. 업무와 큰 연관이 없다 보니 주구장창 그것만 파고들 수 없는 것이다.

　"조 주사님!"

　고민을 하고 있을 때 방호원 한 사람이 감사실로 들어섰다.

　"어, 손 주사님? 웬일이세요?"

　"저 사업소로 옮기게 되었어요. 그래서 인사나 하고 가려고요."

　"그래요? 아, 이거 섭섭하네?"

　"한 이삼 년 근무하면 다시 올 텐데요, 뭐. 사업소 들를 일 있으면 커피라도 한잔하고 가세요."

　"그러죠."

　"그럼 수고하세요."

　방호원은 꾸벅 인사를 남기고 감사실을 나갔다.

　"어우, 탁대 씨는 너무 인기 좋은 거 아니에요? 방호원들까지 인사를 오니……."

　윤아가 자판을 두드리며 시샘을 했다.

　"조 주임님도 방호원 아저씨들 하고 겨울에 눈 몇 번 같이 치워 봐요. 금세 친해지지."

　"쳇, 나는 눈이라면 지긋지긋하거든요. 교통과에서 폭설 온 날 주차전쟁 안 당해 봤어요?"

　"아, 그렇군요."

　탁대는 뒷덜미를 긁었다. 폭설이 내리면 일어나는 주차대란. 어떤 민원은 왜 주차단속 안 하냐고 호통이고 또 어떤 민원은 왜 이런 날까지 주차단속을 하냐고 몰아붙이던 날들…….

그 생각을 하니 문득 혜자가 보고 싶어졌다. 이제 서울시의 임용만 기다리는 혜자. 탁대는 겪어보지 못한 영어 면접까지 통과한 그녀는 탁대의 가슴에 자랑으로 자리 잡고 있었다.

"에이, 그래서 그런 게 아니잖아요? 저번에 민원실 차량사고 때 조 주사님이 맹대우 아저씨하고 방호원들 이끌고 대사건을 평정한 것 때문에 그렇지……."

서류 홀더를 넘기던 팔호가 끼어들었다. 그 순간, 탁대의 뇌리에 한 사람이 맹렬하게 스쳐 갔다.

'아, 맹대우 주사님!'

탁대의 머리에 불이 번쩍 들어왔다. 봉황시청의 터줏대감 맹대우. 그러면 모은순에 대한 정보를 가지고 있을지도 몰랐다. 더구나 신뢰할 만한 사람이니 비밀도 유지될 수 있었다.

"저, 잠깐 1층에 좀 다녀오겠습니다."

용 팀장에게 행선지를 밝힌 탁대는 그 길로 계단을 타고 내려갔다.

"모은순?"

자판 커피를 내민 탁대가 맹대우에게 물었다. 방호실에 혼자 남아 일지를 적던 맹대우가 눈자위를 구기며 되물었다.

"네. 회계과 직원인데 아세요?"

"모은순이라… 아, 그 얌전한 돌싱?"

"돌싱이요?"

"그래요. 돌싱. 요즘은 이혼한 사람을 그렇게 부른다면서요?"

"아, 네. 그분이 돌싱이란 말이죠?"

"그런데 왜?"

"혹시 그분에 대해 잘 아세요?"

"왜? 그 여자가 무슨 비리라도 저질렀어요?"

눈치 빠른 맹대우가 소리 낮춰 물었다.

"그건 아니고요 표창 상신이 올라와서 공적조사차……."

탁대는 돌려 말했다. 감사실이라고 꼭 비리만 조사하는 건 아니다. 때로는 공적 확인도 하기 때문이었다.

"어휴, 잘됐네요. 그 여자 무척 참한 여자인데……."

"참하다고요?"

"그럼요. 진짜 법 없어도 살 여자예요. 애가 장애인이라서 버는 족족 치료비로 나가서 형편은 어렵다던데 그래도 정이 많아서 직원들이 좀 아프기만 해도 눈물을 글썽일 정도로 착한 여자라고 들었어요."

"장애인이요?"

"그 뭐, 다운증후군이라고 하는 거 같던데? 그래서 남편하고도 헤어졌다지?"

'다운증후군?'

탁대의 뇌리에 얼마 전 시립 병원 사건이 스쳐 갔다. 중견기업의 간부 월급으로도 치다꺼리가 힘들다는 중증 장애. 모은순의 살림살이가 어떨지 짐작이 갔다.

"어, 저기 나가네요."

말을 하던 맹대우가 현관을 가리켰다. 수수하게 차려입고 청사를 나서는 모은순. 출장을 가는 것일까? 화장기 하나 없지만 몸매까지 돋보였다.

"상 줄 수 있으면 주면 좋겠네요. 그거 많이 받으면 무기직에서 일반직 될 수도 있는 거 아닌가요?"

"뭐, 그럴 수도 있겠지요. 도움말 주셔서 감사합니다."

탁대는 그 말을 남기고 방호실을 나왔다. 모은순은 청사 입구 쪽으로 걸어가고 있었다. 탁대는 그녀에게서 눈을 떼지 않았다.

'중년의 사랑이라……'

삶에 찌든 그녀의 뒷모습에서는 그런 낭만(?) 따위는 엿보이지 않았다. 한참 생각에 잠겨 있을 때 청사 뒤편에서 백 국장의 자가용이 튀어나왔다.

'백 국장님 차?'

순간 탁대의 뇌리에 추잡한 전례 하나가 스쳐 갔다.

근무시간에 모텔에서 만나 욕망을 불태운 불륜 커플.

그게 바로 업무협조를 하면서 만나다가 불이 붙은 직원들의 과감한 행태였다. 근무시간에 반가를 달고서 즐긴 후에 아무 일 없는 듯 퇴근과 함께 집으로 돌아가는 교묘한 일탈. 그랬기에 그들의 불륜은 자그마치 2년이 넘도록 옆 자리의 동료들조차 눈치를 차리지 못했었다.

잠시 고민하던 탁대는 결국 자가용에 올랐다. 궁금한 것은 확인해야 직성이 풀리는 탁대였다.

*　　　　*　　　　*

첫날은 소득이 없었다.

백 국장은 현장시찰을 나간 것이었고, 모은순은 물품 구매차 시장조사를 하고 돌아왔다. 둘째, 셋째 날도 무소득. 하루는 백 국장을 뒤따르고, 또 하루는 모은순을 쫓았지만 둘은 만나지 않았다.

문제는 나흘 후에 생겼다. 느닷없이 모은순이 감사실에 들어선 것이다.

"드릴 말씀이 있어요."

모은순은 용 팀장에게 상담을 신청했다. 어쩐지 분위기가 이상했다. 탁대가 황 과장을 돌아보았지만 황천수는 아무런 내색 없이 내년도 감사 방향에 대한 서류 검토에 여념이 없었다.

한참 후에 상담실에서 전화가 걸려왔다.

"감사합니다. 감사실 조탁대입니다."

탁대가 전화를 받았다. 발신자는 용 팀장이었다.

"스스로 조사를 요청했다고?"

용 팀장의 요청에 따라 상담실에 들어선 황천수가 물었다. 탁대도 물론 그 자리에 부름을 받았다.

"분명 그렇게 말했습니다."

용 팀장은 진지했다. 간단하게 말하면 모은순이 백 국장과의 썸씽이 있다는 소문을 듣고 결백을 주장하고 갔다는 것이다. 단박에 황천수가 탁대를 돌아보았다.

"조사에 착수하긴 했지만 아직 일언반구도 내색하지 않은 일입니다."

탁대는 에둘러 정보가 새어 나간 진원지가 자신이 아님을 밝혔다.

"그럼 도대체 어떻게 안 거야?"

황천수가 미간을 찡그렸다.

"혹시 투서자가 모은순에게도 귀띔을 한 거 아닐까요?"

용 팀장이 의견을 제시했다.

"그럼 백 국장님은? 그 양반은 모르는 눈치던데."

"그러니까 국장님은 상대하기 어려우니까 만만한 모은순에게……."

"모은순은 뭐라고 하던가?"

"자기는 백 국장님과 따로 얼굴을 본 적도 없고 식사 한 번 함께 한 적도 없답니다."

"완강하던가?"

"이건 정신병자의 짓일 거라고 잘라 말하더군요. 누군가 자기를 만만히 보고 괴롭히려는 의도가 분명하다고."

"왜?"

황천수가 한마디로 물었다.

"여러 가지가 있겠지요. 투서자가 모은순을 좋아할 수도 있고 혹은 금품을 요구하는 경우거나 업자나 민원이 억하심정이 있어서……."

"전자는 일리가 있습니다. 하지만 후자 쪽은 가능성이 낮을 것 같습니다."

골똘히 머리를 굴리던 탁대도 생각의 보따리를 열어보였다.

"나도 전자에 공감이야. 후자가 목적이라면 투서의 성격이 달랐어야지."

황천수는 가만히 고개를 끄덕였다.

"하지만 가능성이 낮을 뿐 두 번째도 무시할 수만은 없을 거 같습니다."

황천수의 말을 받은 용 팀장이 말꼬리를 이어갔다.

"지능범이라면 오히려 그쪽도 가능성이 열립니다. 왜냐면 감사실에 알려야 압박용으로 적절하지 않겠습니까?"

"압박용?"

"예컨대 이런 거겠죠. 모은순과 백 국장님이 부적절하되 불륜은 아니라는 가정 말입니다. 그렇다면 감사실에서 딱히 개입할 여지가 모호해집니다. 그러나 빌미로 삼으려는 사람의 입장은 다릅니다. 어쨌든 금품을 요구할 미끼로는 가치가 있을 테니까요."

"복잡해지는군."

용 팀장의 말을 듣던 황천수의 눈빛이 깊어졌다. 여자 문제에 관한한 기성세대들의 판단은 넓고도 깊었다. 그건 그들의 경험이 다각도로 축적된 까닭으로 보였다.

"그런데……."

잠시 숨을 고른 용 팀장이 탁대를 보며 입을 열었다.

"이 사건은 조탁대 씨가 처리해 주면 좋겠다고 펑펑 울더군요. 마음이 짠해서 혼났습니다."

"……."

그 말에는 황천수도 탁대도 반응하지 않았다. 딱히 특별한 주문은 아니었다. 잠룡 12인방의 양주 사건부터 봉황대교, 나아가 의회 여직원 성추행 사건, 성실공무원 모함 사건과 잡다한 사건들을 공정하게 밝혀낸 탁대였다. 따라서 누군가 억울한 모함을 당하면 조사 직원으로 탁대를 원하는 건 흔한 일이 된 지 오래였다.

"다른 건 없었나요?"

탁대가 용 팀장을 바라보았다.

"이걸 주고 가더군."

용 팀장이 내놓은 건 투서 내용과 비슷한 일종의 협박문이었다. 그러나 내용은 아주 간단했다.

모은순, 나는 다 알고 있다. 당신이 백 국장과 그렇고 그런 사이라 는 거. 소문나서 개망신 당하기 전에 알아서 처신하라고.

A4에 잉크젯 프린터로 뽑아낸 두 줄 문장. 명조체에 11포인트까 지도 같았다.

"어떡할까요?"

용 팀장이 황천수를 보자, 황천수는 오히려 탁대에게 시선을 보 냈다.

"이거 어쩐지 기분이 묘한데요?"

탁대는 어깨를 으쓱해 보였다. 이미 조사에 착수한 사안. 그런데 당사자가 도리어 탁대를 찍해 버렸다. 어쩐지 뒤를 밟다가 제대로 들켜 버린 느낌이 들었다.

"좀 더 조사해 보고 결론을 내리자고."

황천수는 그 말을 끝으로 자리에서 일어섰다.

백기윤 국장 vs 모은순 무기계약직.

탁대는 혼자 남아 빈 종이에 낙서를 하며 생각을 정리했다. 사실 여부의 확인도 하기 전에 옆구리를 찌르고 들어온 사건. 가만 보면 이 문제의 본질은 투서자가 아닌가 싶기도 했다.

'그렇다면.'

탁대는 고개를 들었다. 이미 쌍방의 한쪽인 모은순이 결백을 밝혀달라고 치고 들어온 상황. 이 사건은 차라리 정공법으로 대처하는 게 옳을 것 같았다.

"백 국장님 좀 뵈러 왔습니다."

탁대는 그 길로 국장실로 향했다. 판단이 선 이상 더 지체할 필요가 없었다.

"이어, 조탁대. 내 방에 웬일인가?"

보고를 마친 과장 둘이 나가자 백 국장은 탁대를 반가이 맞이했다.

"바쁘신데 죄송합니다."

"아니야. 아무리 바빠도 조탁대가 온다면 시간을 내야지. 앉게나."

국장이 자리를 권하자 여직원이 커피를 가져왔다.

"뭐 할 말이라도 있나?"

백 국장이 등을 기대며 물었다.

"아닙니다. 그냥 오랜만에 국장님 한 번 뵙고 싶어서요."

"사람 싱겁긴… 하긴 이렇게 내 방에서 따로 보는 것도 오랜만이지? 그 전에 왜 검찰청 과태료 사건 이후로……."

"기억하시는군요?"

"기억하다마다. 난 그때부터 자네가 싹수 있는 부하라고 생각하고 있었네."

"감사합니다."

"진짜 대단해. 자네가 그동안 한 일 말일세. 평생 공직에서 일한

나보다도 더 엄청난 일을 하지 않았나?"

"과찬이십니다."

"응? 절대 아니지! 그 까탈스러운 검찰청 어 계장이 자네에게 눈독들이면 말 다한 거야."

"그건 와전된 말입니다."

"아닐세. 요즘은 덜하지만 예전 같으면 자넨 벌써 청와대행이었을 거야."

"청와대행이요?"

"전에는 말이야, 쓸 만한 공무원이 있으면 청와대로 데려가곤 했지. 시장이라고 별수 있나? 대통령이 국가를 위해 쓰겠다는데?"

"국장님도……."

"모르긴 해도 청와대에서도 자넬 군침 흘리고 있을 걸세. 내 말 농담이 아닐세."

"그보다 궁금한 게 하나 있습니다."

"그래? 말해보게."

국장은 긴장을 풀며 탁대를 바라보았다.

"국장님 혹시 최근에 모텔에 가신 적 있습니까?"

"모텔?"

"예!"

대답하는 것과 동시에 탁대는 순간 독심을 준비하고 있었다. 하지만 그럴 필요가 없었다. 백 국장이 순순히 입을 연 것이다.

"한 번 갔네만."

"……?"

"왜? 그게 무슨 문제가 되나?"

은은한 미소로 탁대를 바라보는 백 국장. 그 시선은 너무나 자연스러웠다.

"외람되지만 투서가 하나 들어왔습니다."

탁대는 슬슬 본질을 열기 시작했다.

"투서?"

"네."

"그 투서라면… 혹시 내가 모텔에서 바람이라도 피웠다 뭐 그런 건가?"

"네."

"푸하하하핫!"

탁대의 대답을 들은 백 국장이 너털웃음을 터뜨렸다.

"그거 정말인가?"

"예. 외람되지만……."

"그래. 상대는 누구인가? 혹시 밖에 있는 오승지 주사? 아니면… 나한테 커피 자주 가져오는 고미영 팀장?"

백 국장은 새우허리를 한 채 물었다. 도무지 어이가 없다는 표정이었다.

독심.

탁대가 발현한 마법이 백 국장의 마음을 열고 들어갔다.

─어이구, 살다 보니 나도 이런 소문이 도네.

─백기윤, 너 아직 안 늙었나 보다.

"……."

국장의 마음을 읽은 탁대는 눈자위를 구겼다. 백 국장은 결백했다.

"죄송합니다. 원래 이런저런 투서가 많이 들어오는 데다 국장님 인품을 알기에 말씀드리지 않으려 했는데 투서자가 여기저기 찌르고 있어 미리 알아두시라는 차원에서……."

"됐네. 나야 상관없는데 나랑 썸씽 일어났다는 여자는 대체 누군가? 마구 궁금해지는군."

"예산과 모은순이라고……."

"모은순?"

"30대의 무기계약직원입니다."

"어이구, 황당하지만 기분 나쁘지는 않군. 50대 여직원하고 엮인 것보다는 낫지 않은가?"

"웃어주시니 제가 다 부끄럽습니다."

"아무튼 잘 해결하시게. 나야 중늙은이이니 소문 따위가 뭐 무섭겠냐만 30대 청춘은 얼마나 억울하겠는가?"

"예……."

"모텔 얘기하는 거 보니 대충 감이 오는군. 그러니까 나하고 모은순이라는 여직원이 모텔에서 나오는 걸 봤다, 그건가? 혹은 들어가는 거라든지?"

"그 모텔 이름 좀 알 수 있을까요?"

"이름은 잘 기억이 안 나고 쇼핑센터 뒤의 네거리 있지? 거기에 있네."

"아, 예……."

"아, 용건도 밝혀야겠군. 거긴 지방에서 내 동창이 올라왔을 때 딱 한 번 갔었네. 그놈이 마누라 하고 대판 싸우고는 무단가출을 했다는데 재울 데가 있어야지. 그래서 술 한잔 먹이고 거기다 재우느라……."

백 국장은 막힘없이 줄줄 설명하자 탁대는 점점 김이 빠졌다. 이건 잊을 만하면 날아드는 괜한 모함이 분명했다.

"흑흑!"

모은순도 그랬다. 확인차 상담실로 부르자 하염없이 흐느껴 울었다.

"혼자 산다고 만만하게 보고……."

모은순은 얼굴조차 들지 않았다.

평소 말도 별로 없고 조신하고 성실한 사람.

눈물이 많긴 하지만 착한 사람.

탁대는 회계과 고참 여직원의 말을 떠올렸다. 그녀와 함께 일한 사람들 역시 그녀에 대해 좋은 이미지를 갖고 있었다.

"가끔은 느닷없이 다른 사람을 모함하는 투서가 들어오기도 합니다. 모 여사님의 경우 역시 그렇게 밝혀졌으니 걱정 말고 근무나 열심히 하세요."

"정말이죠? 저 이상한 소문에 휩쓸리지 않고 계속 근무할 수 있는 거죠?"

고개를 든 모은순의 눈은 눈물에 젖어 있었다.

"그럼요. 아마 여사님이 너무 반듯하니까 누군가 시기한 것 같네요. 혹시 주변에서 대시했던 남자 분은 없으신가요?"

"그런 거 없어요."

"그럼 다 잊어버리고 의연히 근무하시면 소문 같은 건 금세 사라질 겁니다."

"고마워요. 정말 고마워요."

모은순은 몇 번이고 허리를 숙이고 상담실을 나갔다.

'나 참, 대체 어떤 인간이 저런 분에게……'

탁대는 두 장의 투서를 꺼내들었다. 하나는 감사실로 온 것. 또 하나는 모은순 앞으로 온 것. 그걸 품에 챙길 때 황천수가 들어왔다.

"어떻게 됐나?"

"그게… 아무래도 모함 같아서 종결할까 합니다."

"별다른 이상이 없단 말이지?"

"국장님이 모텔에 가신 건 지방에서 온 동창생 때문이었고 모 여사님 평판이나 최근 행동에서 상이점이 발견되지 않았습니다."

"그럼 모은순은? 왜 모텔 얘기가 나온 것 같은가?"

"물어봤는데 자기는 모텔 같은 거 모른다고 울기만 해서……."

"하긴 진짜 모함이라면 누군가가 자기 마음대로 막장 소설을 썼다는 건데 뭔들 못 가져다 붙일까? 그만 종결하고 도박 건이나 좀 알아봐."

"도박이요?"

"하위직들 가운데 몇 명이 도박에 빠졌다는 신고가 들어왔어. 아무래도 그 수준이 심심풀이는 아닌 것 같은데 도 감사반 애들하고 총리실 쪽에서도 지자체 암행감사 중이라니 서둘러."

"알겠습니다."

"오늘은 일찍 퇴근하고."

"네."

탁대는 문을 나서는 황천수를 향해 가벼운 목례를 올렸다. 상담실의 전화기가 울린 건 그때였다.

　—저 모은순인데요.

　전화 속 주인공은 모은순이었다. 전화를 내려놓은 탁대가 주차장으로 향했다. 모은순은 거기서 기다리고 있었다.

　"이거 친척 아저씨가 지은 땅콩인데 아주 맛있고 싱싱해요. 가져가서 심심할 때 까 드세요."

　모은순은 모니터만 한 크기의 상자를 들고 있었다.

　"아닙니다. 여사님이 가져가서 드세요."

· "아유, 저는 집에 네 박스나 있어요. 그냥 받아주세요."

　"절대 안 됩니다. 아시잖아요?"

　"그럼 이게 뇌물이라는 건가요? 저는 그냥 골치 아픈 일에 애써주신 게 감사해서……."

　"아무튼 그냥 가져가세요. 저는 받은 걸로 하겠습니다."

　"안 돼요. 이거 안 받으면 여기서 꼼짝도 안 할 거예요."

　모은순은 괜한 고집을 부렸다. 그 눈은 벌써 축촉이 젖어 있다. 탁대로서는 난감한 상황이었다.

　"알았습니다. 받을 테니까 울지 마세요!"

　"정말이죠?"

　"네."

　"그럼 트렁크 열어주세요. 박스에 흙이 묻었으니까 제가 실어드릴 게요."

　"아닙니다. 그럴 필요까지는……."

　"어서 여세요."

　모은순이 재촉했다. 탁대는 하는 수 없이 트렁크를 열어주었다.

"어머, 퇴근 시간 다 되어가네. 저 업무 마감할 게 있어서 그만 들어가 볼게요."

트렁크를 닫은 은순은 서둘러 청사로 들어갔다.

'아, 진짜… 이러지 않아도 되는데……'

땅콩 한 상자. 선물 같은 걸 받을 마음은 없었지만 별 수 없는 일이었다. 어깨를 으쓱한 탁대가 발길을 돌릴 때였다. 바닥에 떨어진 귀고리가 보였다.

'모 여사님 것인가?'

귀고리를 집어든 탁대는 회계과로 향했다. 모은순은 자리에 없었다.

"방금 들어왔다가 나갔는데?"

모은순의 직속 팀장이 예산 항목을 살피며 대답했다. 탁대는 귀고리를 은순의 책상 위에 올려놓았다.

'응?'

순간, 탁대의 눈에 출력물들이 들어왔다. 모은순이 출력한 예산집행 자료들. 눈자위를 구긴 탁대는 안주머니에 넣어둔 투서를 꺼내 들었다. 그런 다음 책상의 출력물과 비교했다.

'맙소사!'

탁대는 휘청 흔들리며 한 발 물러섰다. 왼쪽 꼭대기에 묻은 잉크의 잔상 때문이었다. 감사실로 들어온 투서와 모은순이 가져온 투서.

두 장에는 한 가지 공통점이 있었다. 서체와 글자 크기의 문제가 아니었다. 그건 바로 오래된 프린터를 통해 출력물이 나올 때 같은 곳에 묻어나오는 잉크 자국이었다.

감사실로 들어온 건 그게 진했다.

모은순이 받았다고 가져온 협박문은 좀 연했다.

그런데!

지금 책상 위에 놓여 있는 출력물에도 유사한 자국이 있는 것이다.

'그럼 모은순의 자작극?

왜?

갑자기 섬뜩한 느낌이 등뼈를 훑고 지나갈 때 낯선 두 남자가 회계과에 들어섰다.

"여기 감사실 조탁대 씨가 누굽니까?"

느닷없이 탁대를 찾는 두 사람.

"접니다만……."

탁대가 고개를 들었다.

"잠깐 좀 볼까요?"

남자들은 사뭇 위압적이었다. 한눈에 보아도 민원인이 아니라는 직감이 왔다. 복도로 나오자 신분증을 내민 두 남자가 묵직한 목소리를 토해냈다.

"총리실 특별암행감사반입니다. 직원비리 조사를 빌미로 금품을 수수한다는 신고를 받고 왔으니 차를 좀 조사해야겠습니다."

쾅! 콰앙!

거대한 벼락의 충격이 잇달아 탁대를 강타했다.

총리실 암행감사반.

그건 감사원 감사에 버금가는 사건이었다.

직원비리 빌미로 금품수수.

그 단어 또한 패닉 이상의 충격.

마지막으로 탁대의 넋을 뺀 또 한 단어.

차!

차에 들은 건 잡동사니뿐이다. 그러니 뒤져 봤자 먼지만 나올 뿐이다. 그런데 꼭 한 가지가 추가되었다. 방금 전에 모은순에게서 받은 땅콩 박스.

'뭔가 있다!'

탁대의 본능이 무섭게 꿈틀거렸다. 모은순의 책상에서 본 프린터 물과 투서로 들어온 프린터 물의 공통점, 나아가 땅콩 박스를 받아놓기 무섭게 득달처럼 달려온 총리실 감사반 직원들. 탁대는 등줄기를 훑는 뜨끈함에 머리카락이 쭈뼛 송두리째 일어섰다.

"가시죠."

총리실 직원이 재촉했다. 탁대는 묻지 않았다. 만약 이 일이 짜여진 각본에 의한 거라면 어떤 말도 소용없을 것이다. 그건 감사실에 근무하는 탁대가 더 잘 알고 있었다.

'땅콩 박스.'

그게 눈에 밟혔다. 땅콩이라기에 보지도 않고 받아둔 게 실수였다. 더불어 그 안에 진짜 돈뭉치가 들어 있다면? 제보자는 모은순이 틀림없었다.

'그녀가 왜?'

너무 많은 의문들이 한꺼번에 스쳐 갔다. 정신을 차릴 사이도 없이 탁대는 주차장으로 나오게 되었다.

"어떤 차입니까?"

"저 차입니다."

탁대는 몇 걸음 앞에 주차된 자가용을 가리켰다.

"총무과에 확인해."

침묵을 지키고 있던 총리실 직원이 동료에게 턱짓을 했다. 그건 감사의 기본이었다. 자칫 교활한 비리 공무원을 만나면 엉뚱한 차를 자기 거라고 둘러대기도 하기 때문이었다.

"여보세요. 여기는 총리실……."

총리실 직원 하나가 전화를 거는 사이에 탁대는 트렁크 안에 투시 마법을 뿌렸다.

'보여라!'

"……?"

마법이 발현된 즉시 탁대는 다시 한 번 휘청거렸다. 돈이 있었다. 껍질도 안 간 생땅콩 사이에 쑤셔 박힌 만 원권 지폐뭉치 세 덩어리. 그러니까 거금 삼백만 원이 들어 있는 것이다.

'당했다.'

탁대는 마른침을 소리 없이 넘겼다.

"저 차가 맞군."

통화를 끝낸 직원이 동료를 바라보았다.

"키 주세요."

총리실 직원이 손을 내밀었다.

위기일발!

트렁크가 열리고 땅콩 박스에서 돈이 나온다면 변명의 여지가 없었다. 게다가 모은순이 의도적으로 넣어준 돈. 혹시라도 그녀가 탁대에게 불리한 증언을 한다면 꼼짝없이 비리공무원이 될 판이었다.

'하는 수 없지.'

탁대는 트렁크 안을 향해 염원을 집중시켰다. 그의 염원은 화염 마법이 되어 형체도 없이 날아갔다.

"엇, 연기가 나잖아?"

놀란 총리실 직원이 탁대의 차를 향해 뛰었다. 연기는 꾸역꾸역 배어나왔다.

"방호장님, 소화기 좀 부탁해요."

탁대는 아까부터 기웃거리던 맹대우를 향해 소리쳤다. 맹대우가 우만기를 데리고 달려왔다. 그 사이에 탁대가 트렁크를 열었다.

촤아아!

순식간에 터져 나오는 연기. 그 위로 소화기의 포말이 날아갔다. 탁대는 보고만 있었다. 혐의를 받고 있었으니 공연히 나섰다가는 오해를 살 뿐이었다.

"뭐야? 왜 불이 난 거지?"

연기가 잦아들자 총리실 직원들이 수군거렸다.

"안에 신문하고 땅콩 박스가 들었었는데 합선이라도 났나보네요. 차가 워낙 고물이라서……."

탁대가 잿더미를 가리켰다. 아이러니하게도 잿더미에서는 고소한 냄새가 났다.

"비켜봐요."

총리실 직원 하나가 작대기를 들고 와 잿더미를 뒤졌다. 지폐는 흔적도 없었다. 탁대가 사력을 다해 순간 발화의 위력을 높인 덕분이었다.

총리실 감사반원들은 멀쩡한 차 안을 샅샅이 뒤졌다. 운전석과 뒷좌석. 하지만 그 안에서 나온 건 동전 두 개가 전부였다. 둘은 이상하다는 듯 고개를 갸웃거렸다.

"뭔데 그럽니까?"

아까부터 못마땅하게 바라보던 맹대우가 입을 열었다.

"총리실 감사반입니다. 신고 전화가 들어와서 그러는 거니까 협조하세요."

총리실 직원은 맹대우쯤은 거들떠보지도 않았다. 하지만 그건 높은 곳에서 온 그들의 착각이었다. 원래 똥개도 자기 집에서 50%는 먹고 들어가는 법. 더구나 맹대우처럼 기능직으로 잔뼈가 굵어 온 사람들 중에는 무대뽀 기질을 가진 사람도 많았다. 크게 출세할 것도 아니니 높은 사람이 그리 두렵지 않은 것이다.

"총리실이라고요?"

평소답지 않게 말꼬랑지를 올린 맹대우. 그게 바로 말 폭탄의 시작이었다.

"아니, 높은 총리실 직원 양반들이 밥 처먹고 할 지랄이 없어서 국민영웅 조탁대를 감사해? 이거 보나마나 어떤 후레자식이 배가 아파서 쑤신 모양인데 많이 배워 처먹은 인간들이 똥오줌도 못 가리나? 우리 조 주사가 누군지 몰라? 대한민국 국가대표 공무원이잖아?"

맹대우는 한숨도 쉬지 않고 말한 걸로도 모자라 뒷말을 거침없이 이어갔다.

"어떤 새끼든지 우리 조 주사만 건드려 봐. 내가 모가지를 확비틀어서 봉황대교 난간에 매달아 육포를 만들어 버릴 테니까,

씨발!"

"내 말이 그 말입니다. 아니, 누가 씹기만 하면 막 조사해도 되는 겁니까? 보아하니 당신들 우리 조 주사에게 흠집 내려고 온 거지? 엉?"

옆에 서 있던 우만기까지 합세를 했다.

"이봐. 우린 그게 아니라……."

"뭐야? 총리실이라고 혀까지 짧네? 야, 이 인간아. 넌 애미 애비도 없냐? 내가 이래 봬도 정년이 내일모레야. 너희들이 똥 기저귀 차고 돌잔치할 때 나는 벌써 공무원 호봉 밥 먹고 있었다고!"

맹대우는 폭풍 삿대질까지 곁들였다. 그러자 민원인들을 대하던 공무원들이 하나둘 다가왔다. 그뿐인가? 시정 취재를 나왔던 봉황타임스 기자까지 달려와 카메라를 터트렸다.

"무슨 일입니까?"

고동길의 후임인 기자가 맹대우에게 물었다.

"글쎄, 이 잘난 총리실 인간들이 우리 조탁대 주사에게 누명을 씌우려고 그러지 뭡니까?"

맹대우의 목소리는 점점 더 높아졌다.

"그, 그게 아니라 우리는 뇌물 비리가 있다는 신고를 받고……."

"그래서요? 뇌물이 나왔습니까?"

"……."

총리실 직원들은 기자의 질문에 답하지 못했다. 지켜보던 탁대는 그쯤에서 시치미를 뚝 떼고 나섰다.

"괜찮습니다. 이분들은 직무에 충실한 것뿐이니 너무 그러지 마세요. 더 조사할 게 있으면 사무실로 가시죠. 신고가 들어왔으면 제

책상도 뒤져 봐야 할 것 아닙니까?'

맹대우를 진정시킨 탁대는 총리실 직원들을 향해 정중하게 제의를 날렸다.

"아, 아닙니다. 아무래도 허위 신고였던 거 같습니다. 이거 미안하게 되었습니다."

총리실 직원들은 허둥지둥 인사를 남기고 청사를 빠져나갔다.

"짜식들, 자기들이나 잘하지 어딜 감히……."

그 꼴을 지켜본 맹대우가 기세를 뽐었다.

"고맙습니다. 방호장님."

탁대는 진심으로 감사를 전했다. 돈이야 화염 마법으로 없앨 수 있었지만 총리실 직원들의 기를 누른 건 명백히 맹대우 덕분이었다.

"별말씀을… 그렇잖아도 저 인간들이 아까부터 수군거리길래 수상하게 보던 참이었습니다. 아니, 아무리 총리실이라도 그렇지 의심할 사람이 따로 있지 말이야……."

맹대우는 아직도 분이 덜 풀린 모양이었다.

소란이 가라앉자 탁대는 청사를 바라보았다. 저만치 3층 회계과 창문에 모은순이 보였다. 탁대와 눈이 마주친 그녀는 황급히 안쪽으로 사라졌다. 탁대는 트렁크가 타버린 차를 버려두고 청사로 향했다. 모은순부터 만나야 했다.

모은순은 회계과에 없었다. 그 사이에 사무실을 빠져나간 것이다. 시간은 6시 5분. 퇴근 시간이니 나가는 것은 문제가 되지 않았다.

'뒷문?'

탁대는 시청의 통로를 떠올렸다. 탁대가 우측 계단으로 올라왔으니 모은순은 좌측 비상계단으로 나간 게 맞았다.

"방호장님!"

복도로 나온 탁대는 맹대우에게 전화를 걸었다.

"모은순 씨 아시죠? 뒷문으로 가서서 조용히 좀 모셔두세요."

그 말을 남기고 계단을 내려갔다. 몇몇 공무원이 쳐다보았지만 탁대는 내쳐 달렸다. 후문에 이르자 맹대우가 손을 흔들었다. 모은순은 그 옆에 있었다. 눈물을 글썽거리면서.

"흑흑!"

감사실 상담실로 불려온 모은순은 엎드려 울었다. 탁대는 그저 바라만 보았다. 인간은 24시간 울 수 없다. 울 만큼 울면 그치는 것 또한 눈물이었다.

쪼르륵!

그녀의 흐느낌이 잦아들자 물을 따라 밀어주었다. 그 사이에 팔호와 용 팀장, 그리고 황천수가 들어왔다 나갔다. 총리실 감사반의 소동을 들은 그들은 감사실로 돌아가 있었다. 종결로 끝내려던 불륜 투서가 재점화된 것이다.

"다 우셨나요?"

그녀의 들숨과 날숨이 규칙적으로 돌아오자 탁대가 담담하게 물었다.

"……."

"물 드세요."

"……."

"왜 그러셨죠?"

탁대는 여전히 담담했다. 그건 솔직한 마음이었다. 눈물을 주무기로 삼는 여자에게 분노 따위는 일지 않았다. 그저 이유가 궁금할 뿐이었다.

"땅콩 박스 속에 넣은 돈… 삼백만 원이더군요."

"……"

"꽤 큰돈인데 다 타버렸습니다."

"……"

"이유를 알고 싶습니다. 내가 모 여사님께 원한을 샀나요?"

탁대는 모은순을 똑바로 바라보았다. 비록 특별한 인연이 없었지만 그건 알 수 없는 일이었다. 모은순은 시선을 떨어뜨린 채 손톱을 물어뜯었다. 그녀의 발 또한 한 치의 틈도 없이 꼭 붙어 있었다. 그건 극도로 긴장하고 있다는 증거였다.

순간 독심.

탁대는 움츠린 그녀를 향해 마법을 뿌렸다.

─무서워.

─나 이제 어떡해.

─형진아…….

그녀의 마음에 떠도는 말은 단순했다. 두려움과 아들에 대한 애착이 전부였다.

"총리실 감사반에게 전화하셨죠?"

"……"

"투서도 여사님 자작극이고요."

"……"

"아무것도 말하지 않으면 이 사건은 검찰에 통보해서 그쪽 조사를 받도록 하겠습니다."

탁대는 앞에 놓인 보고서를 챙기는 척하며 슬쩍 으름장을 놓았다.

"제발… 한 번만 봐주세요."

순간, 모은순이 미끼에 반응을 해왔다.

"그러니까 사실대로 얘기를 하세요."

"그건……."

"여사님!"

"나, 나는 다만……."

모은순의 눈에 다시 눈물 홍수가 터지기 시작했다. 그렇게 울고도 눈물은 다시 책상을 흥건하게 만들었다. 눈물 많은 여자라는 게 괜한 소문이 아니었다.

'이렇게 심약한 여자가 대체 왜?'

탁대는 집중했다. 그럴수록 더 이유가 궁금해졌다.

순간 독심.

그녀의 흐느낌을 틈타 다시 한 번 마법을 날렸다. 그러자 이번에는 제대로 반응이 왔다. 혼란스러운 그녀의 마음이 속으로 주절거린 것이다.

—바보, 멍청이.

처음에는 맹렬한 자책감.

—대체 왜 불이 난 거야? 땅콩에 라이터가 든 것도 아닐 테고.

이어 결과에 대한 원망.

그 다음에 나온 독백. 그 한마디는 탁대의 뒤통수를 해머로 후려친 것만큼 강력한 단어였다.

―배 국장님… 나 어떡해요.

'배 국장?'

처음에 탁대는 귀를 의심했다. 백기윤 국장을 잘못 들었나 싶었다. 하지만 그렇지 않았다. 두 번째 나온 말도 분명 배 국장이었다.

'그럼 전 총무국장 배익환?'

탁대 스스로 그 이름을 되뇌는 순간, 머리에 우르르 대형 지진이 일었다. 이건 결코 일어나서는 안 될 일이었다.

"백 국장님이 아니고 배익환 전임 총무국장이었군요?"

"……?"

탁대가 입을 열자 모은순의 고개가 벼락처럼 치솟았다. 그 다음, 그녀의 눈가에는 절망이 스쳐 갔다. 얼마나 충격을 받은 건지 이번에는 눈물도 얼비치지 않았다.

"그런… 가요?"

"알고… 계셨어요?"

굳게 닫혀 있던 모은순이 입이 비로소 열리기 시작했다.

"담배 한 대 피우게 해줘요."

모은순이 탁대를 바라보았다. 하마터면 '여기서요?' 하고 물을 뻔했다. 공공기관은 전부 금연이기 때문이었다. 은순의 가방에서 담배를 꺼냈다. 담배 피우는 여자… 딱히 이상할 것도 없지만 은순과는 별로 어울리지 않았다.

그녀는 담배를 꼭꼭 씹어 피웠다. 탁대는 재떨이를 대신해 우윳갑을 내주었다. 하얀 속살의 우윳갑은 금세 담뱃재로 얼룩이 졌다.

"자작극인 거 맞아요."

담배꽁초를 우윳갑에 투하한 모은순이 자백을 시작했다.

"그런데 어떻게 안 거죠?"

은순이 탁대를 바라보았다.

"프린터요."

"프린터?"

"감사실로 보낸 투서와 모 여사님이 받았다는 협박 문서, 그리고 사무실의 출력물… 전부 모퉁이에 잉크젯 프린터의 흔적이 남아 있었습니다."

"그럼 땅콩 박스의 불은요?"

은순은 궁금한 모양이다. 하지만 그건 말해줄 수 없었다.

"그건 나도 모릅니다."

"배 국장님이라는 건 어떻게 아셨어요?"

"그것도 말하지 않겠습니다."

"대단하네요. 조탁대 씨……."

그녀의 입가에 체념의 미소가 스쳐 갔다.

"설명을… 부탁드립니다."

탁대는 조용한 눈빛으로 모은순을 다그쳤다.

"그렇다고 오해는 마세요. 배 국장님과 이상한 사이는 아니니까요."

"……."

"아는지 모르겠지만 처음 시청에서 일하게 된 게 그분 덕이었어요. 그분 소개로 계약직이 되었거든요."

'배 국장의 소개?'

어쩐지!

"그래도 무서워서 싫다고 했는데……."

은순은 눈가에 맺힌 습기를 닦아내며 말을 이었다.

"그거 아세요? 배 국장님… 임기 잘 마치면 차차기 시장 선거에 나오려고 했던 거?"

"그러셨군요."

"그런데 조탁대 씨 때문에 다 망가져 버렸대요. 불명예스럽게 나가 버렸으니……."

"……."

"우연히 전화가 와서 만나게 되었어요. 조금 부담스러운 약속이긴 했는데 그래도 한때는 시청의 버젓한 국장이었고 또 내게는 일자리를 주신 분이라……."

"……."

"파전 집에서 막걸리를 마시다가 제안을 받았어요. 자기 명예를 회복하게 해달라는……."

"투서도 그분이 시킨 건가요?"

"그건 하나의 의견이었어요. 어쨌든 조탁대 씨와 연관이 있어야 접근할 텐데 아무 연결고리가 없었잖아요. 그래서……."

"백 국장님은 왜 끼워 넣으신 건가요?"

"배 국장님이 밀려날 때 그분께 구명운동을 부탁했었나 봐요. 그때 적극적으로 나서지 않았다고……."

'밴댕이 소갈딱지 같으니…….'

탁대는 목까지 밀려나온 욕을 다시 밀어 넣었다.

"그날 배 국장님과 술집에서 나오다가 친구와 함께 모텔로 들어가는 백 국장님을 보게 되었어요. 잠시 후에 모텔에서 불륜으로 보이는 중년 남녀 한 쌍이 나왔는데 그걸 본 배 국장님이 저 콘셉트가 좋겠다고 하더군요. 백 국장 평판도 흐릴 겸……."

"그래도 여자 입장에서 불륜으로 가기는 쉽지 않았을 텐데요?"

"저도 다른 걸로 하면 안 되냐고 물었지만……."

배 국장이 받아들이지 않았다. 그 말은 듣지 않아도 알 것 같았다.

"협박 문서라는 걸 가지고 온 이유는요?"

"보아하니 감사실이 안 움직이는 거 같은 거예요. 그래서 쐐기를 박을 생각으로 찾아갔던 건데 그게 화근이 되었군요."

"그러니까 없는 일을 만들어놓고 조사가 무혐의로 종결되면 고마움의 표시로 현금이 든 선물을 주려고……."

"미안해요. 나로서는 어쩔 수 없는 일이었어요."

거기까지 말한 모은순이 고개를 떨어뜨렸다.

"배 국장님이 협박을 했겠군요."

"……."

"그렇지 않으면 여사님이 이렇게까지 나설 일은 아니었을 것 같습니다. 기왕 말씀하신 거 나머지도 다 말해주세요."

"……."

"여사님!"

"처음에는 부탁이었어요. 그래야 자기가 재기할 수 있는 발판을 만들 수 있다고… 하지만 나중에는 강요와 함께 협박이 이어졌어요. 비록 자기가 국장직을 떠났지만 아직도 말 한마디면 나 같은 건 바로 짜를 수 있다고……."

'나쁜 인간 같으니…….'

"겁이 덜컥 났어요. 남편과 헤어지고 장애를 가진 아이와 살고 있는데 여기서 나가면 내가 뭘 하겠어요?"

"돈은 배 국장이 준 건가요?"

"아뇨."

모은순은 바로 고개를 저었다.

"그럼 여사님이?"

"어차피 뇌물수수 현장이 잡히면 그 돈은 나한테 돌아올 거라고 하더라고요. 조탁대 씨가 불륜 사건을 무마하는 조건으로 요구하는 바람에 마지못해 건네줄 거라고 하면……."

'허얼~!'

"그럼 혹시 계약직으로 들어올 때 배 국장이 거마비 같은 거 원하지 않았습니까?"

"……."

"말해주세요."

"원했어요."

"얼마 건넸습니까?"

"담당자들하고 밥 정도는 먹어야 된다고 해서 이백만 원……."

'개자식!'

탁대는 자신도 모르게 욕설을 웅얼거렸다.

"저 이제 그만두어야 하는 건가요?"

긴 이야기를 마친 모은순이 탁대를 바라보았다. 그녀의 눈에는 깊은 슬픔이 자리하고 있었다. 자신을 시청에 앉혀준 배 국장. 그런 그가 요청한 위험한 부탁. 여러 정황으로 보아 그녀는 거절할 수 없는 일이었다. 아이를 위해서라도 일자리는 필요했다. 오죽하면 여자로서 입에 담기 어려운 불륜을 소재로 모험을 감행했을까?

"잠깐만 기다리세요."

탁대는 상담실을 나와 황 과장을 만났다. 그의 재가가 필요한 시점이었다.

"배익환 국장?"

빈 사무실에 탁대를 기다리던 황천수의 눈이 휘둥그레졌다.

"그분이 개인적으로 제게 불만이 있었던 모양입니다."

"치졸하군. 그래도 시청의 국장까지 해먹은 양반이……."

"사건의 시나리오는 그렇습니다. 외부 감사반이 뜬 것을 알고 교묘하게 매칭시킨 거죠. 우연히 제 차 트렁크에 불이 나지 않았더라면 모 여사님은 배 국장님이 시키는 대로 증언했을 테고……."

"자네는 그 덫에 걸려 졸지에 양의 탈을 쓴 비리늑대가 되는 거고?"

"그랬겠지요."

"이거 검찰이나 경찰에 고발해. 그냥 넘기기에는 악질적이야."

"그렇게 되면 모 여사님도 사표를 내게 됩니다."

"그게 뭐? 그 여자도 공범이야."

"남편과 이혼하고 아이를 데리고 사는데 아이가 다운증후군이랍니다."

"그건 이유가 안 돼. 이건 범죄라고."

"배 국장님의 협박을 받은 모양입니다. 협조하지 않으면 짜를 수도 있다고……."

"조탁대!"

황 과장의 목소리가 높아졌다.

"죄송하지만 이 사건의 처리를 제게 일임해 주시면 안 되겠습니까?"

"어쩌려고?"

"모 여사님 처분은 유보해 두고 제가 따로 배 국장님을 만나겠습니다."

"좋은 방법이 아니야. 그 양반이 그렇게 호인도 아니고."

"저도 그렇게 만만한 사람은 아닙니다. 게다가 따지고 보면 이건 제 일이기도 하고요."

"어쩌려는 건지 말해주면 고려해 보겠네."

"기왕 허락하실 거면 화끈하게 허락해 주시죠."

탁대가 빙그레 웃었다. 그걸 바라보던 황천수도 피식 웃음을 터트렸다. 그건 곧 이 사건의 처리를 탁대에게 맡긴다는 뜻이었다.

부우웅!

밤 8시가 넘어 탁대는 자가용을 몰고 청사를 나왔다. 조수석에는 모은순이 타고 있었다. 그 사이에 모은순의 전화기가 네 번이나 울렸다. 모두 배 국장에게서 온 전화였다. 은순은 받지 않았다. 탁대의 요청이었다.

"어쩌시려고요?"

은순이 걱정스레 물었다. 그래도 그녀의 눈에서 공포심은 많이 가셔 있었다. 탁대가 딜을 제기했기 때문이었다.

배 국장 버릇 고치기.

탁대가 원하는 건 그것이었다. 하지만 뾰족 수가 떠오르지 않았다. 수사기관에 통보하지 않고 망신을 주고 혼구멍을 내는 것도 쉬운 일은 아니었다.

물론, 탁대라면 몇 가지 방안이 있었다. 우선 화염으로 똥꼬를 끄스를 수도 있고 접착 마법으로 건물 옥상 같은 곳에 거꾸로 붙여놓을 수도 있었다. 그런데 그와 유사한 상황을 몇 번 연출하다 보니 그것도 꽉 땡기지 않았다.

차는 네거리에서 신호등에 걸렸다. 그때였다. 폐업을 하는 상가 주인이 마네킹을 들고 나와 도로 쪽 쓰레기 더미에 내려놓았다. 마네킹에는 낡은 속옷이 그대로 입혀져 있었다.

상가는 속옷 가게였다. 얼마 전부터 폐업 처리라고 써 붙이더니 결국 문을 닫는 모양이었다. 재고도 제대로 처리하지 못한 것 같았다. 주인은 낡은 속옷을 쑤셔 박은 쓰레기봉투를 두 개나 더 들고 나왔다. 그걸 본 중년의 남자 행인이 쓰레기봉투를 열었다. 그리고 속옷 몇 개를 골라 들고 갔다.

"어우, 변태……."

행인이 고른 건 여자 속옷이었나 보다. 가만히 보고 있던 은순이 인상을 찡그렸다. 순간, 탁대의 뇌리에 반짝 불이 들어왔다.

"배 국장님에게 전화 걸어서 모텔에서 만나자고 하세요."

차를 갓길에 붙인 탁대가 은순에게 말했다.

"모텔요?"

"거기 있잖아요? 기왕이면 백 국장님이 들어갔다는 그 모텔……."

"왜 하필이면 모텔에서?"

은순의 얼굴이 일그러진다.

"여사님은 안 들어가도 되니까 그렇게만 전하세요."

"알았어요."

끼이익!

전화를 건 지 20분도 되지 않아 배 국장의 자가용이 모텔 앞에 멈췄다. 몸이 달아오른 그는 주차도 건성으로 한 채 모텔로 들어갔다.

"여기 그냥 계세요."

저만치 주차된 차 안에서 지켜보던 탁대가 은순에게 당부하며 운전석 문을 열었다.

"겁이 나요."

"괜찮습니다. 저만 믿으세요."

탁대는 그녀를 안심시키고 나서 차에서 내렸다.

'배익환 국장…….'

어둠에 묻힌 모텔을 바라보니 격세지감이 느껴졌다. 9급 공무원으로 처음 임용되었을 때 하늘처럼 보이던 국장. 그것도 핵심 실세에 속하는 총무국장이었다. 그런데 지금은 이런 운명으로 만나게 되었으니 어쩐지 씁쓸하기도 했다.

덜컥! 단숨에 408호의 문을 열어 제친 배익환.

'응?'

배익환은 미간을 찡그렸다. 침대 뒤쪽에 선 것은 은순이 아니라 마네킹이었다.

'뭐야?'

객실에 들어선 배익환은 마네킹이 거슬렸다. 하나도 아니고 둘. 게다가 낡고 찌든 브래지어와 거들이 둘러져 있었기 때문이었다. 배익환은 화장실을 두드렸다. 그 안에도 은순은 없었다.

'이게 사람을 놀리나? 일도 제대로 처리 못 한 주제에…….'

배익환이 전화기를 꺼내들 때 문에서 기척이 들렸다.

"빨리 빨리 못 다니……?"

호통을 치던 배익환의 얼굴이 굳어버렸다. 인기척의 주인은 모은순이 아니라 탁대였다.

"조탁대? 네가 여길 어떻게?"

"오랜만에 뵙겠습니다. 지나가는 길이었는데 국장님이 들어가시길래 인사라도 하려고요."

탁대는 발을 이용해서 문을 닫았다. 탁 하는 소리가 들리자 배익환이 탁대를 쏘아보았다.

"비켜!"

"나가시게요?"

"건방진 새끼."

배익환은 탁대를 밀었다. 그런 다음 손잡이를 잡아당겼다. 하지만 이미 접착 마법이 발현된 문이 열릴 리 없었다.

"뭐야?"

배익환은 손잡이를 흔들었지만 문은 꼼짝도 하지 않았다.

"이야, 취향도 독특하시군요. 이런 마네킹이라니……."

탁대는 침대 옆에 선 마네킹을 바라보며 변죽을 울렸다.

"이런 젠장!"

텅! 부아가 치민 배익환은 결국 문짝을 걷어차고 말았다.

"배 국장님, 아니, 이제는 배익환 님이로군요."

창가에 기대선 탁대가 담담하게 말했다. 독이 오른 배익환이 파뜩 고개를 돌렸다.

"너… 무슨 수작을 꾸민 거야?"

그제야 낌새를 차린 배익환이 물었다.

"수작을 꾸민 건 제가 아니라 배익환 님일 텐데요?"

"뭐야?"

"모은순 여사를 내세워 꾸민 수작은 유감입니다. 땅콩 박스에 넣은 삼백만 원도 그렇고요. 그 돈이 불타 버렸다는 건 들으셨겠죠?"

"이 새끼가!"

배익환은 분노를 참지 못하고 탁대의 멱살을 잡았다.

"더 유감인 건 말이죠, 남자답게 직접 나서지 않고 가엾은 여직원에게 사주했다는 겁니다. 더구나 그 직원 채용하면서 돈까지 받았다죠?"

"이놈이!"

흥분한 배익환이 손을 날렸다. 하지만 탁대가 먼저였다. 재빨리 배익환을 밀어 침대에 쓰러뜨린 것이다.

"미안하지만 제가 오늘은 당신 버릇 좀 고쳐야겠습니다."

탁대는 배익환 위로 마네킹 두 개를 던졌다. 배익환은 누운 채 얼떨결에 마네킹을 받아들었다.

"많이 해본 솜씨로군요. 변태답게……."

"뭐야?"

배익환은 벌떡 일어나 마네킹을 탁대에게 던지려고 했지만 그 또한 뜻대로 되지 않았다. 누운 자세 그대로 안겨서 떨어지질 않는 것이다. 탁대는 조금 떨어져 있는 마네킹도 배익환 옆구리에 붙여 주었다. 배익환은 마네킹 두 개를 안고 긴 채 누운 꼴이 되었다.

"똥배 때문에 숨이 막히실 테니……."

탁대는 배익환의 벨트를 풀고 지퍼를 내렸다. 그러자 야릇한 상상이 가능한 상태가 되었다.

"이거 실례 좀 하겠습니다."

탁대가 배익환의 스마트폰을 집어 들었다.

찰칵찰칵! 탁대는 배익환의 추한 풍경을 그의 폰을 이용해 사진으로 담았다.

"너 뭐하는 짓이야?"

배익환이 버둥거리지만 부질없었다. 아직은 탁대의 접착 마법이 풀릴 때가 아니었다.

"잘 나왔죠? 보기보다 카메라 빨을 받으시는군요."

탁대는 선명하게 찍힌 변태 광경을 배익환에게 디밀었다.

"이 새끼… 당장 지워, 지워!"

배익환이 몸부림을 치며 소리쳤다.

"그건 못하겠고 혹시 몸캠 피싱이라고 아십니까?"

"이 새끼……."

"듣자니 차차기 시장 출마를 꿈꾸신 다던데 이거… 배익환 님 지인들에게 쫙 뿌리면 어떻게 될까요?"

"너……."

"아, 더 재미있는 일도 만들 수 있습니다. 이 방에서 지금 이상한 아저씨가 변태 짓을 하고 있다고 경찰이나 기자들에게 신고해 드릴까요?"

탁대의 몸에서 후끈 광기가 터져나갔다. 그제야 배익환은 한기를 느꼈다.

조탁대. 지금 앞에 서 있는 탁대는 자기 마음대로 다루던 하위직 공무원이 아니었다. 탁대는 지금 배익환의 생사여탈권에 버금가는 권력을 쥐고 있는 셈이었다.

"조탁대……."

상황을 직시한 배익환의 목소리에서 울먹거림이 배어나왔다.

"총리실 감찰반은 당신이 불렀나요?"

"그건……."

"참 빽도 좋으십니다. 그런 빽은 시의 발전을 위해서 쓰셔야죠."

"조탁대… 내가 잘못했네. 그냥 괜한 마음에 자넬 혼 좀 내준다는 게……."

"그럼 직접 나섰어야죠? 왜 죄 없는 여직원들을 협박해서 내세웁니까?"

"협박이 아니라 자발적으로……."

"그 착한 모 여사가 말입니까?"

"……."

양심이 찔린 모양이다. 배익환도 거기서는 대꾸하지 않았다.

"그분 계약직으로 밀어 넣을 때 돈 받았죠?"

"모은순이 그러던가?"

"모 여사는 아무 말 안 했습니다. 당신에게 협조한 사람들이 알려주더군요."

탁대는 대충 둘러댔다. 계약직원을 밀어주려면 당시 그 업무를 담당하는 사람이 있었을 터. 그렇다면 필경 배익환이 그에게 지시를 했을 일이었다.

"오백만 원은 돌려주셔야겠습니다."

"오백만 원?"

"모 여사님께 취업을 대가로 받은 이백에 오늘 일에 쓰라고 지시한 삼백… 합이 오백입니다."

"그걸 내가 왜?"

"이 사진 당장 SNS에 올릴까요?"

탁대가 다시 사진을 상기시켰다.

"안, 안 돼."

"돌려주세요."

"알, 알았네. 하지만 어쩐 일인지 몸이 안 움직여서……."

"전화를 걸어드리죠. 누구에게 걸까요?"

"거기 보면 배지환이라고 있을 걸세."

탁대는 전화번호를 뒤져 배지환을 찾아냈다. 그런 다음 통화 버튼을 누르고 전화기를 배익환의 귀에 대주었다.

"어, 나야……."

배익환은 순순히 오백만 원을 송금했다. 탁대가 내민 모은순의 계좌로 말이다.

"이, 이제 나 좀 어떻게 해주게나. 몸이 왜 이러지?"

송금을 마친 배익환이 버둥거리며 말했다.

"우선 제 전화로 한 장 보내두겠습니다. 그리고 모은순 여사 전화로도요."

"안, 안 돼."

"아시겠지만 보험용입니다. 아무래도 당신을 믿을 수가 없어서요."

"조탁대……."

"그리고 어쨌든 이 사진은 SNS에 올라가게 될 겁니다. 당신은 그

만한 대가를 치러야 하니까요."

"이, 이봐! 돈도 돌려줬는데 왜 그래?"

"돈이 문제가 아닙니다. 당신 머리에 꽉 찬 똥 말입니다. 그게 빠져야 합니다."

"조탁대… 그러지 마. 그거 보내면 난 끝장이야."

"당신의 정치적 꿈 말입니까?"

"뭘 원하나? 승진을 원하면 내가 밀어주겠네. 사무관까지는 책임져 주겠어."

몸이 달아오른 배익환은 몸부림을 치며 애걸해 댔다.

"그런 승진은 필요 없습니다. 더구나 당신 같은 사람은 죽었다 깨어나도 우리 시의 시장이 되면 안 됩니다."

탁대의 손이 스마트폰 화면 위로 올라갔다.

"안 돼. 안 돼에!"

톡! 탁대의 손은 결국 화면을 터치했다. 아주 잠깐 인간적인 연민이 깃들기도 했었다. 하지만 용서할 수 없었다. 따지고 보면 그는 봉황시 인맥 파벌의 진원지이기도 했다. 비록 그 증거에 닿기도 전에 사직해 버려 파헤칠 수 없었다지만 한 가지를 보면 열 가지를 아는 법.

"또 모르죠. 당신이 나를 죽이기 위해 보낸 땅콩 상자의 돈이 신의 가호로 불붙었듯 당신의 사진도 가상공간에서 배달이 되다가 사라질지도."

탁대는 전화기를 배익환의 머리 위에 던져 주고 돌아섰다. 잔머리와 꼼수로 가득 찬 인간 배익환. 더 마주보는 것도 역겨운 일이었다.

탁대가 문을 열기도 전에 배익환의 전화기가 울렸다. 배익환이 받지 않자 문자도 수없이 쏟아져 들어왔다. 객실문을 연 탁대는 슬쩍 접착 마법을 해제해 주었다.

서둘러 문자를 확인하는 배익환. 그는 바로 사색이 되면서 목이 터져라 비명을 질러댔다.

"으아아악!"

마네킹과 응응응을 하는 변태 배익환.

'끝!'

탁대는 개그의 유행어를 떠올리며 모텔을 나왔다.

"조 주사님……."

입금을 확인한 모은순은 눈물을 글썽거렸다.

"사진 한 장 들어왔죠?"

"그거 보고 기절할 뻔했어요. 그러려고 마네킹을 주워온 거였어요?"

"배익환 씨랑 잘 어울리잖아요?"

"어쩌면 그렇기도……."

모은순이 볼을 살짝 붉혔다.

"나중에라도 헛소리하면 그 사진 보여주세요. 그러면 별소리 못할 겁니다."

"고마워요."

"대신 다음에는 이런 일에 말려들지 않는다고 약속하세요."

"그거야 얼마든지……."

"됐으니까 가보세요."

"그럼 저 안 짤리는 건가요?"

"당연하죠. 이 일은 처음부터 없었던 일입니다."

"조 주사님……."

모은순은 기어이 눈물을 짜내기 시작했다.

"아, 그 울지 좀 마세요. 누가 보면 내가 울린 줄 알겠네."

"안 울게요. 그냥 너무 고마워서……."

"힘내시고요."

탁대는 모은순을 향해 주먹을 불끈 쥐어보였다. 모은순이 하얗게 웃었다. 그 웃음은 협박으로 비리 조작을 시도하느라 찌들었던 그녀의 무거움이 말끔히 사라지는 신호였다.

—어디예요?

집으로 갈 때 혜자에게 전화가 걸려왔다.

"퇴근하는 중."

—응? 생각보다 일찍이네요?

"응."

대답을 하며 시계를 보았다. 시간은 아직 10시가 되기 전이었다.

—그럼 조금 늦게라도 보자고 하지…….

혜자가 볼멘소리를 냈다. 약속 때문이었다. 사실 탁대는 오늘 혜자와 선약이 있었다. 신혼여행을 상의하기로 한 날이었다. 하지만 모은순 일로 돌발 상황이 터지면서 취소해 버렸다. 혜자는 그게 서운했던 눈치다.

"가는 길에 들릴까?"

"진짜요?"

혜자가 반색을 했다.

"알았어. 길 건너 커피집 있지? 10분 후에 거기로 나와."

"10분은 불가능하고 15분!"

혜자는 시간을 늦췄다.

"혜자는 아무렇게나 하고 나와도 예쁘니까 그냥 나와. 화장하려는 거 누가 모를 줄 알아?"

"안 돼요. 지금 자려던 참이라 완전 엉망이라고요. 15분, 알았죠?"

결국 혜자가 이겼다. 탁대는 웃으며 전화를 끊었다. 여자는 남자와 다르다. 달라도 완전 다르다. 남자들은 자다가 츄리닝만 걸치고도 나갈 수 있다. 하지만 여자들은 거울보고 대충이라도 찍어 발라야 하는 것이다. 그 대충이 보통 10분이다.

'그것도 처녀 때 말이지.'

언젠가 기혼 선배들이 한 말이 스쳐 갔다. 아가씨 때는 그렇게 모양을 내지만 결혼하고 애를 낳으면 오히려 남자보다 더 가꾸기에 소홀해지는 여자도 있단다.

'혜자도?'

주차를 하며 탁대는 10년 후쯤의 혜자를 떠올렸다. 저 예쁜 얼굴은 어떻게 변할까? 몸매는 또 어떻게 변할까? 그래봤자 아무것도 머리에 들어오지 않았다. 젊은 탁대에게 있어 미래는 그저 현재의 연장일 뿐이었다.

"어디 갈 건데요?"

깔끔하게 가꾸고 나온 혜자가 단도직입적으로 물었다. 다른 건 다 협조적이면서도 신혼여행지에 대해서만은 까다로운 혜자였다.

탁대는 알고 있다. 혜자가 가고 싶은 게 유럽이라는 걸. 이상하게도 여자들은 유럽을 선호했다. 물론 탁대도 유럽이 싫은 건 아니었다. 더구나 로르바흐의 궤적을 찾아 다녀온 경험도 있었다. 그때

느낀 유럽은 괜찮은 여행지였다.

But! 지금은 상황이 달랐다. 탁대는 공무원이다. 공무원에게는 시시콜콜 의무가 따른다. 이번만 해도 그렇다. 중앙정부에서 웃지 못할 지시공문이 떨어졌다. 직원들에게 해외여행을 금하고 국내여행을 권장하라는 것이 그거였다. 바로 국내 경기부양을 위해서 라나 뭐라나?

웃음도 나오지 않았다. 공무원도 사람이다. 직장인이다. 개나 소나 가는 해외여행 좀 가는 게 무슨 대수란 말인가? 그러나 일단 지시가 떨어지면 이행해야 하는 의무도 있었다. 더구나 탁대는 그걸 조사하는 감사실 소속이었다.

"유럽은 힘들어. 일단 결혼연가가 5일이잖아."

"예전에 보니까 주택과 언니는 자기 연가 붙여서 가던데……."

"지금은 해외여행 자제라니까."

"그럼 제주도 가요?"

"그냥 백두대간이나 따라 돌까?"

"오빠!"

슬쩍 떠보는 말에 혜자의 목소리가 높아졌다.

"좋아. 그럼 끄라비!"

"끄라비가 어딘 데요?"

"태국 남부인데 물도 좋고 단체 여행객이 없는 곳이라 호젓하대. 섬 호텔도 있고……."

"잠깐만요."

혜자는 바로 검색을 시작했다. 그러자 에메랄드빛 산호바다가 떠올랐다.

"어머, 괜찮네?"

"그렇지?"

탁대는 슬쩍 장단을 맞춰주었다. 사실 혜자는 해외여행 경험이 별로 없었다. 해외라야 고등학교 때 중국 단체여행을 다녀온 게 전부란다. 그러니 여행사나 기자들이 포샵을 왕창해서 올려놓은 사진조차 구분을 못 하는 것이다.

"어때? 우리 황녀님?"

"음… 좋아요. 대신 방은 깨끗한 걸로 잡기."

"오케이!"

탁대가 손바닥을 보이자 혜자의 손바닥이 날아와 짝 하고 부딪쳤다. 겨우 의기투합을 이룬 것이다.

'다행이다.'

탁대는 안도의 숨을 쉬며 차를 마셨다.

발리, 사이판, 코타키나발루, 푸켓… 알 만한 여행지를 다 못마땅해하던 혜자가 낯선 이름에 홀린 모양이다.

"아, 빨리 오빠랑 같이 살았으면 좋겠다."

고개를 탁대 어깨에 기댄 혜자가 말했다. 탁대는 그 입술에 가벼운 키스를 작렬시켰다. 이제 서울시 임용을 코앞에 둔 혜자. 그녀와의 결혼이 다가오고 있었다.

그로부터 며칠 동안 시청에는 배익환 사진이 대화제가 되었다. 탁대가 올린 그 사진이 돌기 시작한 것이다.

"어머, 이분, 변태였어?"

"어머, 어머, 미쳤나 봐."

"난 몰라. 나 그 작년에 독도 교육 갈 때 같이 갔었는데."

여직원들은 대부분 몸서리를 쳤다. 조작이니 뭐니 할 여지도 없었다. 그 사진의 출처는 배익환의 스마트폰. 그러니 변명의 여지조차 없었다.

"조 주사님."

목요일에는 모은순이 찾아왔다. 그녀의 손에는 작은 롤 케이크가 두 개 들려 있었다.

"뭐예요?"

"드세요. 시장통에서 싼 거 하나 샀어요."

은순은 케이크 하나를 탁대 책상에 내려놓았다.

"이런 거 필요 없어요. 아이나 가져다주세요."

"안 돼요. 이건 받아야 해요."

은순은 고개를 저으며 말꼬리를 붙였다.

"이번에는 속에 아무것도 안 들었으니까 마음 놓고 드시고 저 좀 도와주세요. 그러니까 이건 뇌물이에요."

"뇌물요?"

은순은 조건을 내걸었다. 백 국장 방에 같이 좀 가달라는 부탁이었다. 국장실에 들어선 그녀는 남은 롤 케이크를 내밀었다. 영문을 모르는 백 국장은 눈만 멀뚱거렸다.

"투서 때문이랍니다. 공연히 국장님께 민폐를 끼친 것 같다면서……."

탁대는 간단하게 설명했다. 백 국장은 저간의 과정을 모르니 굳이 사실대로 얘기할 필요는 없었다.

"어이쿠, 이거 케이크는 내가 사줘야 하는데… 나야 늙은 사람이니 썸씽이 나도 손해날 것도 없잖아?"

백 국장의 너스레를 들으며 탁대와 은순은 복도로 나왔다.

"진짜 고마워요. 조 주사님."

"그만하시고 가서 근무하세요. 저 지금 회계과 근태 점검 나갈 겁니다."

"어머, 그럼 얼른 가서 자리 지켜야겠네?"

순진한 은순은 화들짝 놀라며 발길을 재촉했다.

따르릉!

점심시간이 가까울 무렵 탁대는 책상으로 걸려온 전화를 받았다. 부시장실이었다.

"알겠습니다. 정리해서 퇴근 전에 제출하겠습니다."

감사서류를 요청 받은 탁대가 대답했다.

"이팔호는 출장 갔나요?"

전화를 내려놓은 탁대가 윤아를 향해 물었다. 그러고 보니 아침부터 팔호가 보이지 않았다.

"글쎄요 출장복명서에는 없던데……."

"팔호 씨 아까 전화받고 나갔는데요?"

윤아가 고개를 갸웃거리자 그 옆 자리의 하채린이 고개를 들었다.

"그런데 아직도 안 들어와?"

"맞아. 오늘 유 주임님이 점심 쏜다고 했었죠?"

윤아가 건너편에 앉은 유상길을 보며 물었다.

"놔둬요. 한 사람 안 오면 돈 굳는 거지 뭐."

동생이 로클럭(재판연구원)에 합격한 일을 자랑하다가 여직원들의 성화에 못 이겨 한 턱을 내게 된 유상길이 넉살을 떨었다.

"유 주임, 뭐 쏠 거야? 로클럭이면 곧 판사님인데 시시한 걸로는 안 돼."

용 팀장도 대화에 끼어들며 으름장을 놓았다. 판사… 임용만 되면 4급 공무원이다. 더구나 급으로 평가할 직업이 아니다. 누구든 부럽지 않을 수가 없었다.

"그래요. 제 카드 빵꾸나도 좋으니까 마음대로 드세요. 일식부터 중국집 요리까지 뭐든지 됩니다."

유상길이 의자에 걸쳐 둔 상의를 집어들 때 윤아 앞의 전화기가 요란을 떨었다.

"감사합니다. 감사실 조윤아입니다!"

벨이 울리기 무섭게 수화기를 집어 드는 윤아.

"네?"

하지만 그녀의 미간은 이내 사납게 구겨졌다.

"왜 그래?"

수화기를 놓지 못하고 부들거리는 윤아에게 황 과장이 물었다. 그리고… 윤아가 한 한마디는 감사실을 홀딱 뒤집어 버리고 말았다.

"이팔호 씨가 검찰에 잡혀 갔대요!"

'검찰?

싸늘한 냉기가 엄습해 온 감사실. 탁대의 눈자위도 빠르게 일그러지고 있었다.

7장

검찰의 속셈

평판!

그건 무서운 관습이다. 특히 공직사회가 그렇다. 한 번 형성된 평판은 오래 간다. 물론, 이건 일반 기업도 아주 다르지는 않다.

"그 사람 어때?"

인사이동이 나면 제일 먼저 나오는 말이다. 사람보다 평판이 먼저 오는 것이다.

"진국이지. 일 잘해, 사람 좋아……."

이런 평판이면 얼마나 좋을까만.

"그 인간 진상이야. 먼저 부서에서도 트러블 메이커였대."

라는 평판이 오면 사람도 보기 전에 고개를 가로젓게 된다.

팔호가 그랬다.

권해관 팀장 밑에서 호가호위하며 권세를 부렸던 약삭빠른 이미

지가 다 가시지 않았다. 그 반증은 감사실 직원들에게서도 여실히 증명되었다.

"좀 착실해졌다 했더니 그 버릇 개줬겠어?"

"그러게. 언젠가는 한 방에 갈 줄 알았지."

유 주임과 노 주임 등이 혀를 찼다. 거기에 양 주임도 기름을 부었다.

"사필귀정 아니겠어요? 가면 쓰고 살아봤자 얼마나 가겠어요."

분위기가 어수선해지자 황 과장이 탁대를 불러냈다.

"뭐 아는 거 있나?"

상담실 벽에 기대선 황천수가 물었다.

"죄송합니다. 저도 뭐가 뭔지……."

"이팔호가 전에 표적 조사하고 다닌 건 알지?"

"예……."

"여전히 그랬던 걸까?"

"그건 아니라고 봅니다."

"그래?"

"권 팀장님 이후로 마음잡았습니다. 그건 제가 압니다."

"그럼 다행이지만 검찰 애들이 이유도 없이 데려갈 리는 없잖아?"

"……."

거기에 대해서는 탁대도 할 말이 없었다. 아무리 마음을 잡았다지만 팔호에 대해 100% 알 수는 없는 일이기 때문이었다.

"뭐 불미스러운 일에 엮인 것도 없는 눈치고?"

"최소한 최근에는…."

"그럼 검찰 쪽에 알아보는 게 빠르겠군."

"제가 한 번 다녀와 볼까요?"

"용 팀장이?"

"예. 그쪽에 좀 아는 친구가 있거든요."

"아니야. 내 부서원인데 내가 가봐야지."

황천수는 역시 책임의식이 강했다. 다른 과장들 같으면 팀장이나 주임을 보내려 하겠지만 자기가 직접 가겠다고 나섰다.

"그럼 다녀오십시오."

탁대는 어정쩡하게 인사를 했다. 다른 일도 아니고 팔호 일로 가는 것이니 인사조차 자연스럽지 않은 것이다.

'이팔호……'

황천수가 나간 상담실에서 탁대는 생각에 잠겼다. 봉황대교 붕괴 사건 후로 완전히 달라진 팔호. 이제는 거들먹거리지도 않았고 꼼수를 동원한 조사도 하지 않았다.

그건 단순한 위장이 아니었다. 그걸 가장 잘 아는 게 탁대다. 아무리 위선으로 포장을 한다고 해도 '순간 독심' 까지 속일 수는 없었기 때문이었다.

그런데 왜?

왜 이팔호인가?

생각에 골똘할 때 상담실 전화가 울렸다.

—탁대 씨, 팔호 씨가 왔어요!

전화를 건 사람은 윤아였다. 탁대는 수화기를 대충 놓고 감사실로 달려갔다.

"이팔호!"

문을 열자 팔호가 눈에 박혀왔다. 팔호는 테이블 쪽에 황천수와 용 팀장, 이 팀장 등과 함께 앉아 있었다.

"탁대 형."

"어떻게 된 거야?"

탁대는 거두절미하고 물었다.

"으아, 형도 내가 초대형 비리에 얽혀 끌려간 줄 알았습니까?"

팔호가 되물었다. 그 말에 탁대의 긴장도 조금 내려앉았다. 표정을 보니 나쁜 일은 아닌 모양이었다.

"그럼 왜 검찰에 끌려간 건데?"

"자네 때문이라는데?"

대답은 용석봉의 입에서 튀어나왔다.

"나요?"

"맞아요. 검찰로 데려가더니 형에 대해 꼬치꼬치 캐묻더라고요."

'나?'

탁대의 뇌리에 의문이 스쳐 갔다. 검찰의 타깃은 팔호가 아니고 탁대였던 모양이었다.

"내가 왜?"

졸지에 의문의 주체는 탁대로 교체되어 버렸다. 직원들이 시선도 탁대에게 쏠려왔다.

"나도 잘 몰라요. 그동안 형이 굵직하게 처리한 일들에 대해 상세하게 캐물었어요. 화물차 사건과 봉황대교 사건, 그리고 양주 사건, 의회 성추행 사건 등등……."

팔호가 천천히 입을 열었다.

"그 사건 해결에 비리가 있다고 판단한 걸까요?"

용 팀장이 황천수를 바라보았다.

"난해하군."

황천수 역시 고개를 갸웃거렸다.

"그런데……."

황천수를 바라본 팔호가 조심스럽게 말문을 이어갔다.

"분위기가 나쁘지는 않았어요. 직원들의 심리를 정확하게 파악한 게 궁금한 모양이던데 제 생각으로는 좋은 측면인 것 같았습니다."

"이 사람아, 걔들이 어떤 애들인데 그래? 우리처럼 대놓고 수사할 것 같아? 그게 다 검찰이 쓰는 우회적인 수사기법이라고!"

듣고 있던 용 팀장이 목소리를 높였다.

"그런가? 내가 보기엔 아니던데……."

팔호는 아리송한 표정을 지었다. 그러자 이번에는 황천수가 탁대를 바라보았다. 뭐 짚이는 거 없냐는 의미였다. 탁대는 달리 할 말이 없어 어깨를 으쓱하는 것으로 대답을 대신했다.

"아무래도 내친 김에 검찰에 다녀와야겠군. 아무 일도 아닌 것으로 직원을 데려갔을 리는 없어."

"제가 수행하겠습니다."

황천수가 일어서자 용 팀장도 뒤따라 일어났다. 감사실의 분위기는 팔호가 돌아오기 전으로 돌아가 버렸다.

쪼르륵!

자판 커피가 소리를 내며 새어나왔다.

"진짜라니까요. 나쁜 일 아닐 거라고요."

"일단 마셔라."

탁대는 커피를 팔호에게 넘겨주었다. 복도 끝의 자판기 앞에는 아무도 없었다.

"아, 진짜… 사람 말 안 믿네. 직원들도 괜히 이상한 눈으로 보고……."

"조사한 사람이 어 계장이라고?"

"뭐 높은 검사라는 사람도 오고 다른 검찰 전문 직원들도 합석하긴 했어요."

"단지 나에 대해서만 물었다?"

"그렇다니까요."

"아무튼 이해불가다. 나를 조사할 거면 나를 데려갔어야지."

"뭐 그건……."

"어쨌든 고생했다. 그리고 걱정은 안 해도 돼. 나 공무원 되어서 받은 뇌물이라고는 여직원들이 준 꽃이나 점심 같이 먹은 죄 밖에 없으니까. 아, 전에 주차 분쟁 때문에 떼를 쓰던 부녀회장님이 밥 산 적도 있긴 하구나."

"형……."

"내 말은 그들의 목적이 뭐든 별로 얻을 게 없다는 거야. 민원에게 밥 얻어먹은 걸로 구속하지는 못할 거 아니냐?"

"그런 게 아닌 눈치였다니까요."

"그럼 뭐?"

"내 생각에는……."

팔호는 커피를 한 모금 더 넘기고서야 말꼬리를 붙였다.

"형에 대한 능력검증 같았거든요."

'능력검증?'

"분위기가 그랬어요. 비리 같은 거에 맞춘 초점이 아니고 형의 심리파악 능력에 대해 집중적으로 묻더라고요."

"그래서?"

"뭐 느낌대로 다 말해줬죠. 형한테는 약간의 초능력 같은 게 있는 거 같다고……."

"그럼 설마?"

탁대는 스쳐 가는 생각으로 눈자위를 구겼다.

"뭐 짚이는 거 있어요?"

"그 사람들이 농담처럼 했던 말 있잖냐? 나, 검찰로 데려간다는……."

"아, 빙고!!"

탁대의 말을 들은 팔호가 허공에 대고 손가락을 따악 튕겼다.

"딱 그거네요. 검찰이 형 빼가려고 검증 작업에 들어갔나 봐요."

'결혼 준비도 할 게 많은데…….'

청첩, 신혼집, 신혼여행, 결혼 준비는 잡다하게 많았다. 결혼 이벤트 회사를 이용하지 않다 보니 더 그랬다. 그런데 결혼대행사를 이용할 이유가 없었다. 솔직히 예식장 예약하고 드레스를 고르면 끝인 행사였다. 해외여행이야 둘이 손잡고 가면 되는 것이니 널린 인터넷 사이트로 예약하면 그만.

준비가 잡다해지는 건 주변 사람들 때문이었다.

'평생에 한 번인데…….'

다들 그렇게 말한다. 그래서 5십만 원짜리가 100만 원이 되더니 결국은 오백만으로 변한다. 탁대의 경우에도 그랬다. 태국 끄라비 여행을 알아볼 때였다. 신혼여행이라고 하자 자그마치 오백만 원짜리 상품이 날아왔다. 그걸 커트하고 여행사를 돌렸다. 그냥 여행이라고 하니 120만 원이면 충분했다.

결혼은 업자들에게는 공인 날강도 이벤트다. '결혼', '신혼' 자가 앞에 붙으면 다들 눈에 쌍심지를 켜고 벗겨먹으려고 하는 것이다.

아무튼!

오늘은 아무것도 손에 잡히지 않았다. 공무원이 되고 처음이었다. 이건 걱정이 아니라 혼란이었다. 솔직히 탁대는 겁날 게 없었다. 특별히 검찰의 표적 수사를 받을 만한 비리 따위는 없었기 때문이었다.

혹 조사 과정을 문제 삼거나 누군가 허위로 투서했다면 모르겠거니와 양심껏 행동해 왔다고 자부한다. 물론, 만에 하나 허위투서 따위라면 수사 과정에서 밝혀질 일이었다.

검찰 파견.

결국 탁대는 과거 검찰청에 파견을 다녀왔다는 고참 보건직을 만나게 되었다. 딱히 결정된 것은 없지만 기왕에 말이 오가는 것이니 알아두는 게 좋을 것 같았다.

"가능성은 있지."

보건직 고참은 탁대의 말을 듣기 무섭게 한마디로 답했다.

"가능성이 있다고요?"

"상급기관이나 권력기관이라면 별문제도 아니라네. 특별한 임무나 업무 때문이라면 시장님도 거절하지 못할 테고."

"그럼 팀장님은 어떤 일로?"

"내가 간 건 지능형 보건 범죄 때문이었네. 검찰 쪽 수사망이 우수하긴 하지만 어떤 업무분야에 대해서는 전문가가 없기도 하거든."

"그럼 대우나 근무는요?"

"뭐 파견이니까 맡은 임무가 끝나면 대개 원 소속기관으로 복귀하네만."

"그럼 간다고 해도 그렇게 길지는 않겠군요?"

"꼭 그런 것만도 아니야."

"예?"

"원래는 두어 달이면 끝날 것 같지만 몇 년씩 끄는 경우도 있다네. 또 어떤 업무는 아예 파견이 관습화되어서 파견직이 교대로 그쪽에서 상주하기도 하고."

"그렇게 되면 파견 간 사람이 원래 있던 기관에서 찬밥 신세가 될 수도 있잖습니까?"

"그렇기도 하지만 인센티브도 있다네."

"인센티브요?"

"꼭 그런 건 아니지만 어떤 파견은 승진 코스로 불리기도 한다네. 파견 갔다가 원대 복귀할 때 한 직급 승진하면서 내려오는 거지."

"아!"

"왜? 누가 자네 채간다나?"

"그게 아니고 그냥 궁금해서요."

"하긴 자네 정도 되면 안 채가는 게 좀 이상하지. 예전처럼 기관장을 위에서 임명할 때 같으면 벌써 저 높은 곳에서 자네 데려갔을 걸세."

"제가 뭐 한 일이 있다고요."

탁대는 겸손하게 얼굴을 붉혔다.

"아무튼 파견 같은 말 나오면 가보는 것도 괜찮아. 봉황시는 너무 좁은 물이잖나?"

보건직 팀장은 그 말을 끝으로 조언을 끝냈다.

복도 구석을 돌아설 때였다. 청사로 들어서는 황천수의 자가용이 보였다. 탁대는 궁금한 마음에 복도에 서서 황 과장을 기다렸다. 그 순간, 핸드폰이 울렸다.

"과장님!"

전화를 건 사람은 황천수였다. 그의 목소리가 조용히 새어 나왔다.

"청사 안에 있다며? 주차장으로 좀 오려나?"

"아, 예."

대답을 마치고 계단을 내려갈 때 용 팀장과 마주쳤다.

"팀장님!"

"과장님이 부르셨지? 가봐."

용 팀장은 탁대의 어깨를 툭 쳐주고는 남은 계단을 마저 올라갔다.

'뭐지?'

탁대는 고개를 갸웃거리며 주차장으로 나왔다. 차에 기대 담배를 피우고 있던 황천수가 눈에 들어왔다.

"과장님!"

"왔나?"

"문제가 생겼습니까?"

"검찰에서 마침 나하고 용 팀장을 부를 참이었다더군."

"왜……."

"이팔호 말이 맞았네. 저들의 타깃은 팔호가 아니라 자네야."

"……"

"아주 꼬치꼬치 캐묻더군. 인간 조탁대의 행적과 다른 사람의 심리를 파악하는 능력에 대해서 말이야."

'심리파악 능력?'

"그러고 보니 나도 궁금해지더군."

"뭐… 가요?"

"초능력!"

"예?"

황 팀장의 시선이 탁대에게서 떨어지지 않았다. 탁대는 벌어진 입을 얼른 다물었다. 초능력이라면 마법을 이야기하고 있는 것이다.

"뭐… 말도 안 되는 얘기지만 그쪽에서는 그런 능력도 있는 지 궁금해하는 눈치야. 그런데 가만히 생각해 보니 그런 것 같기도 하다는 말이야."

"과장님!"

"나만 그런 게 아니야. 용 팀장도 살짝 수긍하는 눈치던데?"

"에이, 진짜 왜 그러십니까?"

"아닌가?"

황 과장이 고개를 불쑥 들이밀며 물었다.

"죄송하지만 저는 봉황시 7급 행정주사보입니다. 초능력자는커녕 무술 유단자도 아니라고요. 군대에서 대충 딴 검은 띠 말고요."

"아무튼 검찰에서는 자네 업무능력에 대해 호감을 가진 모양이야. 그런데 나도 솔깃한 게 화물트럭 세운 것도 그렇고 봉황대교 붕괴 때 시장님 구한 것도 그렇지 않나?"

"그거야 급한 마음에 어쩌다 보니 우연히……."

"어쨌거나 낭패야."

"검찰에서 그런 능력을 문제 삼고 있는 건가요?"

"그렇다네."

황천수는 한마디로 대답했다.

"과장님."

"그러니 문제가 아닌가? 검찰청에서 자네를 통째로 빼가려는 눈치란 말일세!"

빙그레 웃으며 탁대를 바라보는 황천수. 그의 눈자위에 따뜻한 주름이 잡히는 게 보였다.

어동곤 계장.

위윤재 부장검사.

마침내 두 사람이 탁대를 찾아왔다.

"잠깐 얘기 좀 할까?"

시장을 만나고 내려온 두 사람은 감사실에 앉지 않았다.

"다녀오게."

황천수가 고개를 끄덕였다.

"앉으시게."

단아한 한정식 집 내실에 들어서자 어 계장이 말했다. 위 부장은 상석에 앉아 핸드폰을 테이블 위에 꺼내 놓았다.

"식사는 우리가 미리 예약해 두었네."

어 계장은 메뉴를 옆으로 밀었다. 그때까지도 탁대는 입을 열지 않았다.

"들지."

한정식 코스가 나오기 시작했다. 어 계장은 위 부장을 챙기더니 식사를 시작했다. 탁대도 먹었다. 금강산도 식후경인 것이다.

"여기 음식이 괜찮은데?"

음식이 가벼운 전체에서 조금씩 무거워지기 시작할 때 위 부장이 어 계장에게 물었다.

"예. 전에 지 청장님도 자주 들리던 곳입니다."

"하지만 내 입맛에는 약간 밍밍하군."

"부장님도 소금 줄이셔야 합니다."

"그게 싱겁게 먹는 게 좋다는 걸 알면서도 잘 안 돼."

"그러다 고혈압이라도 걸리면 낭패 보십니다."

"조탁대 씨는 어떤가?"

대화를 나누던 위 부장이 탁대를 화제 속으로 끌어들였다.

"네?"

"소금 말이야. 아무래도 한국 사람은 약간 짭짤해야 입맛이 도는 거 아닌가?"

"아, 예……."

"옛날에는 말이야, 다들 사회의 소금이 되고 싶어 했지. 그런데 이젠 소금이 되고 싶다고 하면 안 될 것 같은데?"

위 부장의 시선은 여전히 탁대에게 걸려 있다. 탁대는 무슨 말을 하려는 건지 몰라 엷은 미소로 대답을 대신했다.

"군대 다녀왔나?"

"네? 네……."

"여름에 완전군장하고 행군한 적 있지? 그때 혹시 소금 한 주먹 먹지 않았나?"

"저희 부대는 그런 적 없습니다."

"그래? 하긴 요즘은 군대도 많이 좋아지고 전문화되었다니 부대마다 다를 수 있겠군."

위 부장은 수저를 놓으며 말을 이었다.

"소금이란 게 말이야 그러니까… 많아도 탈, 적어도 탈이지. 자네 생각은 어떤가?"

"그건 공감합니다만……."

"운은 내가 띄웠으니 어 계장께서 설명하시게."

위 부장은 물 잔을 집어 들고는 공을 어 계장에게 넘겼다.

"에이, 그냥 부장님께서 다 하시지……."

"……."

"어이, 조탁대!"

위 부장이 빙그레 웃자 어 계장이 탁대의 어깨를 툭 쳤다.

"예?"

"눈치챘는지 모르겠는데 자네는 지금 검찰청 면접을 보고 있는 중이야."

면접?

면접이라고?

"지금요?"

"대충 얘기는 들었지?"

"그렇긴 합니다만……."

"왜? 싫어?"

"그보다는 제가 검찰청에 무슨 쓸모가 있다고……."

"이 사람아, 쓸모가 있으니까 이러는 거지 우리가 뭐 비싼 밥 먹고 할 일 없어서 이러는 줄 알아?"

"……."

"자네에 대한 신상 조사는 끝났어. 그래서 마지막 테스트를 하려고 온 거야."

"테스트라뇨?"

"자료를 종합해 보니 자네에게 탁월한 심리분석 능력이 있는 것 같더군. 더불어 위기의 순간에 오히려 더 강해지는 마인드컨트롤 능력도 탈인간적이고."

"무슨 말씀을 하는 건지……."

"다 아는 처지에 경계심 내려놓고 큰일 한번 하자고. 솔직히 이거 누이 좋고 매부 좋은 일이잖아?"

"그러니까 좀 자세히 설명을 해주셔야……."

"이유를 알아야 협조하겠다?"

"그렇지 않습니까?"

"하긴 평양감사도 저 싫으면 그만이지."

어 계장은 물을 한 모금 넘기고 말을 이었다.

"이번에 우리가 굉장한 거물의 불법 행위를 추적하고 있어. 그런데 이 양반들 수사가 만만치 않아. 워낙 대물들이라 윗선의 압박도 그렇고 아는 것도 많아서 절대 수사에 협조하지 않거든. 그래서 좀 다른 방향의 기법이 필요해."

"저보고 그걸 해결하라는 건가요?"

"자네 독심술 배웠지?"

어 계장의 눈빛이 탁대에게 꽂혀왔다.

"그게……"

"그동안 자네가 공직에서 벌인 일들을 종합해 보니 그런 분석이 나왔어. 그것도 세계 정상급 이상의 수준이라는……."

"……."

"대학은 도서관학과 쪽이고 군대도 육군 땅개… 자격증도 변변 치 않은데다 9급도 여러 번 떨어졌더군."

'젠장, 속속들이 다 뒤져 보고 왔군.'

탁대도 물을 마셨다. 그러면서 생각했다. 술에 취해 노상 방뇨한 행위와 무단 횡단한 기록, 나이트클럽에서 부킹한 횟수까지 다 알고 있는 거 아닌가 하고.

"어디서 배웠나? 아니면 선천적인가?"

"……."

"말이라도 해주면 고맙겠네."

어 계장은 단단한 눈빛을 거두지 않았다. 그냥은 물러설 기세가 아니었다.

"뭐, 안면 근육의 미세한 움직임과 표정의 변화, 동시에 그 사람의 행동을 종합하면 감이 올 때가 있습니다."

"우리가 아는 심리조사와는 약간 뿌리가 다르군."

"……."

"지금 취조하는 거 아니니까 조심할 거 없네. 이건 국가적으로도 굉장한 일이야."

"저는 처음 들은 일 아닙니까? 생각할 기회를 좀 주셔야……."

"자넨 어차피 공무원 아닌가? 공무원은 나라에서 까라면 까는 거야."

"당장은 우리 시장님이 까라는 것만 깝니다."

탁대가 조용히 받아쳤다.

"시장님이 그 권한을 우리에게 빌려줬거든."

"……?"

"이 일도 따지고 보면 최고위 공무원의 비리일세. 그러니 그렇게 경계심 가질 필요 없어."

'최고위 공무원 비리?'

"그러니 우리 본론으로 들어가자고."

어 계장은 빙그레 웃으며 뒷말을 이었다.

"6급으로 데려갈 생각이야."

"예?"

탁대는 귀를 의심했다. 엊그제 7급이 되었는데 무슨 6급?

"대신 별정직이야. 그냥 파견으로 데려가도 되지만 그 정도 당근을 줘야 될 만한 사건이거든."

6급, 행정주사!

지방에서는 팀장에 해당하는 직급이다. 보통 9급으로 들어온 일반직들이 평생을 승진해야 올라가고 대다수 9급이 졸업 등급으로 삼는 6급 주사.

물론 별정직은 레벨이 다르다. 신분보장이 되지 않는다는 단점이 있었다.

"당장 달콤하다고 덥석 물었다가 그 사건 끝나면 저 짜르려고
요?"

별정직의 속성을 알고 있는 탁대가 물었다.

"그렇게 나올 줄 알았지. 그걸 민 사람은 따로 있어."

'따로 있다고?'

탁대는 눈자위를 찡그렸다. 누가 그런 제의를 했단 말인가?

"표강일 사장!"

"……!"

탁대는 한 번 더 귀를 의심했다. 표강일의 추천?

"자네가 그 양반이랑 친분이 있지 않나? 조언을 구했더니 그렇게
말하더군. 일리가 있어서 내가 부장님과 상의 끝에 그쪽으로 결정
했네."

'표 사장님이 나를?'

탁대의 머리가 빠르게 회전하기 시작했다. 무엇 때문일까? 봉황
시의 공직 문화를 바르게 잡으려던 사람이 탁대를 검찰에 추천한
꼴이다. 그렇다면 봉황시에서는 탁대의 효용이 다했다는 뜻일까?

"하지만 우리도 옵션이 있다네."

어 계장의 목소리가 묵직하게 변했다.

"복잡하군요."

"중요한 일이라고 하지 않았나? 우리가 자네 자리 만들어주자고
이러는 게 아닐세."

"말씀하시죠."

"간단한 테스트가 마련되어 있네. 그걸 성공하면 자넬 모셔갈 걸

세. 물론, 자네가 거부할 수도 있네. 어차피 싫은 사람을 데려가 봤자 사표라도 내버리면 말짱황이니까."

"어떤 테스트입니까?"

"방송 봤는지 모르겠네만 며칠 전에 경찰에서 살인용의자를 검거했네. 이 피의자를 검찰에 송치했는데 재조사 과정에서 추가 범죄 정황이 나왔네. 그런데 이 친구가 우리를 데리고 놀고 있어."

"어 계장님!"

"결정을 하게나."

"제안은 고맙지만 좀 생각해 봐야 할 것 같습니다. 우리 황 과장님과 상의도 해야 할 것 같고……."

"표강일 사장도 만나보려나?"

"필요하다면……."

탁대가 말을 더듬자 어 계장이 빠르게 질러 나갔다.

"두 사람은 이 앞방에 계시네."

"예?"

"아무래도 확인을 해야겠지?"

어 계장이 손을 뻗어 문을 열었다. 그러자 작은 복도를 사이에 두고 건너편 방에서도 문이 열렸다. 그 테이블에 마주앉은 사람은 황천수와 표강일이었다. 문소리를 따라 표강일이 고개를 돌렸다. 가만히 손을 흔드는 얼굴에서 맑은 미소가 피어올랐다.

'이건 이미 결정된 일이다.'

탁대의 본능이 혈관을 따라 싸아하게 번져 나갔다. 모든 것이 철두철미하게 준비된 게 그 반증이었다.

"그럼 테스트를 진행하겠네."

어 계장이 꼿꼿한 시선으로 탁대를 바라보았다. 그건 피할 수 없는 눈빛이었다.

$$* \qquad * \qquad *$$

딸깍!

손잡이가 돌아가자 문이 열렸다.

검찰청 조사실.

분위기부터 달랐다. 실내야 그게 그거겠지만 검찰이라는 단어가 주는 압박감이 장난이 아니었다.

씨익!

조사실 테이블에 앉은 피의자가 마치 손님을 반기듯 소리 없이 웃었다. 등골에 고드름이 맺힐 것처럼 오싹한 미소였다.

33살.

백수에 하는 일이라고는 게임과 라면, 잠자는 게 대다수인 피의자. 겉보기에는 12시간 열공을 하고 도서관에서 나오는 맥 풀린 공시족과도 닮아보였다.

하지만 속내를 보면 완전히 달랐다. 한없이 선량해 보이지만, 그는 사람을 죽인 것으로 모자라 추가 범행을 의심받고 있는 살인마였다.

"안녕하세요?"

피의자는 천연덕스럽게 인사를 했다. 사이코패스 기질을 보이고 있는 그는 얼핏 보면 티 없는 소년처럼 보이기도 했다.

"네, 안녕하세요."

탁대는 벽에 기대 팔짱을 낀 채 대답했다. 딱히 무서운 건 아니었지만 그 앞에 앉기는 왠지 싫었다.

"나 배고픈데……"

피의자는 도무지 긴장하는 기색이 없었다. 어쩌면 이곳이 검찰청이고 자신이 살인혐의를 받고 잡혀왔다는 사실도 잊은 것처럼 보였다.

'어떻게 할까?'

탁대는 잠시 생각에 잠겼다. 주어진 임무는 추가 범죄에 대한 단서를 찾아내는 것. 하지만 심리전문 수사관들도 애를 먹고 있는 범인이라니 대충 덤벼서는 안 될 것 같았다. 그때였다. 피의자가 착한 미소를 지으며 선빵을 날려왔다.

"어떻게 하면 내 입을 열까 고민 중이시네?"

"……?"

"에이, 놀라시긴… 아저씨 초짜?"

"……."

"여기 와서 앉아요. 그렇게 서 있으면 내가 부담스럽잖아."

이제는 아예 탁대를 데리고 놀려는 피의자. 아무리 사이코 기질이 있다지만 기가 막혔다. 더구나 이 광경은 어 계장과 위 부장이 투명 유리 밖에서 다 보고 있을 판이었다.

"그거 알죠?"

탁대는 첫마디를 날렸다.

"뭐?"

"저기 창에서 변태들이 우릴 다 들여다보고 있다는 거."

"맞아. 검찰은 다 변태야."

피의자가 박수를 치며 동의했다.

그 길로 문을 박차고 나온 탁대는 독립된 방을 요구했다. 어 계장은 난색을 표했다. 수사방침에 어긋나는 데다 흉악범과 같이 둘 수 없다는 게 이유였다.

"그럼 여기서 감시하지 마세요. 저는 누가 훔쳐보면 심장이 쫄깃해져서 뭘 할 수가 없거든요."

탁대의 요구 조건은 수용되었다. 대신 녹음은 하겠다는 옵션이 걸렸다.

"변태들 아직 내고 왔습니다."

다시 조사실로 들어선 탁대.

"나이스, 파이팅, 굿잡!"

피의자가 긴장을 푸는 순간 탁대는 바로 리버스독심을 구사했다.

"……?"

웃고 있던 피의자의 눈자위가 벼락처럼 찌그러졌다. 그의 뇌가 득히 밀려들어간 피해자의 이름 때문이었다. 탁대는 벽에 기대선 채 미친 듯이 피해자의 정보를 우겨넣었다. 5분쯤 지났을까? 테이블 위에 엎어진 피의자 입에서 피해자 신상이 메아리처럼 흘러나왔다.

"이계숙, 24살, 이계숙, 24살, 이계숙……."

두어 발 다가선 탁대가 마법을 풀었다. 그러자 피의자가 발딱 몸을 세웠다.

"양심의 가책인가요? 그 머릿속에 죽은 사람 이름이 가득하군요."

"너, 뭐야……."

피의자가 눈을 찡그리며 물었다.

"다른 시신은 어디에 감췄죠?"

탁대가 고개를 들이밀자,

"그거 밝혀내면 내가 빤쓰 벗어줄게."

하고 흰 이빨을 드러내는 피의자.

"당신 빤쓰는 금테 둘렀나요?"

"금테보다 소중한 여자들의 혼을 둘렀지."

"여자 빤쓰겠군요?"

"맞아. 난 레이스 달린 거 아니면 안 입거든."

"구경 좀 시켜주시죠."

탁대가 자연스럽게 말했다.

"응?"

피의자가 고개를 갸웃거렸다. 뜻밖의 반응이었던 모양이다.

"보여주고 싶은데 검찰 놈들이 속옷을 뺏어갔어. 변태 자식들. 남의 사유재산을 왜 뺏는 거야. 이건 소송감이라고."

피의자는 지퍼를 내리고 누런 속옷을 보여주었다.

"검찰이 뺏어간 건 누구 거였죠? 이계숙 거는 아닐 테고?"

탁대는 슬슬 피의자를 자극하기 시작했다.

"맞춰볼래?"

"맞추면 뭐 줄래요?"

계속 장단을 맞추는 탁대.

"상으로 후장 한 번 쑤셔줄까?"

"그것도 좋지만 다른 시신이 있는 장소 좀 알려주는 건 어때요?

가족들이 바라고 있거든요."

"가족?"

"네, 가족."

"좋아!"

피의자가 흔쾌히 받아들이자 탁대는 고개를 갸우뚱거리며 중얼
거렸다.

"성이 뭘까? 김이박일까? 아니면 정강황일까?"

고민하는 척하며 바로 순간 독심을 거는 탁대. 처음에는 아무 생
각도 엿보이지 않던 피의자의 마음. 하지만 탁대가 고뇌를 거듭하
자 오만이 고개를 들며 성이 떠올랐다.

―멍청한 인간아. 김이박정강황은 그 안에 없다.

"아니야. 그것보다는 어쩐지 최양고가 끌리는데?"

―얼쑤? 셋을 한 번에 맞추네?

셋? 탁대의 머리에 불이 번쩍 들어왔다. 하지만 아직은 내색할
단계가 아니었다.

"그렇군. 당신이 죽인 사람은 최씨, 고씨, 양씨야. 그렇죠?"

가만히 서서 피의자를 바라보는 탁대. 빙그레 미소가 감돌던 피
의자의 입가에 미소가 가시기 시작했다.

"잘 찍는데?"

어색하지만 다시 미소를 지으며 시치미를 떼는 피의자.

"그런데 어쩌지? 당신 머리로 그 사람들 이름까지 다 기억할 수
있을까 몰라?

―최영은, 고미라, 양초영… 미안하지만 내 머리는 완벽해.

"아, 한 명은 초영이 같고 또 하나는 미라 같은데… 그리고 남은

하나는……."

탁대는 머리를 쥐어짜는 척하면서 남은 이름을 마저 말했다.

"영은?"

"……!"

피의자의 눈빛은 탁대의 한마디에 정지되었다.

"이제 시신을 감춘 곳도 맞춰볼까?"

탁대가 고개를 들었을 때 상황은 거의 끝나 있었다. 정곡을 찔린 피의자의 낯빛이 흑색으로 변해 버린 것이다. 탁대는 숨 돌릴 틈을 주지 않고 리버스독심을 작렬시켰다. 이번에는 네 명의 이름을 피의자 머릿속으로 우겨넣은 것이다.

"끄어어어!"

피의자가 머리를 감싸고 몸부림을 쳤다. 그럴수록 탁대는 더욱 강도를 높였다.

"시신은 어디에 두었죠?"

"우어어, 이계숙, 고미라, 양초영, 최영은……."

피의자의 입에서는 신음과 함께 희생자들의 이름이 쉴 새 없이 반복되었다.

'해제!'

그만하면 되었다 싶어 마법을 해제하는 탁대. 피의자는 그대로 의자에 늘어진 채 희생자들의 이름을 계속 반복했다.

"아무래도 그들의 억울한 혼이 유령이 되어 당신 머릿속에 들어간 것 같군요. 그렇지 않나요?"

"우워어!"

"저런, 또 몰려오네?"

슬쩍 한 번 더 리버스독심을 펼치는 탁대. 피의자는 거품을 뿜으며 완전히 늘어져 버렸다.

"시신 어디에 숨겼죠?"

"ㅇㅇㅇ……."

"시신!"

"봉황산 계곡 입구… 소나무 아래……."

탁대는 피의자를 향해 순간 독심을 걸었다. 자백에 대한 검증이었다.

'거짓이 아니다.'

마음을 확인한 탁대는 비로소 조사실 문을 열고 나왔다. 복도에는 어 계장이 수사관들과 함께 서 있었다.

"어떻게 됐나?"

어 계장이 물었다.

"꼭 이런 걸로 테스트를 해야 했습니까?"

탁대의 목소리에는 불만이 가득 담겨 있었다.

"미안하네. 자네에게 맡길 일이 워낙 중대하다 보니 여간한 담력으로는 안 될 것 같아서."

탁대는 어 계장 손에 녹음기를 건네주고 주차장으로 걸었다.

얼떨결에 불려온 검찰. 얼떨결에 받게 되는 능력 테스트. 또 얼떨결에 알게 된 표강일의 추천. 덕분에 테스트를 마치고도 무지막지하게 찝찝했다.

'사우나부터 해야겠어.'

찝찝함이 온몸에서 벌레처럼 스멀거리는 기분. 탁대는 가속기가 부러져라 힘차게 밟았다.

탁대는 무조건 몸부터 물에 담궜다. 찜질방에 딸린 목욕탕, 사람은 많지 않았다. 그런 다음에 비누로 살을 박박 문질러 닦았다. 피의자가 더듬은 섬뜩하고 징그러운 눈빛을 떼어내는 것이다.

'욱!'

눈빛 생각을 하자 속이 울렁거리기 시작했다. 결국 탁대는 속을 깨끗이 비워내고 말았다.

'어우, 닭살······.'

탁대는 팔을 쓸어내렸다. 그가 살인자라서 그런 게 아니었다. 그 겉과 속이 다른 눈빛, 그 형언하기 어려운 느낌, 그게 소름을 끼치게 만들었다.

한 번 더 온탕에 몸을 담그자 마음이 좀 가라앉았다. 동시에 결심도 섰다.

'6급 아니라 5급 시켜줘도 안 해.'

담력을 시험한답시고 살인자를 덥석 안겨준 검찰. 그러니 탁대가 옮겨가면 뭔들 못할까?

'아예 엽기살인 전담 심문수사관 보직을 주면?'

그건 꿈에도 싫었다. 더구나 이제 곧 신혼을 앞둔 탁대였다.

"있잖아? 오늘 심문한 놈은 인육을 먹었대."

"까악!"

"가만, 지난주에 심문한 인간은 자기 부모를 죽이고 왔던데?"

"으아악!"

"다음 주에 송치될 놈은 애인을 토막 살인했다지?"

"끄아악!"

탁대의 귓전에 혜자의 비명이 거푸 울려왔다. 그것만은 못할 짓이었다.

'로르바흐……'

그에게 미안하지만 어쩔 수 없는 일이었다. 자칫하면 스트레스를 받아 탁대가 제명에 죽지 못할 수도 있다. 그러니 초고속 승진 케이스이긴 하지만 버리는 수밖에 없었다.

'그래도 고속으로 7급을 달았으니 이해해 주시겠지.'

마음을 정리한 탁대는 찜질방을 나왔다.

'어 계장에게 전화를 걸어서 통보하고……'

그렇게 생각하고 핸드폰을 꺼내들던 탁대는 걸음을 멈추었다. 탁대 차 앞에 어 계장이 버티고 있었기 때문이었다.

"어 계장님!"

"하이!"

"지금 저 감시하는 겁니까?"

탁대가 볼멘소리를 냈다.

"아니, 내 경험상 분명 여기 올 것 같아서 말이야."

"경험상이라고요?"

"나도 처음에 엽기살인자 심문에 참여했을 때 사우나부터 달려갔거든."

"헐~!"

"삼 일 묵은 닭볶음탕까지 토했었는데 자네는?"

"허얼~!"

"토했군?"

"……"

"역시 사람은 다 비슷하다니까."

어 계장이 빙긋 미소를 머금었다.

"사체는요?"

"방금 검사님에게 연락왔는데 찾았다는군."

"그럼 비켜주시죠. 한 번 봉사한 걸로 치겠습니다."

탁대는 에둘러 결심을 전했다.

"거절인가?"

"아무래도 저는 검찰 적성이 아니거든요."

"역시 표 사장님 말이 맞군."

"표 사장님이요?"

"아마 거절할 거라고 하시면서 직접 돕겠다고 하셨네."

"표 사장님이 오셔도 결과는 마찬가지입니다."

"그건 잘 모르겠지만 이미 오셨다네."

"예?"

"거기 계시잖나?"

어 계장이 탁대의 차 안을 가리켰다. 놀란 탁대가 고개를 돌렸다.

'오, 마이 갓!'

표강일은 탁대 차의 조수석에서 신문을 넘기고 있었다.

"차는 대충 열었네. 우리 직원 중에 그거 잘하는 수사관이 있거든."

어 계장은 대수롭지 않다는 표정이었다.

"안 타나?"

그때까지 침묵하고 있던 표강일이 탁대를 바라보았다.

"사장님······."

"나도 국민영웅하고 드라이브 좀 해보고 싶은데 말이야."

잔잔한 미소로 바라보는 표강일. 그 사이에 어 계장이 탁대의 등을 밀어버렸다.

"잘 부탁합니다!"

어 계장의 인사를 뒤로 하고 탁대는 도로에 접어들었다.

"기왕이면 경치 좋은 곳으로 부탁하네."

표강일은 한마디를 뱉고는 신문으로 시선을 돌렸다.

토사구팽(兎死狗烹)!

사냥이 끝나면 사냥개를 삶는다.

탁대의 뇌리에 한 고사가 스멀거렸다. 어떻게 보면 봉황시 공직 문화에 어느 정도 경각심을 일깨운 상황이었다. 표강일 입장에서 보면 부담이 될 만한 소지를 쓸어버리는 것이다.

'그래서 나를?'

바람이 한들거리는 한적한 강변에 내렸을 때까지도 그런 생각은 탁대의 머리에서 떠나지 않았다.

"검찰이 애를 먹던 사건을 한 칼에 해결했다고?"

표강일이 먼 강물을 바라보며 말했다. 그의 시선이 멈추는 곳까지 윤슬이 보석처럼 번져 가고 있었다.

"······."

탁대는 대답하지 않았다. 아직은, 머리가 복잡했다.

"궁금하지 않나?"

"좀 그렇긴 합니다."

어차피 숨겨서 될 일도 아니었다. 탁대는 담담하게 말을 받았다.

"그래. 자네를 검찰에 민 건 나였네. 기왕이면 직급을 올려서 데려가라고 한 것도……"

"토사구팽입니까?"

탁대는 아까부터 만지작거리던 단어를 내놓고 말았다. 만약 그렇다면 길게 얘기할 마음도 없었다.

"토사구팽이라? 누가 토끼고 누가 개란 말인가?"

표강일이 웃으며 탁대를 돌아보았다.

"그야 물론 봉황시청의 성골들이 토끼고 제가 개겠죠."

"국민영웅 조탁대가 고작 개?"

"말장난할 기분은 아닙니다."

"그건 나도 마찬가지네. 내가 말장난이나 하려고 자네를 추천했을까?"

"……"

"물론 자네가 오해할 만도 하네. 느닷없이 검찰로 가라니 머리가 복잡하겠지."

"……"

"그런데 운명이란 거 말이야, 늘 느닷없이 오는 거 아닌가? 적어도 내 경우에는 그랬네만……"

느닷없이 다가오는 운명?

그 말은 부인하기 힘들었다. 원래 운명이란 놈은 예고라는 게 없었다. 어제까지 잘 돌아갔지만 오늘 갑자기 뻑이 나버리는 컴퓨터처럼 언제나, 늘, 소리 없이 다가와 인간의 길을 바꾸어 버리는 것이다.

"갑자기 왜 운명이 나오는 거죠?"

"자네와 내가 만난 게 운명 아니었나? 나는 그렇게 생각하네만……."

"……."

"그동안 고생 많았던 거 아네. 솔직히 일반 기업에서 그 정도 활약을 했다면 최연소 이사가 됐을지도 모르지."

"그런 걸 바라고 한 건 아닙니다."

"그러니까 자넬 검찰로 민 거네."

"본심을 말씀해 주십시오."

탁대는 표강일에게 시선을 돌렸다. 그 시선은 차돌처럼 단단했다.

"말하자면 투자의 시작이네. 달리 말하면 결혼 선물이기도 하고."

"네?"

"자네는 공무원 조직에서 어느 정도 직급이 되어야 사업을 추진할 힘이 있다고 생각하나?"

"그야 최소한 사무관이나 서기관……."

"그렇지? 아무리 자치단체라고 해도 사무관이나 서기관은 되어야 정책을 추진할 수 있는 힘이 있겠지."

"무슨 뜻으로 물으신 건지……."

"어렵게 생각할 것 없네. 자네를 사무관이나 서기관으로 앉히기 위한 포석이니까."

'사무관이나 서기관?'

"왜 그런 표정인가? 그럼 언제까지 노가다처럼 몸으로 시민을 위해 일할 텐가? 이번 봉황대교 건만 해도 그렇지. 자네가 국장 정도 되었다면 어렵지 않게 대책을 세울 수도 있는 일이었네. 안 그런 가?"

"그건……."

"자네는 대한민국 공무원의 표상일세. 자네가 훨훨 웅지를 펴서 진정 시민을 위한 공직 수행을 하는 건 시대의 요청이자 사명이네. 그래야 대한민국 하위직 공무들에게 꿈과 희망이 될 수 있고."

"사장님……."

"열심히 하는 거 아네. 큰 사심이 없는 것도 아네. 하지만 시간은 사람을 기다려 주지 않아. 그러니까 자네도 할 수 있을 때 날아올라서 꿈을 이룰 수 있는 입지를 다져야 한다는 거네!"

표강일의 목소리에는 진한 호소력이 담겨 있다. 순간 독심 같은 걸 발현하지 않아도 진심이라는 게 느껴졌다.

"사장님……."

"자네는 6급 이하 하위직으로 머물러서는 안 되네. 뿐만 아니라 정년이 다 되어서 서기관이 되어서도 안 되네. 그렇게 되면 일을 할 수 있는 시간이 너무 짧아."

"대체 어쩌시자는 건지?"

어느새 표강일에게 압도되어 버린 탁대, 그 목소리가 파르르 흔들렸다.

"지금 검찰에서 만지작거리는 사건은 굉장한 건이네. 하지만 살인 같은 흉악한 사건은 아니니 너무 걱정하지는 말게나. 별정직으로 가라니 약간 찜찜할 수도 있겠네만 복직은 걱정하지 말고. 내가 시장이 되면 책임지고 자리를 만들 테고, 만약 못 되어도 검찰 6급으로 활약한 직원을 봉황시 5급으로 못 끌어오겠나?"

"사, 사무관이라고 하셨습니까?"

"왜? 말장난 같나?"

"저는 지금 고작 7급……."

"지자체일세. 내가 볼 때 공무원 임용제도도 많이 바뀌게 될 거야. 앞으로는 여러 자리를 개방형 채용으로 실시할지도 모르지. 그 자리에 자네보다 유능한 사람이 누가 있을까?"

표강일에게서 후끈 열정이 우러났다. 탁대는 그 열기에 사로잡혀 벌린 입을 다물지 못했다.

"그러니 검찰에 가서 자네의 능력을 마음껏 떨쳐 주게. 높이 나는 새가 멀리 보는 법이니 그 정도 안목은 키워봐야 나중에 시장 정도 해먹을 수 있을 것 아닌가?"

'시, 시장?"

"사람 놀라긴. 서기관도 하고 이사관도 하고 관리관도 노려봐야지. 그렇게 한 바퀴 돈 다음에 자네가 9급으로 출발한 봉황시 시장으로 나서야 비로소 9급 공무원들에게 희망의 등불이 될 것 아닌가?"

'시장?"

"실제로 9급으로 시작해서 장차관이 된 입지전적인 사람도 꽤 있네. 솔직히 자네가 그 사람들에 비해 꿀릴 게 뭐가 있나?"

표강일이 쐐기를 박았다.

콰앙!

탁대의 머리에 강력한 충격파가 울려 퍼졌다. 사무관도 아니다. 서기관도 아니다. 심지어는 이사관이나 관리관도 아니었다.

시장!

한 자치단체의 제왕.

한 시(市)의 대통령.

탁대는 후들거리는 다리를 간신히 바로 세웠다.

"자신 없나?"

"저, 저는⋯⋯."

탁대가 웅얼거리자 표강일의 두 손이 어깨를 짚어왔다.

"자네는 할 수 있네. 그러니 웅지를 펴고 도약하게나. 내가 생각하는 것보다 더 높이 날 수 있으면 더 좋고."

"사장님⋯⋯."

"자네를 믿겠네."

표강일이 손을 내밀었다. 탁대는 잠시 부들거리다가 그 손을 잡았다. 표강일의 마음이 손바닥을 타고 심장까지 치고 올라왔다. 우연으로 구해준 그의 목숨. 그렇게 시작된 그와의 인연. 그게 탁대의 마음에 강철 같은 신념의 싹을 싹트게 만들고 있었다.

표강일은 탁대의 어깨를 툭툭 쳐준 후에 걸음을 옮겼다. 저만치 가까워지는 그의 세단이 보였다. 차에서 내린 나 실장이 가벼운 목례를 건네 왔다. 탁대 역시 가볍게 인사를 받았다.

부우웅!

세단이 멀어져 갔다.

하지만!

표강일의 목소리는, 묵직한 믿음은 저 강물처럼 도도하게 탁대의 가슴을 흔들었다.

검찰 별정 6급.

조탁대가 간다!

탁대는 도전하기로 결심했다. 대한민국 수십만 하위직 공무원, 9급으로 임용되어 30여 년 평생을 그저 6급 되기를 바라며 묵묵히 일하는 그들. 그들을 대표해 개똥초심의 마음으로 날아보기로 한 것이다.

"검찰청으로 간다고요?"

저녁에 만난 혜자 역시 놀라움을 금치 못했다. 그동안 운을 떼어 보기는 했지만 구체적인 이야기는 처음이었다.

"그쪽에 내가 필요하대."

탁대는 담담하게 결심을 전했다.

"그런데 별정직은……."

"괜찮아. 그래도 6급이잖아?"

"오빠……."

"어허, 부군(夫君)이 팀장급 초급간부가 된다는데 어디서 감히 미간을 찡그리는 것이오?"

탁대는 사극의 말투를 흉내 내며 혜자를 안심시켰다.

"그게 아니고 오빠가 너무 잘나가서 그러는 거예요."

"어, 정말?"

"그렇잖아요. 초고속으로 7급 단 지 얼마나 됐다고 또 6급이 된다니……."

"에이, 그래봤자 월급은 몇 푼 안 오르더라."

그건 맞았다. 하위직들은 승진을 해도 실제 봉급 인상은 얼마 되지 않는다. 승진을 할 때 호봉을 조절하는 짠물 정책 덕분이었다. 그러니 월급보다는 기분이 우선이었다.

"그러고 보니 우리 엄마 아빠도 그랬어요. 오빠는 말단 공무원으로 썩기 아깝다고……."

"정말?"

"그럼요. 그동안 오빠가 한 일이 뭐 애들 장난이에요?"

"하긴 내가 꼬마들 구해준 유치원에서 이번 결혼식 때 어린이 합창단 보내서 축가 불러준다고 하더라."

"어머, 그거 멋지겠다."

"그러니까 나 검찰로 옮겨가도 되는 거지?"

"오빠……."

"아아, 대답을 하세요. 나의 황녀님!"

"바보, 나 좋아서 그러는 건데……."

혜자의 목소리가 낮아지더니 눈가에 이슬이 송글 맺혀왔다. 어이구, 하여간 여자들의 마음이란…….

"좋은데 우는 게 바보지 내가 바보냐?"

"몰라요."

혜자가 탁대의 가슴을 파고들었다. 그럴 때마다 마음이 먹먹해지는 탁대. 혜자는 탁대의 천생연분이 틀림없었다.

"언제부터 검찰로 가는 건데요?"

눈자위가 촉촉이 젖은 혜자가 고개를 들었다.

"모레!"

"네? 그렇게나 빨리요?"

"어쩌겠어? 저쪽 사건이 시급한 모양인데."

"그렇게 바쁘면 우리 신혼여행도 못 가는 거 아니에요?"

혜자는 금세 울상이 되었다. 여자들은 이렇게 현실적이다.

"설마 그렇기야 하겠어?"

"괜히 걱정되네……."

탁대는 새처럼 웅크리는 혜자의 어깨를 다시 품었다. 그러고 보니 한 달 앞으로 다가온 결혼식. 혜자의 서울시의 발령도 그 즈음으로 결정되었다.

신혼! 새집! 새 직장!

모든 것이 새롭게 변한다. 그러니 혜자가 조바심을 내는 것도 무리는 아니었다.

'검찰…….'

혜자가 화장실에 간 사이에 탁대는 잠시 생각에 잠겼다. 탁대를 기다리는 사건은 무엇일까? 궁금하지만 두렵지는 않았다. 탁대 안에는 로르바흐가 있다. 뒤에는 표강일이 있다. 그뿐인가? 이제 사랑하는 혜자도 가슴 속에 버티고 있다.

'할 수 있어.'

탁대는 두렵지 않았다. 아니, 오히려 미래를 기다렸다. 무엇이든 자신 있었다. 다가오는 운명을 향해 정면으로 진격해 갈 자신이!

『9급 공무원 포에버』 7권에 계속…

강준현 장편 소설

FUSION FANTASTIC STORY

개척자

Pioneer

『복수의 길』의 강준현 작가가 선보이는
2015년 특급 신작!

글로벌 기업의 총수, 준영.
갑자기 찾아온 몽유병과 알 수 없는 상황들.

"…누구냐, 넌?"
혼돈 속에서 순식간에 바뀐 그의 모든 일상.
조각 같던 몸도, 엄청난 돈도, 뛰어난 머리도 모두, 사라졌다!

스스로도 알 수 없는 낯선 대한민국의 밑바닥부터
다시 시작해야 하는 준영.

"젠장! 그래, 이렇게 산다!
대신 나중에 바꾸자고 하면 절대 안 바꿔!"

그는 과연 이 상황을 극복하고 자신의 운명을
새롭게 개척해 나갈 수 있을 것인가!

Book Publishing CHUNGEORAM

유행이 아닌 자유추구 -
WWW.chungeoram.com

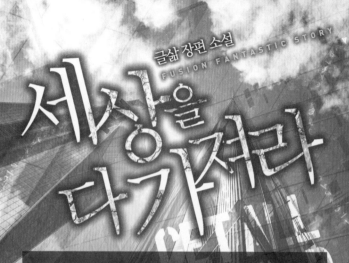

글샆 장편 소설

FUSION FANTASTIC STORY

세상을 다 가져라

[세상을 다 가져라]

문피아 선호작 베스트 작품 전격 출간!
현대판타지, 그 상상력의 한계를 넘어서다!

권고사직을 당한 지 2년째의 백수 권혁준.

우연히 타게 된 괴상한 발명품으로 인해
과거로 회귀한다!

그런데
과거로 온 혁준의 손에 들려 있는 것은 바로
최신형 스마트폰!

"까짓 세상, 죄다 가져 버리겠다 이거야!"

백수였던 혁준의 짜릿한 인생 역전이 시작된다!

Book Publishing CHUNGEORAM

유행이 아닌 자유추구—
WWW.chungeoram.com

야차전기

임영기 新무협 판타지 소설

FANTASTIC ORIENTAL HEROES

『무정도』,『등룡기』의 작가 임영기.
2015년 봄, 야차가 강림한다!

"오 년 후에 백학무숙을 마치게 되면
누나를 찾아오너라."
가문의 멸망.
복수만을 꿈꾸며 하나뿐인 혈육과 헤어졌다.
하지만 금의환향의 길에 벌어진 엇갈림…

모든 것이 무너진 사내 화용군!
재처럼 타버린 위에
삼면육비(三面六臂)의 야차가 되어 살아났다!

악이여, 목을 씻고 기다려라!